PAS DE RÉVEILLON POUR LES SORCIÈRES

UNE PETITE ENQUÊTE DES SORCIÈRES DE WESTWICK

LES PETITES ENQUÊTES SURNATURELLES DES SORCIÈRES DE WESTWICK

COLLEEN CROSS

Traduction par
ANNE DE ROCHEFORT-CARNOT

DU MÊME AUTEUR

Fraudes : Thrillers judiciaires de Katerina Carter

Stratégie de sortie: Crimes et enquêtes

Theorie des jeux

Formule mortelle

Mise au vert

Rouge vif - Nouvelle

Lune Bleue - Roman court

La Couleur de l'argent : Enquêtes criminelles de Katerina Carter (Coffret 3 volumes)

Thrillers judiciaires de Katerina : Tomes 1 et 2

Thrillers judiciaires de Katerina Carter : Tomes 3 et 4

Les Petites Enquêtes Surnaturelles des Sorcières de Westwick

Charmée de Vous Rencontrer

De la Sorcière à la Richesse

Le sort vers la gloire

Pas de réveillon pour les sorcières

Enquêtes Surnaturelles des Sorcières de Westwick

Site Web :

http://www.colleencross.com

Inscrivez-vous à son bulletin d'information pour être immédiatement
informé de nouvelles parutions !

http://eepurl.com/c1hzCv

LES SORCIÈRES DE WESTWICK VOUS SOUHAITENT UN JOYEUX NOËL !

C'est la veille de Noël, le sol se couvre d'un manteau neigeux,
Sous le gui, les sorcières embrassent leurs amoureux,
Les West reçoivent des invités inhabituels,
Au moins l'un d'entre eux cherche son âme jumelle.

Les sorcières ont de nouveau recours à leurs vieux tours,
Cherchant encore à contourner les règles sans détour,
Jusqu'à ce qu'un événement retourne leur estomac,
Le choc se produit où on ne l'attendait pas.

Au dîner les sorcières se laissent trop aller
Bientôt tout semblant de normalité part en fumée
Rien n'est plus dangereux qu'un bazar enchanté
La magie risque de les transporter aux frontières des contrées.

Malgré les belles lueurs du Réveillon,
Un de leurs invités va payer le prix fort,
Tandis que dehors, la tempête souffle de plus en plus fort,
Accrochez-vous, vous allez vivre un Réveillon en tourbillon !

CHAPITRE 1

*N*oël est le moment de l'année que je préfère. Et cette année s'annonçait particulière, puisqu'il s'agissait de mon premier Noël avec Tyler. Le simple fait de penser à mon copain, grand et bien bâti, suffisait à me faire sourire. J'avais hâte de le voir. Il était encore au travail, et un peu en retard à cause de l'impressionnante tempête qui soufflait Westwick Corners en nous coupant du reste du monde.

Son retard ne faisait que rendre l'attente plus douce. Mon cœur battait plus fort dans ma poitrine en pensant au moment où je l'embrasserai, où ses bras forts encercleraient ma taille. Notre première veillée de Noël allait être un moment dont nous nous souviendrions et que nous chéririons longtemps.

Seul shérif et représentant de la loi de Westwick Corners, Tyler Gates était toujours très occupé. Principalement parce que Tante Pearl enfreignait régulièrement la loi et d'une manière générale, compliquait la vie de Tyler. Elle avait pour priorité ultime de le chasser de la ville, comme elle l'avait fait pour tous les shérifs qui l'avaient précédé.

J'espérais que les choses seraient différentes ce soir, notamment parce que Tante Pearl n'était pas dehors dans la tempête à lui chercher des ennuis. Au lieu de ça, elle était restée à la maison toute la journée avec le reste de la famille. C'était inhabituel pour ma tante qui n'était pas de nature particulièrement sociable. Mais le plus étrange était que Tante Pearl elle-même avait convié Tyler à notre traditionnel dîner familial du 24 décembre.

Cela faisait des semaines que je préparais les réjouissances, jusque dans les moindres détails. Noël était le seul moment où nous fermions notre entreprise familiale et prenions un peu de repos dans nos vies autrement bien occupées.

La condition de sorcière n'est assortie d'aucune feuille de paie, et nous devions toutes travailler pour pouvoir joindre les deux bouts. Nous avions converti le manoir familial pour créer l'Auberge de Westwick Corners, des chambres d'hôtes luxueuses et confortables. Notre propriété comportait également un petit établissement vinicole et le Witching Post Bar et Grill, fréquenté principalement par des locaux.

Nous avions été obligées de réaménager la maison familiale faute de trouver un emploi viable dans notre ville quasi-fantôme. Mais tout cela changeait le temps d'une semaine autour de Noël, quand nous fermions l'auberge et retransformions la maison en lieu de rencontre familial.

Outre mes obligations à l'auberge, j'étais également responsable d'un journal, The Westwick Corners Weekly. L'édition de Noël était sortie, et mes articles pour la semaine prochaine étaient déjà rédigés. Il ne se passait jamais rien de spécial dans la petite ville de Westwick Corners, et je pouvais donc me permettre de fermer mon journal quelques jours à Noël.

Cela faisait des semaines que j'attendais le dîner de réveillon, et je voulais qu'il soit le premier de nombreux moments inoubliables à partager avec Tyler.

Mais la réalité se révélait totalement différente de ce que j'avais imaginé.

J'avais le Noël blanc dont j'avais rêvé, mais le paradis hivernal s'était transformé en une véritable prison de neige. Le sol était déjà couvert de neige sur plusieurs dizaines de centimètres, et il en tombait toujours plus. Tout cela serait bien évidemment parfait si Tyler et moi étions blottis devant la cheminée tandis que les flocons recouvraient doucement le sol dehors.

Mais au lieu de ça, Tyler était sur l'autoroute à aider des automobilistes en rade. Je fermai les yeux et soupirai. Si seulement la tempête avait attendu un jour de plus. Je tremblais à l'idée que Tyler puisse se retrouver coincé. Les routes étaient traîtresses. Il faisait déjà sombre dehors, et je n'avais pas eu de nouvelles de lui de la journée. Je craignais qu'il n'arrive pas à temps pour le dîner.

J'appréciais généralement le calme enveloppant qui accompagne une épaisse couche de neige, mais ce soir, c'était différent. La tempête hivernale s'était déclenchée rapidement et de manière inattendue ce matin, s'accompagnant de vents forts et de congères suffisamment hautes pour recouvrir des voitures. La neige semblait même tomber encore plus fort maintenant. En fermant les yeux, j'imaginais le moment où je retrouverai enfin Tyler, et où nous nous tiendrions sous le gui. Mon anticipation se mêlait maintenant à de l'inquiétude.

Je sortis mon téléphone de ma poche pour l'appeler. J'avais l'impression qu'il ne répondrait jamais.

« Cen... J'allais t'appeler. » La voix profonde de Tyler semblait distante et statique. « Je viens d'aider un camion semi-remorque qui était coincé. Les routes sont presque impraticables maintenant, mais je suis en route. Je serai là bientôt. Tu me manques. »

« Tu me manques aussi. » Je ne pus m'empêcher de sourire en pensant aux yeux marron et chaleureux de Tyler. Nous nous voyions tous les jours. De fait, il était difficile de ne pas tomber tout le temps l'un sur l'autre dans notre mini-ville quasi-fantôme. Ces derniers temps cependant, nous avons tous les deux travaillé de longues heures pour pouvoir profiter de nos vacances ensemble. « Je vais dire à maman d'attendre pour le dîner, fais juste aussi vite que tu peux. »

Je soupirai en réalisant que la communication avait été coupée. Me revint alors à l'esprit un autre de mes soucis, susceptible de contrarier mes plans.

Merlinda.

L'élève star de tante Pearl n'était pas rentrée chez elle au Vanuatu pour les vacances, comme prévu. Le vol pour son paradis tropical du

Pacifique Sud avait été annulé à cause de la tempête de neige. Maintenant, elle passait Noël avec nous.

Merlinda est une sorcière en formation extrêmement douée. Elle réussit tout sans effort. En gros, elle est tout ce que je ne suis pas. Je ne dis pas que je ne l'apprécie pas. C'est plutôt que je la connais à peine. Elle est toujours plongée dans un livre de sortilèges, et reste surtout dans son coin. Je la croisais peu, car elle logeait à l'auberge familiale pendant la session de cours de l'école de Charmes de Pearl.

Merlinda allait maintenant participer à notre moment familial, et cela ne me plaisait pas du tout. Avec elle présente, je me sentais presque comme une étrangère chez moi. Tant Pearl adorait son étudiante chouchoute, et nous ignorait tous. Même maman et tante Amber semblaient être totalement sous le charme de Merlinda. À côté d'elle, j'avais l'impression d'être une sorcière incompétente. Je me sentais également invisible.

Merlinda est de loin la meilleure pour jeter des sorts, et elle n'a même pas encore fini l'école. Elle est également très belle. Son air exotique a fait tourner plus d'une tête les rares fois où elle s'est aventurée en ville. Elle ne socialise jamais, ce qui la rend encore plus attirante et mystérieuse pour la quasi-totalité de la gent masculine de Westwick Corners. Ils sont tout autant fascinés par sa beauté que par son charmant accent des îles du Pacifique.

J'étais censée être dans la cuisine à aider maman et Tante Amber à préparer le dîner, mais je restais éloignée, car à tous les coups, elles sentiraient ma mauvaise humeur. Je préférais donc admirer le salon, en espérant que les décorations me remontraient le moral.

Pour des sorcières, notre conception du 24 décembre restait somme toute assez traditionnelle. Le salon était entièrement décoré de lumières, décorations et guirlandes de Noël. Un sapin haut de deux mètres trônait à côté de la cheminée, et les chaussettes fabriquées par maman pendaient au manteau de la cheminée. Chacune de nous possédions une chaussette en feutres et perles : Maman, Tante Amber, Tante Pearl et moi. Et la cheminée en accueillait une supplémentaire que maman avait cousue pour Merlinda ce matin, quand elle avait appris que son vol était annulé.

Avoir Merlinda ici gâchait tout. J'avais honte de penser ainsi, mais je sentais également que sa présence ferait ressortir le mauvais côté de Tante Pearl. Et puis, reconnaissons-le, j'étais quand même assez jalouse de Merlinda. La sorcellerie comme tout le reste lui venaient tellement facilement !

Au même moment, Merlinda et Tante Pearl passèrent en trombe le pas de la porte ; elles riaient en enlevant leurs bottes couvertes de neige dans le hall.

Voilà autre chose qui m'agace. Ma tante grincheuse, allumeuse de feu, est en temps normal une solitaire qui cherche les ennuis et s'efforce en tout temps de chasser de la ville les shérifs comme Tyler. Mais depuis l'arrivée de Merlinda, elle semble s'être transformée en bienfaitrice gloussante, décidée à répandre sa magie blanche le plus loin possible. En compagnie de Merlinda, évidemment. Pas avec moi.

Tante Pearl et Merlinda entrèrent donc dans le salon, semblant ne pas me voir et riant à propos d'un sortilège de niveau avancé bien au-delà de mes capacités. Flûte, je ne pouvais même pas comprendre de quoi elles parlaient. En quelques minutes à peine, elles se mirent à faire apparaître des hologrammes d'elfes et de rennes, chacune tentant de surpasser l'autre.

Tant Pearl s'était même habillée pour le dîner. Elle portait un tailleur-pantalon de velours vert, probablement choisi pour des raisons pratiques. Il semblait à la fois festif et habillé, tout en ne restreignant aucun mouvement pour ses soi-disant activités athlétiques. Pour ma part, ses activités athlétiques relevaient plus du déclenchement d'incendies volontaires qu'autre chose, et c'est aussi ce que pensaient la plupart des gens en ville qui surveillaient les feux, ou plutôt qui surveillaient Pearl, quand il faisait beau. Avec un peu de chance, le dîner du 24 et la tempête dehors la distrairaient suffisamment pour qu'elle ne cause pas d'ennui cette nuit.

Tyler, en tant qu'unique responsable de l'application des lois à Westwick Corners, était déjà épuisé par les événements liés à la neige de la journée. Il n'avait pas besoin de passer la nuit de Noël à surveiller tante Pearl et ses éventuelles infractions à la loi. Enfin, une fois qu'il sera là, évidemment.

Mes pensées furent interrompues par le tintement du bracelet à breloques de tante Pearl qui agitait son bras d'un grand geste.

Merlinda rit, montrant de magnifiques dents blanches.

Toute jalousie que je pouvais ressentir ne venait que de moi. Ça n'était pas la faute de Merlinda si elle était superbe. Et je ne pouvais m'en prendre qu'à moi pour mon manque de travail magique. Pas étonnant que je frustre tellement Tante Pearl.

La sorcellerie était pour ainsi dire l'activité de la famille West. Bon, ça ne payait pas très bien. En vrai, cela ne rapportait même rien du tout. C'est pour cela que nous avions toutes des emplois à l'auberge. Les revenus des clients nous suffisaient amplement. Faire fonctionner une auberge n'était pas aussi chic qu'exercer la sorcellerie, mais au moins ça payait les factures.

« Dommage qu'Earl n'ait pas pu venir. » Ça n'était pas gentil de ma part, mais je n'ai pas pu retenir les mots. Merlinda ne supportait pas Earl. Il était soit le plus ardent admirateur de Tante Pearl, soit son petit ami secret, tout dépendait de la personne à qui vous posiez la question. Il faisait également concurrence à Merlinda.

Earl était un agriculteur retraité et veuf, charmant et pas dangereux, âgé d'environ soixante-dix ans ; il venait de vendre sa ferme pour s'installer en ville. Je ne savais vraiment pas ce qu'une personne facile à vivre comme Earl pouvait trouvait à Tante Pearl, ni pourquoi Merlinda le méprisait autant. Ils se disputaient en permanence l'attention de tante Pearl. La jalousie que Merlinda éprouvait envers Earl était le seul défaut dans sa conduite par ailleurs parfaite.

« Earl ne vient pas, » dit sèchement tante Pearl. « La tempête est trop pour lui. »

« C'est vraiment dommage. » Cet échange me rappela que Tyler était toujours dehors à affronter la tempête de neige. Avec le temps qui empirait, mes espoirs d'un Noël romantique et intime s'amenuisaient.

Tante Pearl se renfrogna « Cen, soit attentive ! Tu pourrais apprendre quelque chose. Tu serais une meilleure sorcière si tu te concentrais comme Merlinda. »

Merlinda murmura quelque chose à voix basse tout en rabattant ses longs cheveux noirs sur une épaule.

La lumière dans la pièce se mit à briller comme par un jour ensoleillé. Au même moment, le son de clapotis se transforma en vagues fracassantes. Une boule de verre haute de près d'un mètre flottait au-dessus des mains tendues de Merlinda, vibrante d'énergie et de lumière. À l'intérieur se trouvait une vue en kaléidoscope d'une île tropicale avec palmiers, cabanes et bar flottant.

Un ukulélé jouait doucement.

Un paradis tropical sous verre, avec sa propre chanson.

Comment pouvais-je concurrencer ça ?

Merlinda était une sorcière au moins aussi douée que Tante Pearl. Voire plus douée. Je n'avais encore jamais pensé ça possible, pour moi tante Pearl était la sorcière la plus puissante que je connaissais.

Plus maintenant.

Inutile de préciser que les capacités de Merlinda dépassaient largement mes propres talents. Je n'étais même pas capable de faire apparaître un verre d'eau pour sauver ma vie, alors ne parlons pas de faire apparaître un paradis maritime au creux de ma main. Je forçais un sourire, espérant que le ressentiment qui me consumait ne se verrait pas.

« Bravo ! » Tante Amber applaudit depuis le seuil de la porte, l'admiration se lisant sur son visage. « C'est la meilleure version de ce sortilège que j'ai jamais vue. »

Pas étonnant que Tante Pearl aime autant Merlinda.

Elle faisait une étudiante et une protégée parfaite. D'une gentillesse à toute épreuve, une soif d'apprendre et, de ce que je pouvais voir, qui excellait dans tout ce qu'elle entreprenait. Merlinda ne tenait pas tête à Tante Pearl, elle ne remettait pas en cause non plus ses tendances aux blagues pyromanes. Aux yeux de Tante Pearl, elle était parfaite.

Pas étonnant que Merlinda soit la chouchoute de l'enseignante. Je ne pouvais pas en vouloir à Tante Pearl. Moi par contre, j'étais la décrocheuse de l'école des Charmes de Pearl. Je ne m'étais jamais vraiment souciée de mes talents de lanceuse de sorts jusqu'à présent, parce que je n'avais pas choisi la sorcellerie comme carrière professionnelle.

Mais le chemin avait malgré tout été tracé pour moi. Même si je décidais de ne pas utiliser la magie au quotidien, elle continuait à faire partie de mon identité de sorcière. Tante Pearl disait que c'était ma destinée, que cela me plaise ou non. Il fallait que je jette des sorts, concocte des potions et tienne mes différents devoirs de sorcières. C'était ce dernier point de la description du job qui m'agaçait. Pourquoi ne pouvais-je pas utiliser mon libre arbitre et vivre une vie ordinaire ?

Parce que j'avais beau redoubler d'efforts, je ne semblais pas posséder les talents familiaux. Maman faisait les meilleures potions à base de plantes et les meilleures amulettes magiques, tandis que Tante Amber excellait en matière de sorts. Tante Pearl étant la reine de tous les temps dans l'ensemble des disciplines magiques, elle s'était tout naturellement tournée vers l'enseignement. Elle n'envisageait de former des sorcières qu'au niveau expert à l'école des Charmes de Pearl. Tout niveau inférieur était inenvisageable.

Moi par contre, je ne maîtrisais rien de tout cela. En partie parce que je n'aimais pas prendre de risques (*vraiment pas* le bon idéal pour une sorcière), et en partie parce que je manquais de discipline. Je réussissais mieux dans mes entreprises journalistiques, où j'utilisais la logique et me basait sur les faits ; ce que Tante Pearl appelait mon plan B raté. Elle ne me laissait jamais vivre en paix.

« Tu vois comment on fait, Cendrine ? » Tante Pearl n'utilisait mon nom entier que quand elle était en colère contre moi, ou quand je l'agaçais. Les mains jointes, elle fit un signe de la tête en direction de son étudiante star. « Tu ne peux pas réussir si tu ne fais pas d'effort. N'est-ce pas Merlinda ? »

Merlinda rougit en entendant son nom. Ou peut-être était-elle gênée par les critiques de Tante Pearl à mon encontre.

« C'est ma maison, à côté de la barrière de corail. » Merlinda montrait du doigt un domaine privé perché en haut d'une falaise qui surplombait une mer d'un bleu turquoise. « J'aime beaucoup Westwick Corners, mais je voulais vraiment rentrer à la maison pour Noël.

Voir le Vanuatu derrière une boule en verre et ce que je peux faire de mieux à part y être, j'imagine. »

Des vagues vinrent lécher le verre de la boue à neige tropicale, comme pour montrer leur assentiment.

« Waouh, il y a tellement de détails. Ton globe est magnifique. » Tante Amber, un verre de lait de poule à la main s'approchait lentement de la boule à neige tropicale pour mieux voir. « Hé, c'est ton île ? »

Merlinda acquiesça de la tête. « Oui. Le Vanuatu en temps réel. »

« C'est incroyable. » Tante Amber fit une grimace en avalant une belle gorgée de lait de poule. « Il y a quelque chose de bizarre dans ce lait de poule. J'ai dû mettre trop de noix de muscade. »

Nous regardions toutes le globe, fascinées par les toutes petites personnes qui se déplaçaient autour du domaine en bord de mer. Des voitures miniatures roulaient sur la route voisine. Un couple aux cheveux gris était assis, main dans la main, sur une grande terrasse, tandis que plusieurs hommes s'affairaient dans le jardin qui entourait le manoir. Cela me rappelait les dioramas que l'on peut voir dans les musées, sauf que là, tout le monde était en mouvement. On aurait dit une émission de télé-réalité dans laquelle les stars ignoraient qu'on les regardait.

Dérangeant quand on y réfléchissait.

« Je peux presque sentir la brise tropicale. C'est bien mieux que Google Earth. » Tant Amber glissa une mèche de cheveux roux derrière son oreille tout en observant le globe de cristal. « Tu es vraiment douée, Merlinda. »

« J'ai juste eu un peu de chance en lançant le sort cette fois. » Merlinda haussa les épaules.

« Pourquoi fait-il jour dans le globe ? Il fait déjà noir dehors. » J'étais secrètement ravie de lui montrer son erreur.

« C'est parce que là-bas, on est déjà demain, » dit Merlinda. « Le Vanuatu se trouve à environ 1500 km à l'est de l'Australie. »

« Oh. » J'avais perdu une occasion de me taire. Je me trouvais stupide de ne pas avoir pensé au décalage horaire.

« C'est pour ça que ton globe du Vanuatu est encore plus extraordinaire. Ce sont tes compétences surnaturelles, la chance n'a rien à voir là-dedans. » Tante Pearl regardait Merlinda avec ravissement. Puis elle se tourna vers moi, le regard soudain malicieux. « Cendrine, pourquoi n'essaierais-tu pas ? »

Tante Pearl savait très bien que j'étais totalement incapable de faire même quelque chose de vaguement ressemblant. C'était un piège pour me mettre mal à l'aise, et je changeai donc de sujet. « Qui sont ces gens ? »

« Sur la terrasse, ce sont mes parents, » dit Merlinda. « Les autres sont les employés de la maison. »

« Essaie, Cendrine. » Tante Pearl m'adressa un sourire peu sincère. « Entraîne-toi pour les jeux. »

Les jeux de sorcellerie de la veillée de Noël étaient une tradition de la famille West, mais je participais principalement en tant qu'observatrice. J'avais fait quelques sortilèges toute seule, mais seulement en présence de ma famille. Je n'allais certainement pas jeter un sort devant Merlinda. Outre la pression insensée de réussir, j'étais sûre que la demande de Tante Pearl cachait autre chose.

« J'aimerais mieux pas. Passons plutôt un réveillon normal, » dis-je en protestant. « Sans magie. »

« Mais nous jetons toujours des sorts, » protesta Tante Amber. « Une veillée de Noël sans sorts, c'est comme un gâteau au chocolat sans glaçage. Qu'allons-nous bien pouvoir faire d'autre ? »

« Les autres familles s'en sortent très bien. » Mes yeux parcoururent la pièce dans l'espoir d'y trouver maman pour qu'elle me sorte de là, mais elle s'affairait toujours dans la cuisine.

« Certes, mais nous ne sommes pas vraiment une famille classique, non ? » Tante Amber vida son lait de poule et reposa le verre vide sur la table basse. « Allez Cen, essaie pour voir. »

Je fis non de la tête. « Vous avez toutes les deux promis que nous agirions normalement ce soir. »

« Normalement ? » Demanda Tante Pearl « Tu veux dire, comme dans une famille sans sorcières ? Honnêtement Cen, tu es vraiment ingrate. Tu prends pour argent comptant tes talents de sorcières. Tu ne sais pas à quel point tu as de la chance. »

Elle secoua lentement la tête. « Ce soir est comme n'importe quelle veillée de Noël chez les West. Merlinda fait pratiquement partie de la famille. Elle a avec beaucoup de générosité partagé un instantané de Noël au Vanuatu avec nous. Pourquoi ne peux-tu pas partager quelque chose également ? »

Elle m'avait bien mise sur le gril, là. Tante Pearl avait très clairement une idée derrière la tête, mais laquelle ? « Merlinda a déjà fait un superbe travail. Qu'est-ce que je pourrais bien faire de plus ? »

Tante Pearl se gratta le menton. « Tu pourrais montrer à Merlinda à quoi ressemble un vrai Noël à Westwick Corners. »

Je haussais les épaules. « C'est exactement comme ça. »

« Tu sais ce que je veux dire, » répondit Tante Pearl. « Avec toutes les cloches et les clochettes. »

Je ne sais pas pourquoi, mais quelque chose me disait qu'elle était sur le point de me montrer ce à quoi elle pensait. Je jetai un œil en direction Merlinda. Elle restait fixée sur Tante Pearl avec un air d'adoration.

Leur amour réciproque était super énervant.

« Waouh, le Vanuatu est vraiment magnifique. Nous devrions peut-être prévoir des vacances familiales là-bas », dit tante Amber. « Tu dois être vraiment déçue de n'avoir pas pu prendre ton avion. »

Merlinda regardait avec mélancolie les gros flocons de neige qui tombaient dehors semblables à une invasion parachutiste. « Ça va. Je vais pouvoir vivre un Noël blanc comme ça. Il ne neige jamais au Vanuatu, alors on ne sent jamais complètement à Noël. »

Elle remua son poignet et le globe flotta gracieusement jusqu'au sapin de Noël. Il resta là un court instant avant de se poser dans les branches à mi-hauteur.

J'observai le salon. Des mini congères décoraient les vitres carrées et encadraient le paysage hivernal dehors. Notre magnifique sapin était chargé de décorations, une étoile scintillante en son sommet.

Et maintenant, il avait été enrichi du globe magique en cristal de Merlinda. Elle avait complètement envahi notre Noël.

La scène semblait sortie tout droit d'une carte de vœux Hallmark. Mais dans la famille West, les émotions frémissaient toujours en surface, surtout entre Tante Pearl et Tante Amber. Nos dîners dégénéraient généralement en chamailleries avant le dessert, mais peut-être qu'avec Merlinda présente, elles mettraient de côté leur rivalité de sœurs. Elles semblaient en tout cas faire un effort, pour le moment.

Mes pensées retournèrent sur Merlinda. Pour la première fois, j'eu pitié d'elle, loin de sa famille à cette période de l'année. « Je sais que cela ne ressemble en rien à ce à quoi tu es habituée, mais Westwick Corners est assez agréable à Noël, même avec la tempête. »

« Et nous pouvons l'améliorer encore, » dit Tante Pearl. « Nous allons recréer les Noëls d'enfance de Cen pour que tu puisses les vivre comme si tu y étais ! »

« Excellente idée, » renchérit Tante Amber. « Une immersion totale. Allons-y ! »

J'ouvris la bouche pour parler, mais aucun son n'en sortit. À la place, un air glacial me surprit et m'emplit les bronches, m'ôtant la respiration. Je toussai tellement fort que j'en tombai en arrière. En me remettant en position assise, je réalisai que je n'étais plus dans le salon. Ce que j'avais tout d'abord pris pour un fauteuil trop rembourré était en fait de la poudreuse. J'étais d'ailleurs enfoncée jusqu'au cou dans la neige. Apparemment, je me retrouvais dehors par des températures négatives à moitié enterrée sous la neige.

Toute seule.

Je frissonnai et frottai mes bras déjà engourdis.

Merlinda devait soi-disant vivre mon Noël, mais elle n'était bizarrement nulle part. D'ailleurs, il n'y avait personne. Peut-être que le sort n'avait pas fonctionné. Ou peut-être que tout le monde était occupé à revivre mon Noël, sans moi.

Les nuages bas donnaient un aspect sinistre au paysage. Je ne voyais aucun bâtiment ou endroit reconnaissable. Juste des congères, partout.

Il y avait autre chose de bizarre. Il faisait encore jour. Soit nous étions un peu plus tôt dans l'après-midi, ce qui impliquerait un sort compliqué de voyage dans le temps, soit j'étais prisonnière d'une boule à neige coincée dans le temps. C'était sans doute la deuxième solution, parce que je sais que maman serait furieuse si Tante Pearl me renvoyait dans le temps la veille de Noël.

Mais si les autres étaient en dehors du globe, je ne pouvais ni les voir ni les entendre. J'avais l'impression de sentir une présence, mais peut-être que je me faisais juste des idées. Je me sentais comme un animal dans un zoo, exhibée derrière une vitre dans le spectacle organisé par quelqu'un d'autre. Sauf que la neige était bien réelle. Elle tourbillonnait autour de moi, les flocons humides recouvrant mes bras nus. Je frissonnais et me demandais s'il s'agissait d'un autre des tours de Tante Pearl conçu pour me tenir à l'écart de Tyler.

Que se passerait-il s'il ne me trouvait pas en arrivant? Toutes sortes de scénarios se succédaient dans ma tête. Et si Tante Pearl l'envoyait à ma recherche dans la tempête?

Je réalisai avec effarement que Tante Pearl avait repris ses anciens tours, réduisant à néant mes chances d'une veillée confortable et romantique. Elle méprisait Tyler parce qu'à chaque fois qu'elle ne respectait pas la loi, il lui infligeait une amende. Il ne lui laissait jamais de répit. Son ressentiment envers lui m'avait maintenant pris pour cible, dans l'espoir que j'arrête de sortir avec lui.

Et bien, je n'allais pas laisser tomber aussi facilement.

Mais pour le moment du moins, j'étais coincée. Enfermée en dehors de mon monde sur un coup de tête de Tante Pearl, qui agissait plus comme une horrible enfant de deux ans que comme la femme de soixante-douze ans qu'elle était.

Je croisai les bras en tremblant de froid. Ma robe sans manches n'était pas vraiment adaptée aux températures glaciales et aux chutes de neige de plus en plus fortes. D'ici quelques minutes, je souffrirai d'hypothermie. Tante Pearl viendrait sûrement me secourir avant que les engelures ne s'installent.

Mais si jamais ça n'était pas le cas, il me fallait un plan B. J'observai attentivement mon environnement, et repérai non loin un traîneau démodé que je n'avais pas encore remarqué. Je m'approchai par-derrière et vis que le traîneau ressemblait à une voiture à cheval, mais beaucoup plus large. La voiture ouverte était pleine à ras bord de cartons. Les cartons m'empêchaient de voir et ne permettaient pas de s'asseoir ou se mettre debout.

Je me traînai péniblement dans la neige profonde et fis en partie le tour du traîneau avant qu'une rafale de vent ne manque de me faire tomber. Je me baissai à l'arrière du chariot pour me mettre à l'abri. La neige s'infiltrait dans mes bottines, et mes jambes nues s'engourdissaient tellement sous le froid que je ne les sentais presque plus.

Le vent hurlait et se renforçait. Le peu d'abri prodigué par le traîneau était mis à mal par ma peau au contact direct avec la neige. À présent, mon popotin était également engourdi. Rester ici signifiait mourir de froid. Je m'éloignai lentement et me traînai jusqu'à l'avant du traîneau.

Je ressentis une bouffée d'espoir en constatant que je n'étais pas seule. L'image s'effaça rapidement, mais je vis juste avant le dos d'un homme assez costaud assis sur le siège avant.

En me rapprochant, je le reconnus soudain.

Le père Noël.

Oh, la vache.

Je veux dire, le renne.

Huit d'entre eux, et moi.

Je ris franchement devant le faux renne. Les décorations disproportionnées dans l'allée étaient signées Tante Pearl. Mais si tout cela était de la magie de Tante Pearl, pourquoi est-ce que je mourrais lentement de froid ? Elle pouvait parfois manquer de considération, mais n'était pas cruelle.

Elle m'aurait également déjà secourue, surtout avec Tante Amber dans la pièce. Quelque chose avait horriblement mal tourné. Est-ce qu'elles étaient toutes les deux tellement sous le charme de Merlinda qu'elles en avaient oublié ma présence ?

Je m'appuyai contre le traîneau pour échafauder un plan. Au moins le traîneau fournissait-il un petit abri contre le vent. Je me penchai de nouveau sous le traîneau, mais le creux entre le bas de la voiture et l'amas de neige grandissant n'était plus que de quelques centimètres.

Ça n'allait pas fonctionner. Je me remis debout sans savoir quoi faire. La neige tombait drue tout autour de moi, et j'aillais bientôt être ensevelie.

Il fallait que je me sorte de ce bazar.

« À l'aide ! » J'étais au bord des larmes.

Personne ne répondit. Je soupirai en m'avouant vaincue. C'était presque l'heure du dîner du réveillon, et au lieu de me détendre avec un verre près du feu, j'étais en train de geler à mort dans une boule à neige de Noël conjurée par ma tante.

Il fallait que je bouge tant que je contrôlais encore mes jambes à moitié gelées. Je fis de brusques embardées vers l'avant, comme si j'étais ivre alors que je n'avais pas bu une goutte. Incapable de me repérer, je ne savais pas du tout où aller, et décidai donc de partir dans la direction vers laquelle pointait le traîneau.

Sous mes pieds, le sol trembla.

Je sursautai quand quelque chose tinta derrière moi. Je me retournai et restai figée sur place.

Les rennes.

Ils avaient soudain pris vie. Ils s'ébrouaient et donnaient des coups de patte dans la neige, comme des chevaux de course dans les starting-blocks. Ils tiraient sur les rênes, entraînant le traîneau. J'allais me faire renverser par huit rennes exubérants, et il n'y avait personne pour me venir en aide.

Je trébuchai dans la neige, essayant désespérément d'échapper à la horde sauvage. Mais à chaque fois que je changeais de direction, les rennes faisaient de même.

La terre se mit à trembler de plus en plus, et comme je vacillais en essayant de garder l'équilibre, mon épaule heurta quelque chose.

Du verre.

Je poussais dessus de toutes mes forces. « Laissez-moi sortir ! »

<h1 style="text-align:center">CHAPITRE 2</h1>

« Tu vois, Cen? Voilà comment on lance un sort de déplacement. » Tante Pearl regardait Merlinda avec admiration, ne tenant absolument pas compte de mon hypothermie ni de mes possibles engelures.

Merlinda rayonnait.

« J'aurais pu mourir gelée ». Je n'avais qu'un souvenir flou de ma sortie du globe. Seuls la débandade des rennes et le verre brisé me revenaient à l'esprit Mais ma peau quasi gelée était elle bien réelle.

Mes doigts brûlaient sur le verre. Je m'étais servi un verre généreux de merlot avant de m'asseoir dans le grand fauteuil à côté du feu. Je l'avalai d'une traite et dégelai lentement devant la cheminée rougeoyante. Je ne savais toujours pas comment j'avais réussi à m'échapper du globe. Ni d'ailleurs comment j'étais rentrée dans la maison.

« Certaines personnes apprennent mieux par l'expérience. Comme toi, Cendrine. » Tante Pearl m'adressa un sourire peu sincère.

Tante Amber me jeta un regard compatissant. « Pearl a oublié la dernière phrase du sort. J'ai dû l'aider un peu. »

Tante Pearl leva les yeux au ciel. « Ne dis pas n'importe quoi,

Amber. Je n'oublie jamais rien. J'ai fait exprès, pour créer du suspense. Cela faisait partie de l'expérience. »

Je finis mon verre de vin et le reposai sur la table. Je frottais mes mains devant le feu incandescent. Mes doigts étaient encore d'un blanc-bleu, et me faisaient affreusement mal. « Je crois que j'ai des engelures. Comment as-tu pu me laisser dehors comme ça ? J'aurais pu mourir. »

Tante Pearl leva les yeux au ciel. « Franchement, Cen ! Tu es comme une plante exotique. Il est grand temps de t'endurcir un peu. »

« Tu m'avais complètement oubliée, n'est-ce pas ? » Je ne sais pas ce qui était le plus inquiétant, que tante Pearl m'ait oubliée, ou qu'elle ait oublié un sort. Peut-être que son âge la rattrapait, parce qu'elle semblait un peu dans le cirage. Une sorcière sénile était tout sauf drôle.

Mes pensées furent interrompues par la sonnette.

Tyler. Mon cœur bondit en visualisant les 1 mètre 85 bien bâtis de mon copain dans son uniforme de shérif. Maintenant qu'il était là, nous pouvions enfin commencer notre Noël ensemble. Tante Pearl, Merlinda rien n'avaient plus aucune importance.

Je jetai un œil par la fenêtre en me précipitant vers la porte. Il faisait nuit noire dehors, le vent s'était renforcé et soufflait presque en tempête. Il faisait trembler les vieilles fenêtres à simple vitrage et soufflait dans le conduit de la cheminée.

Tyler avait réussi à arriver malgré la tempête, et le reste m'importait bien peu.

« Eh bien, il était grand temps que ton bon à rien de copain arrive. Allons manger. » Tante Pearl poussa Merlinda et tante Amber vers la salle à manger.

* * *

JE REGRETTAI DÉJÀ d'avoir ouvert la porte. Ma nature d'habitude prudente m'avait abandonnée, soit à cause de l'atmosphère festive, soit à cause du vin et des autres alcools que je m'étais concoctés après le vin. J'étais encore traumatisée par ma sortie du globe de neige, et ce dernier événement faisait battre mon cœur à tout rompre. Je ne m'attendais pas à voir quelqu'un d'autre que Tyler. Et certainement pas l'inconnu qui me faisait à présent face.

Un cou tatoué se dessinait sous sa veste en cuir. Ses cheveux étaient coupés court, en une brosse inégale, et on aurait dit qu'il n'avait pas dormi depuis plusieurs jours.

Mon cœur cognait fort contre ma poitrine. Les domiciles forcés et les cambriolages avaient lieu ailleurs, dans les grandes villes et celles à la jonction des autoroutes. Pas dans un petit village qui subissait une tempête la veille de Noël. Comme par enchantement, une forte bourrasque de vent ouvrit tout grand la porte, saupoudrant au passage l'entrée de flocons de neige humides.

« Désolée, nous sommes fermés pour Noël. » Je fis un pas en arrière en cherchant la poignée de la porte, tout en gardant bien mes yeux sur le géant à quelques pas de moi. Nous n'avions pas de réservations, et la clientèle de notre auberge se composait presque exclusivement de couples à la recherche d'une escapade romantique. Ce type voyageait clairement tout seul.

Il haussa les épaules en grattant les poils de son visage. « Ouais, je sais. »

Il faisait déjà sombre et il était tard ; on était la veille de Noël, au beau milieu d'une tempête. Autant de raisons de ne pas être ici. Je fus envahie d'un mauvais pressentiment devant cet étranger très charpenté qui me faisait face depuis le seuil de la porte. Une bonne dose de bon sens à l'ancienne compensait généralement mes manquements en matière de capacités surnaturelles.

Mon instinct me criait de claquer la porte. La part logique de mon cerveau prit néanmoins le dessus, me conseillant de me calmer. « Si vous cherchez le chemin pour rejoindre l'autoroute, je peux vous aider — »

« Non, je ne suis pas perdu. Je suis censé être ici. Ce que je veux dire c'est que... Je n'ai pas besoin d'une chambre. » Il sourit, exhibant une dent en or. « Ou en y réfléchissant, peut-être que si. »

« Désolée, il n'y a pas de chambres libres ce soir. » Je commençai à fermer la porte, mais le trentenaire tenait à la conserver ouverte. Il fit un pas en avant et positionna son pied contre l'encadrement de la porte, m'empêchant de la fermer.

Je reculai en soupesant mes différentes options. Il devait peser au moins 110 kilos. On devinait aisément son torse musclé même sous son gros manteau d'hiver, dont je me doutais qu'il était le résultat d'un entraînement en prison plutôt qu'en camp de vacances. Mon intuition fut confortée par la vue des tatouages sur son cou et par son expression sévère.

Physiquement, je ne faisais pas le poids ; mais j'étais une sorcière. J'avais d'autres pouvoirs pour le faire déguerpir, le cas échéant.

Enfin pour cela, il aurait fallu que j'arrive à me souvenir comment les utiliser.

Ça tombait vraiment mal que je sois une sorcière médiocre qui pouvait à peine mémoriser quelques bribes d'une douzaine de sorts du quotidien. Rien d'utile en réserve pour pallier à une violation de domicile.

« Maman ? Tante Amber ? Quelqu'un peut venir à la porte ? » hurlai-je en me retournant en direction de la salle à manger. Une maisonnée de sorcières pourrait forcément me défendre.

Ou pas. Personne ne me répondit. Elles ne pouvaient pas m'entendre au milieu des rires et des tintements des verres. Je me retournai vers mon adversaire.

Il me sourit de sa dent en or. « On dirait que vous faites la fête. »

« Vous feriez mieux d'y aller, ou vous n'arriverez jamais à rejoindre l'autoroute, vu comme la neige est en train de s'amasser. » Je gardai une voix calme et pointais du doigt son véhicule, une Cadillac Escalade d'un noir étincelant garée au hasard au milieu de l'allée.

Volée sans doute.

Il s'appuya contre le seuil de la porte, tellement près que je pouvais sentir son haleine de café dans son haleine. « Nan. Je suis au bon endroit. J'ai rendez-vous avec quelqu'un ici. »

« Comme je vous l'ai dit, l'auberge est fermée. Il n'y a personne ici... » Je fis involontairement un pas en arrière, n'appréciant pas sa proximité pendant qu'il me toisait.

Il fronça les sourcils et tapa du pied pour faire tomber la neige de ses chaussures, laissant des morceaux de neige en forme de semelle sur le porche. Quelles qu'aient pu être ses intentions criminelles, il possédait au moins quelques bonnes manières. Je repoussai l'image qui me venait du scotch jaune utilisé sur les scènes de crime, et jetai un œil plein d'espoir vers l'allée. Mais toujours aucun signe de la Jeep de Tyler dans la montée.

Rien.

Mon cœur cognait fort contre ma poitrine.

Mis à part Tyler, nous n'attendions aucun visiteur, et personne ne passait à l'improviste la veille de Noël. Même pas les locaux, car le Wirthing Post Bar et Gril étaient également fermés pour Noël. Quiconque qui n'aurait pas vu le panneau « fermé » au bout de notre longue allée non déneigée aurait vite renoncé à conduire jusqu'ici.

Notre auberge se trouvait également à la sortie de la ville, loin de la route principale. La plupart des gens ont du mal à trouver West-wick Corners même quand ils la cherchent, alors dans la neige, n'en parlons pas. Je connaissais par ailleurs tout le monde en ville, et les quelques visiteurs attendus étaient arrivés plus tôt dans la journée. Aucun d'entre eux n'était ce type. Il était peu probable qu'il s'agisse d'une erreur.

Mon cœur cognait toujours aussi fort.

Il s'agissait réellement d'une violation de domicile.

Je reculai derrière la porte et commençai à la fermer. A quoi donc pensais-je, bon sang ? La période festive m'avait fait baisser la garde.

L'homme s'avança. Il se trouvait maintenant à moitié installé entre la porte et le chambranle. « Désolé pour le retard. La circulation était infernale ».

Je poussai, espérant arriver à déloger son pied « Je pense que vous avez la mauvaise - »

Il m'ignora et se répéta « Je suis vraiment content d'être enfin là. La neige tient vraiment maintenant. C'est à peine si j'ai réussi à faire monter mon Escalade. Ça n'est pas une voiture si classe que ça dans la neige. »

Je regardai en direction de sa voiture. C'était un peu énervant qu'il l'ait laissée au milieu de notre allée non déblayée. Il avait réussi à grimper la colline sous toute cette neige et n'avait même pas daigné faire les quelques mètres qui restaient jusqu'au parking. J'oubliai mon agacement. Cela n'avait pas vraiment d'importance puisque nous n'attendions personne.

Mis à part Tyler, qui avait maintenant plus d'une heure de retard. Et s'il lui était arrivé quelque chose de grave ? Ou pire, et si quelque chose de grave était sur le point de nous arriver ? Au moins Tyler verrait-il l'Escalade noire comme un avertissement possible qu'il était sur le point de tomber dans un piège.

En tant que shérif, Tyler pouvait se gérer. Mais même un policier ne s'attendrait pas à avoir une violation de domicile la veille de Noël.

Je transpirai malgré le froid. Je passai ma main sur mon front et me forçai à reprendre un tant soit peu mes esprits.

« Êtes-vous perdu ? » Mon pouls s'accélérait. Westwick Corners étant à l'écart des routes courantes, c'était une explication possible. « Prenez à droite en bas de la colline, roulez environ 8 kilomètres et prenez à gauche au croisement. Cela vous ramènera sur l'autoroute. »

Il ne bougea pas d'un pouce.

Et les renforts étaient déjà pompettes et hors de portée.

CHAPITRE 3

« *V*ous allez me laisser entrer ? Le regard vert pénétrant de l'étranger se fixa sur moi. Un sourire élargissant lentement son visage, il me tendit la main. « Ah... Vous ne savez pas qui je suis, c'est ça ? Je suis Dominic. Le compagnon de Merlinda. »

Le choix du mot compagnon semblait un peu incongru venant de ce gaillard, mais il était peut-être habitué à une langue plus formelle. Je savais vaguement que Merlinda avait un copain au Vanuatu, mais l'accent de Dominic ressemblait plus à celui du Texas que du Pacifique Sud. Mais bon, Merlinda n'en parlant que rarement, je ne savais pour ainsi dire rien.

« Le copain de Merlinda ? » Je relâchai la poignée de la porte pour lui serrer la main. Un intrus de plus à la maison pour Noël. Mon rêve de petite fête familiale confortable semblait de plus en plus improbable. « Elle n'a pas dit que vous viendriez. »

« Vous avez l'air déçue. »

« Non c'est juste que... Ce n'est rien. » Maintenant que je ne craignais plus pour ma vie, je pouvais observer Dominic de manière plus objective. Il était plutôt beau, avec un petit côté voyou. Et les flocons de neige qui recouvraient ses cheveux blond foncé lui donnaient un certain charme.

Dominic avança jusqu'à bloquer complètement l'entrée. « Merlinda ne sait pas que je suis ici. C'est censé être une surprise. Pearl est au courant par contre. C'est elle qui m'a invité à dîner ce soir. »

Je le regardai, éberluée. Pas seulement parce que Dominic avait fait tout ce trajet pour une simple invitation à dîner, mais parce que tant Pearl est la personne la moins sociable que je connaisse. Elle détestait les visiteurs, quels qu'ils soient, et faisait d'immenses efforts pour éviter les gens. C'était une source de tension constante avec les clients de l'auberge. Pourquoi était-elle tout d'un coup si accueillante ? Quelque chose ne collait pas.

Le ravissement qu'éprouvait tante Pearl devant Merlinda avait complètement transformé sa personnalité. Ce n'était pas juste qu'elle avait invité un étranger à dîner. Elle avait invité Dominic pour le réveillon. Je ne sais pas ce qui était le plus étrange, l'invitation de tante Pearl ou le fait qu'elle ait oublié de le mentionner.

Même Rudolph, Tonnerre et Éclair ne pourraient se diriger avec le blizzard qui soufflait cette nuit. Cela signifiait donc que Dominic n'était pas que là pour le dîner. Il lui faudrait passer la nuit, voire rester plus longtemps. L'unique déneigeuse du village ne se mettrait en marche qu'une fois les chutes de neige terminées. Cela signifiait le jour de Noël au plus tôt.

Mais gérer les répercussions serait le problème de tante Pearl. Avec elle, dans le meilleur des cas la sécurité était un concept impossible, donc cela pourrait lui servir de leçon. Au moment où j'ouvrais la porte pour laisser entrer Dominic, je réalisai tout d'un coup que Merlinda n'avait même pas prévu d'être à Westwick Corners pour Noël. Elle n'était là que parce que son vol avait été annulé. A quel moment exactement tante Pearl avait-elle invité Dominic ?

Dominic se passa la main dans les cheveux. « Pearl n'a vraiment pas mentionné son invitation à dîner ? »

Je fis non de la tête et reculai pour le laisser passer. « Je crains que non. »

Dominic leva les mains en signe de pardon. « Je voulais apporter du vin, mais tous les magasins étaient fermés ».

Je balayai son inquiétude d'un revers de la main. « Pas la peine.

Nous avons amplement de quoi boire. » Notre réserve bien remplie pourrait toujours être complétée par le stock du Witching Post Bar et Gril si nécessaire. La nourriture n'était pas non plus un problème, car maman en faisait toujours trop. C'est peut-être pour ça que tante Pearl n'avait rien dit à maman. Ou peut-être qu'elles avaient toutes les deux oublié de m'en parler.

Dans tous les cas, si je mangeais et buvais suffisamment, je pourrais sans doute supporter la situation.

Des flaques se formèrent sur le sol quand Dominic retira ses bottes.

Il suffirait d'un sort pour résoudre ce problème, mais j'étais énervée par son manque de considération. Il était débraillé, et l'opposé parfait de Merlinda ; et pourtant, je n'appréciais vraiment ni l'un ni l'autre. Le problème venait peut-être de moi. Chaque minute qui passait me rendait un peu plus irritable.

Avec un sourire forcé, je pris le manteau de Dominic et l'accrochai sur le portemanteau de l'entrée avant de l'emmener dans le salon. J'appelai. « Merlinda, tu as de la visite. »

Les yeux écarquillés par le choc, Merlinda sortit de la salle à manger. Elle resta un moment sur le pas de la porte sans rien dire. Puis, elle s'approcha de Dominic d'un pas chancelant du haut de ses talons, et l'étreignit.

Il se pencha vers elle et l'embrassa sur la joue.

Elle s'écarta en fronçant les sourcils. « Tu es censé être au Vanuatu. Comment es-tu arrivé jusqu'ici avec cette tempête ? »

Dominic haussa les épaules. « J'ai pris un vol pour Shady Creek ce matin. Je voulais te faire la surprise plus tôt, mais avec la tempête et tout le reste, j'ai failli ne pas arriver. J'ai roulé plus de cinq heures pour tenter d'arriver ici. Les routes sont sens dessus dessous. »

« Mais j'allais rentrer pour Noël, » dit Merlinda. « Tu le savais. »

Dominic haussa les épaules. « Je sais, mais j'avais prévu d'arriver avant que tu partes. Avec la tempête et tout le reste, j'ai bien cru ne pas y arriver. »

« Heureusement que mon vol a été annulé, sinon nous nous serions manqué » à côté de son copain tatoué, Merlinda semblait encore plus raffinée, une vraie princesse. Il formait un couple vraiment bizarre, et Merlinda ne semblait vraiment pas ravie de le voir. Son humeur gaie et effervescente d'il y a peu s'était évanouie.

L'histoire de Dominic me semblait bizarre. Dans la même situation, je n'aurais pas oublié les plans de voyage de Tyler. Au contraire, j'aurais compté les jours jusqu'à son retour. Dominic n'avait rien de l'amoureux transi non plus. Quelque chose clochait, mais mon cerveau embrumé par l'alcool n'arrivait pas à réfléchir pour le moment.

Je n'avais aucune idée du temps qu'il fallait pour faire Vanuatu Seattle puis Shady Creek, mais c'était un vol long-courrier, qui durait sûrement au moins douze heures. Si on rajoute la route jusqu'à Westwick Corners en plein hiver, l'idée de la visite surprise semblait vraiment improbable.

Je me recroquevillai un peu en visualisant Tyler coincé dehors sous ce temps pourri. Il allait peut-être manquer notre dîner de réveillon et les célébrations familiales typiques de la famille West. J'avais tellement envie de partage tout ça avec lui !

« Cinq heures de conduite, cela fait long », dit Merlinda. « Shady Creek n'est qu'à une heure d'ici. »

Dominic acquiesça. « C'était le chaos total sur l'autoroute. J'ai eu de la chance d'obtenir le dernier SUV de l'agence de location. »

Je revis d'un coup l'Escalade garée dehors. Elle semblait plus chic que résistante à la neige, et je n'avais jamais vu ce genre de modèle dans une agence Budget ou Entreprise, et encore moins à Shady Creek. Je suspectai Dominic de mentir, mais pourquoi ? C'était un détail, mais qui me faisait penser qu'il y avait autre chose derrière son histoire.

La nuit prenait d'un coup une tournure plus intéressante, malgré le retard de Tyler. Qu'est-ce que la superbe Merlinda trouvait à ce rustre ? OK, il était en forme, mais il était également un peu débraillé et pas si beau que ça. Rien de grave dans l'absolu, mais Merlinda pouvait sortir avec qui elle voulait. Qu'est-ce qu'elle pouvait bien lui trouver, enfin ?

CHAPITRE 4

Une odeur de dinde rôtie et d'épices chatouilla nos narines à notre entrée dans la salle à manger.

Je m'arrêtai sur le pas de la porte et fis avancer Merlinda et Dominic devant moi. Je ressentis un élan de sympathie pour Tyler, toujours coincé dehors dans le froid. Mon estomac gargouillait, me rappelant que je n'avais rien avalé depuis le petit-déjeuner.

« Le plus important d'abord. » Dominic avait repéré le gui au-dessus de la porte. Il entoura Merlinda de ses bras d'un geste protecteur. Il la rapprocha de lui puis l'embrassa.

« Aïe. » Merlinda se dégagea brusquement, la douleur se lisant sur son visage. Elle s'appuya contre la porte et se plia de douleur.

« Qu'est-ce qui ne va pas, chérie ? » Dominic écarta une mèche des cheveux sombres de Merlinda et la disposa tendrement derrière son oreille.

« J'ai des crampes à l'estomac. Pearl m'a pourtant servi de sa tisane spéciale au chardon-Marie. Je crois que ça va un peu mieux maintenant. » Merlinda regarda Dominic dans les yeux et l'embrassa.

Dominic et Merlinda bloquaient l'entée vers la salle à manger, et tant qu'ils restaient sous le gui, j'étais coincée derrière eux. Le contraste entre la magnifique Merlinda, sa taille mannequin et le côté rugueux de Dominic était saisissant.

L'arrivée de Dominic représentait un avantage, puisqu'il allait pouvoir s'interposer dans la relation étrange qui liait Merlinda et tante Pearl. Tante Pearl allait être maintenant en concurrence avec Dominic pour obtenir l'attention de Merlinda.

Tante Amber apparut soudain du côté salle à manger de la porte. Elle se trouvait à quelques centimètres du couple. Pris dans leur baiser, ils ne perçurent pas sa présence.

« Comme c'est mignon. » Tante Amber s'éleva de quelques centimètres du sol derrière le couple et replaça la branche de gui. Elle arracha un brin de gui pendant que Dominic et Merlinda s'embrassaient. Un bout de la plante tomba sur la tête de Dominic, qui sembla ne pas s'en rendre compte.

Je ne sais pas bien si le commentaire de tante Amber s'adressait au petit couple ou s'il s'agissait d'une pique adressée à tante Pearl qui ne faisait jamais de tisane pour personne.

« Tante Amber, descends ! » Je m'inquiétai qu'elle utilise de manière aussi voyante ses talents de sorcière devant des étrangers. Tante Amber était une des cadres supérieures de la Witches International Community Craft Association, elle connaissait bien les règles. En temps normal, elle les suivait scrupuleusement. C'était peut-être l'effet de la joie de Noël, mais son manque total de considération pour les règles de la WICCA était vraiment inquiétant.

« Ne me parle pas comme à un chien, Cendrine. » protesta tante Amber. « Fais preuve d'un peu de respect envers ta tante. »

Je haussai les épaules. « Je voulais juste protéger nos secrets de famille. Et éviter que tu aies des ennuis avec la WICCA. »

Tante Amber soupira en levant les yeux au ciel. « Je n'ai aucun problème. Et je peux très bien m'occuper de moi toute seule, merci. »

Tout le monde semblait un peu irritable et tendu ce soir. Noël faisait souvent cet effet-là aux gens.

Je jetai un œil vers Merlinda et Dominic. Ils étaient toujours dans leur petit cocon, bien qu'au milieu de notre dispute, et ne semblaient pas prêter attention aux combines de tante Amber.

« C'est quoi le problème ? » Les pieds de tante Amber étaient de nouveau fermement ancrés dans le sol, mais elle semblait toujours contrariée.

« Nous avons un invité, ne l'oublie pas ? » C'était peu probable, mais pas impossible que Dominic ignore que sa petite amie était une sorcière, et que l'école de tante Pearl n'était pas un pensionnat à l'ancienne. Mais même s'il avait connaissance des talents de Merlinda, il ne connaissait pas les nôtres. Et je voulais que cela reste ainsi. J'espérais au moins que Merlinda n'avait pas révélé notre secret. Dans tous les cas, nous ne devrions vraiment pas faire étalage de nos talents devant un inconnu.

« Oh, détends-toi, Cen. C'est Noël. » Tante Amber s'approcha d'un pas chancelant. Elle en était à son quatrième lait de poule alcoolisé, si j'avais bien compté. Un souffle d'esprit de Noël, et toutes les règles étaient allègrement balayées.

Merlinda se dégagea des bras de Dominic et m'adressa un regard perplexe. « Que se passe-t-il ? »

Je maudis ma propre stupidité. Merlinda et Dominic n'avaient pas remarqué l'ascension de tante Amber, mais ils avaient certainement remarqué le ton de nos voix.

Avant que je puisse répondre, tante Amber tendit à Merlinda le brin de gui. « Tu as besoin de ça ma puce. Le gui a des qualités protectrices. Tant que tu le portes, tu es en sécurité. »

Dominic leva les yeux au ciel. « Tu n'as pas besoin d'une plante morte pour te protéger. Ton harceleur du Vanuatu ne peut rien contre toi ici. Surtout pas avec moi pour te protéger. »

La promesse de Dominic semblait un peu vide de sens, Westwick Corners étant réellement désert en décembre. Je pense que personne, pas même un harceleur, ne ferait l'effort de trouver l'endroit. Merlinda n'avait vraiment pas besoin de protection. Cela m'interpellait néanmoins. « Quelqu'un te harcèle ? »

« Ce n'est rien, vraiment. Dominic exagère. » Merlinda se retourna vers Dominic en souriant. « Tu as raison. Je suis en sécurité ici Toutes les menaces sont à des milliers de kilomètres. »

« Quel genre de menace ? Qu'est-ce qu'ils te veulent exactement ? »

La vie de Merlinda semblait tellement parfaite, je ne pouvais croire qu'elle pouvait avoir des ennuis. Que pouvait-il bien y avoir de sinistre sur une île paradisiaque comme le Vanuatu ? J'imaginais une île endormie du Pacifique Sud sans aucun nuage en vue.

Merlinda haussa les épaules. « ça n'a pas d'importance. Dominic me protégera. » Elle s'écarta en souriant.

« Quiconque veut faire du mal à mon bébé devra d'abord me passer sur le corps. » Dominic attrapa fermement le bras de Merlinda et la conduisit dans la salle à manger. Il l'accompagna jusqu'à la table où il lui tendit une chaise. Quand elle fut assise, il prit place à ses côtés.

Tante Amber et moi pénétrâmes dans la salle à manger derrière le couple. Le dîner de réveillon prenait d'un coup une tournure inté-ressante.

« Je planifie ma surprise depuis des semaines. Pearl est au courant de tout, » dit Dominic. « J'ai failli ne pas arriver à cause de la neige, par contre. J'ai une grande surprise pour toi, chérie. »

Merlinda lui jeta un regard légèrement appréhensif tout en forçant un petit sourire. « Quel genre de surprise ? »

Dominic resta silencieux. Il frappa la paume de sa main sur la table. « Allons, où est Pearl ? J'ai hâte de rencontrer pour de vrai le mentor de Merlinda. »

Je souris en pensant que ma tante, qui aimait tant enfreindre les lois et semer la pagaille, puisse être considérée comme le mentor de quelqu'un. J'avais également hâte de voir tante Pearl s'en prendre à Dominic. Outre le fait qu'elle détestait les hommes, elle considérerait Dominic comme une menace, en concurrence pour l'attention de son élève star et unique. Ce qui rendait d'ailleurs encore plus incompré-hensible cette invitation.

« Je crois qu'elle est dans la cuisine, » répondis-je. « En attendant, je peux t'offrir quelque chose à boire ? »

« Tu as de la bière ? »

Je partis dans la cuisine où maman et Pearl se trouvaient, dos à moi. Maman mélangeait de la sauce dans une grande casserole sur la cuisinière tandis que tante Pearl était occupée sur le plan de travail à trancher le gâteau de Noël de maman et à disposer les tranches sur un plat. Tante Pearl avait placé des douzaines de tranches sur le plat, assez pour nourrir une petite armée. Assez pour les rendre tous saouls également. Le gâteau de Noël de maman était gorgé d'alcool.

Tante Pearl savait qu'aucune d'entre nous ne mangerait le gâteau. Au lieu de ça, en fins stratèges, nous stockerions nos morceaux de gâteau dans différents endroits de la pièce jusqu'au moment où nous pourrions nous en débarrasser. Ça n'était pas très sympa d'en servir aux invités, mais c'était le problème de tante Pearl. C'est elle qui les avait invités après tout.

Malgré les talents culinaires de maman, son gâteau de Noël bourré d'alcool était absolument infâme. Maman ne prenait pas bien les critiques, et nous n'avions pas le cœur de lui dire à quel point son gâteau était mauvais. Donc tous les ans, nous cachions notre profond dégoût pour le gâteau, et maman en faisait des quantités toujours plus importantes. Elle pensait sincèrement qu'on n'en avait jamais assez.

La recette du gâteau de Noël de la famille West remontait à nos ancêtres britanniques. Elle s'était transmise de génération en génération, en même temps que la légende qui disait que c'était grâce au gâteau qu'aucune créature ne venait perturber le réveillon de Noël. Notre ancienne maison abritait autrefois des souris. C'est à dire, jusqu'à ce que maman redécouvre la recette de famille et lui donne une deuxième vie, il y a environ dix ans. D'un coup, les souris avaient disparu. Son gâteau avait un avantage indéniable ; il était fatal aux pauvres petites créatures.

Ça n'était pas vraiment gentil d'en servir à des invités innocents.

Cette année était un peu différente. Maman n'avait pas fait le gâteau en avance comme à son habitude. Elle ne l'avait préparé que ce matin, trop tard pour empêcher les souris d'apparaître. Le manoir familial était vieux et exposé aux quatre vents, et les petits animaux ne manquaient pas d'options pour entrer se mettre à l'abri du froid.

En plissant le nez, je passai près de maman et tante Pearl sans me faire remarquer. Je venais d'ouvrir le réfrigérateur pour prendre une Budweiser pour Dominic quand je sentis quelque chose contre mon épaule. Je vis quelque chose de rouge dans le coin de mon œil et n'arrivai pas à étouffer mon cri.

« Qu'est-ce que… » tante Pearl fit tomber le couteau sur le plan de travail et vacilla vers l'arrière. « Franchement, Cen ! Tu m'as flanqué une de ces frousses ! Qu'est-ce qui ne tourne pas rond chez toi ? Tu n'as jamais vu le père Noël ou quoi ? »

« Euh, le p-père Noël ? » Je me retournai et vis alors un homme dans un costume de père Noël, grand, mais légèrement trop maigre, dans notre cuisine. Était-ce le même que celui du globe à neige ? Si oui, c'était encore un tour de tante Pearl. Elle avait réussi à détruire tous mes souvenirs d'enfance. Voilà que le père Noël faisait peur et avait un côté harceleur. Heureusement qu'il n'y avait pas d'enfants dans les parages, ils auraient été traumatisés à vie.

Mon regard accrocha les yeux bleu pâle du père Noël, et je compris enfin ce qu'il se passait. Ça n'était pas une apparition. C'était Earl, l'admirateur pas-si-secret-que-ça de tante Pearl. Je ne l'avais pas reconnu dans son déguisement, mais c'était compréhensible. C'était un fermier aux pieds sur terre et personne ne s'attendait à le voir déguisé en père Noël.

Pour une raison qui m'échappait, Earl-le-facile aimait Pearl -la-compliquée. Son attitude calme n'avait rien à voir avec ma tante grincheuse et intrigante. Il semblait néanmoins prêt à tout pour la rendre heureuse, ce qui expliquait vraisemblablement le déguisement. Cela me rendait également heureuse. J'appréciais énormément Earl, surtout pour l'effet apaisant qu'il avait sur tante Pearl.

Maman se mit à rire. « Tu es passée juste devant Earl sans le voir, Cen. Tu es tellement perdue dans tes pensées que tu n'as rien vu. »

Les yeux du père Noël brillaient d'amusement. « Ce déguisement est assez voyant, Cen. C'est dur de passer à côté sans le voir. »

J'étais réellement préoccupée, je me demandais si Tyler allait bien. « Oh, désolée, Earl. Je ne m'attendais pas à te voir. » *Surtout dans un costume de père Noël.* « Tante Pearl avait dit que tu ne viendrais pas…. »

« Je n'ai rien dit de tel », grogna tante Pearl. « Pourquoi ne conduis-tu pas Earl dans la salle à manger ? »

Une fois hors de portée, Earl me confia « Toute cette histoire de père Noël, c'était une idée de Pearl. Pour tout te dire, je me sens un peu ridicule dans cet attirail. Mais si cela rend Pearl heureuse, ça vaut le coup. »

Amen.

En temps normal, je n'aurais pas été surprise de voir Earl. Il n'habitait pas loin et n'avait nulle part où aller pour Noël. Il avait déjà partagé le dîner de Thanksgiving avec nous. Mais tante Pearl nous avait dit plus tôt qu'il avait une nouvelle petite amie et qu'il ne viendrait pas.

Un autre de ses mensonges, juste pour le plaisir de nous mener en bateau. Je ne savais jamais si je devais ou non croire tante Pearl.

« Allons nous asseoir dans la salle à manger. » Je fis signe à Earl de me suivre et pris au passage une bouteille de Witching Hour rouge, un merlot de plusieurs années, produit de notre petite vigne. A notre entrée dans la salle à manger, personne ne mentionna le déguisement d'Earl, ce qui créa un sentiment de malaise. Visiblement, ils ne savaient quoi dire.

Earl s'installa au bout de la table. Il s'était positionné stratégiquement à droite de la chaise où s'installait généralement tante Pearl. Sa canne était appuyée contre le dossier, bien qu'elle-même fut encore dans la cuisine. Sa canne était en fait sa baguette, évidemment.

Il était difficile de savoir si Earl ignorait réellement les talents de sorcière de tante Pearl, ou s'il avait décidé de faire comme si de rien n'était. Dans tous les cas, il ne se demandait jamais pourquoi elle pouvait se déplacer sans sa canne, et il ne semblait pas plus remarquer ses fréquentes aventures surnaturelles. L'amour est aveugle il paraît.

Mon estomac criait famine malgré le gâteau aperçu plus tôt. Je déposai le vin sur la table et tendis la Budweiser à Dominic. « Ça m'épate que tu aies fait tout le chemin depuis le Vanuatu pour faire la surprise à Merlinda. »

« Oui, bien... » Il décapsula la bouteille et avala une gorgée généreuse. Il reposa bruyamment la bouteille sur la table et poussa un soupir en s'enfonçant dans sa chaise. Il serra la main de Merlinda. « Elle en vaut la peine. »

Je jetai un œil à l'extérieur et réalisai que la rambarde du porche était recouverte de neige. Étonnamment, Dominic avait réussi à se frayer un chemin en dépit des fermetures des routes et du blizzard du siècle. Et tout ça juste après avoir quitté un paradis tropical pour faire une surprise à sa petite amie pour le dîner, alors que des milliers de kilomètres et la moitié d'un océan les séparaient. Personne n'avait jamais rien fait de semblable ou même approchant pour moi.

Je ne souhaitais évidemment pas que Tyler abandonne les conducteurs en perdition. En tant que shérif, il ne pouvait pas partir juste parce qu'il était attendu pour dîner. J'aurais pourtant bien aimé. Je trouvais également que ceux qui avaient pris leur voiture n'avaient pas de considération pour les autres. S'ils n'étaient pas là en train de se perdre dans la tempête, Tyler ne serait pas coincé à essayer de les secourir. C'était peut-être égoïste, mais pouvait-on me reprocher de vouloir la présence de mon petit ami à mes côtés pour le réveillon de Noël ?

« Tu as laissé le soleil et le sable pour ce temps-là ? Ça a dû être difficile, » dit tante Amber.

« Pas du tout ». Dominic passa son bras sur les épaules de Merlinda et serra tellement fort son épaule que sa chaise bascula vers lui sur deux pieds. « Rien n'aurait pu me tenir à distance. »

Merlinda rétablit l'équilibre en posant une main sur la table. « Qui s'occupe du magasin de plongée ? Tu l'as laissé en pleine saison touristique. »

« Tu as un magasin de plongée ? » Dominic n'avait pas la tête d'un sportif des océans. Son corps musclé coulerait sans doute comme une ancre. Ou peut-être qu'il utiliserait quelqu'un d'autre en guise d'ancre. Son magasin de plongée était sans doute une couverture pour un trafic de drogue ou un autre commerce tout aussi machiavélique et douteux. Il y avait un truc qui clochait avec lui, mais je n'arrivais pas à mettre le doigt dessus.

« Pas mon magasin. Je ne fais qu'y travailler. » Dominic se retourna vers Merlinda. « Tout va bien, j'ai quelqu'un qui gère à ma place pendant mon absence. Tu me manquais tellement, ma puce. Je voulais juste être avec toi pour Noël. »

Dominic ouvrit la paume de main de Merlinda et attrapa le brin de gui. Il le plaça sur la table basse entre leurs verres. « Tu n'as pas besoin de porte-bonheur. Je suis là pour te protéger, maintenant et toujours. »

Le visage de Merlinda s'assombrit. Elle but son vin et reposa son verre sur la table tellement brutalement que celui-ci déborda. Des petites taches rouges apparurent sur la nappe blanche. « Tu étais censé garder un œil là-bas. Je croyais qu'on s'était mis d'accord... »

Dominic porta un doigt à ses lèvres. « Chut, ma puce. Nous n'avons pas besoin de garder le secret. »

« Quel secret ? » Maman fit son entrée depuis la cuisine, un plat de pommes de terre fumantes dans les mains. Elle le posa sur la table de la table à manger et essuya ses mains sur son tablier.

« Il y a des problèmes au Vanuatu. La tête de Merlinda est mise à prix, » dit Dominic.

Maman poussa un cri. « Merlinda, tu ne nous a jamais dit que tu étais en danger ! Qui diable peut te vouloir du mal ? »

Merlinda eut un haussement d'épaules. « Dominic exagère. La situation n'est pas aussi grave qu'il le dit. »

Dominic fit non de la tête. « Tu n'es pas en sécurité au Vanuatu. Même pas ici. C'est pour ça que je suis venu, pour te protéger. »

« Protéger Merlinda de quoi ? » demanda maman. « Il n'y a pas plus sûr que Westwick Corners. »

« Les ennemis de Merlinda sont bien décidés à l'attraper. Ils veulent contrôler ses pouvoirs au profit de John Frum et le culte du cargo, » expliqua Dominic.

« C'est qui, John Frum ? » demanda tante Amber.

Merlina balaya la question d'un revers de la main. « Il n'existe pas. »

« Quelle qu'en soit la raison, personne ne peut venir ici pour le moment, » remarqua Earl. « Nous sommes coincés dans le blizzard pendant encore un moment ».

Merlinda lança un regard noir à Earl. « Vous n'êtes pas expert météo ».

Earl ne semblait pas se rendre compte du tout de la haine que lui vouait Merlinda. « J'aurais pu te parler de cette tempête il y a déjà des semaines. Si tu m'avais demandé, je t'aurais conseillé de rentrer plus tôt. L'almanach de l'agriculteur prévoyait beaucoup de neige et un hiver froid cette année. »

« Oui, et bien je ne t'ai pas demandé que je sache ? » Merlinda leva les yeux au ciel. « Tu crois vraiment ce qui est écrit dans l'Almanach de l'agriculteur ? »

Earl fronça les sourcils. « Évidemment que je le crois. Cela fait au moins cinquante ans qu'ils ont raison. »

« Earl est agriculteur depuis très longtemps, » dis-je. L'impolitesse de Merlinda était inexcusable, mais j'avoue que j'étais contente de voir un peu craquer sa coquille parfaite. Earl avait juste tenté d'être utile, et elle l'avait envoyé paître.

« Pourquoi ces personnes te cherchent-elles, ma chère ? » demanda tante Amber en fronçant les sourcils. « C'est qui ce John Frum ? Et pour l'amour du Ciel, c'est quoi un culte du cargo ? C'est pour les gens qui aiment les bagages de luxe ? Ou ça à un rapport avec les voyages sur l'océan ? »

Un léger sourire se dessina sur le visage de Merlinda qui secoua lentement la tête. « Si seulement c'était aussi simple. »

Tante Pearl se trouvait juste derrière Merlinda, mais je ne l'avais pas vu entrer dans la salle à manger. Elle déposa délicatement la saucière sur la table devant Merlinda, comme une offrande à une déesse.

« Merlinda n'a pas besoin de ton aide, Dominic » dit tante Pearl d'un ton agressif. « Elle est tout à fait capable de se défendre toute seule. »

« Allons, Pearl… » La voix apaisante d'Earl eut l'effet escompté, et tout le monde resta un moment silencieux.

Dominic retint sa respiration et fronça les sourcils. « Tu ne leur a rien dit ma puce ? »

« Dis quoi ? » Maman avait manqué une partie de la discussion pendant son aller-retour dans la cuisine. Elle revenait cette fois avec un panier de petits pains frais. « J'espère que tout le monde a faim. Vous pourrez partager vos nouvelles pendant le dîner. »

« Mais Tyler n'est pas encore là. » Je regardai par la fenêtre, effondrée de ne voir toujours aucune trace de sa Jeep. L'Escalade de Dominic était déjà recouverte de plusieurs centimètres de neige fraîche, formant un amas blanc dans l'allée non déneigée. « On ne peut pas attendre encore un peu ? »

« Il ne viendra probablement pas, Cen. » Les yeux de tante Pearl pétillèrent de malice. « Oh.... Je parie qu'il a trouvé mieux. »

J'allai rétorquer, mais m'arrêtai. Tante Pearl aimait me provoquer, je n'allais pas tomber dans son piège.

Maman fit non de la tête. « J'ai attendu autant que possible, ma chérie. J'imagine que Tyler est toujours coincé dehors. Je réchaufferai une assiette quand il arrivera. »

« OK » Je soupirai, m'apitoyant sur mon sort. C'était aussi bien après tout. Avec Dominic et Merlinda ici, le réveillon n'aurait rien du réveillon traditionnel familial que j'avais espéré.

CHAPITRE 5

Je contemplai la chaise vide à côté de moi et n'écoutai que distraitement les discussions. Maman et tante Pearl apportèrent d'autres plats fumants avant de prendre place à table.

La table était entièrement recouverte de saladiers de légumes, de farce, de sauce aux canneberges, sans oublier la dinde. La petite vingtaine de plats aurait largement suffi à nourrir tout un clan de sorcières en manque de calories.

Mais j'avais perdu l'appétit, je m'inquiétais pour Tyler. J'appelai son portable, mais sans obtenir de réponse.

Maman m'adressa un regard compatissant.

Je lui souriais, en espérant que les autres ne remarqueraient pas ma déception. Je disposai un petit pain tiède dans mon assiette avant de passer le panier à tante Pearl. Peut-être que si je faisais semblant de passer un bon moment, je finirais par m'amuser.

J'observais la table, notant que tante Pearl dans son tailleur pantalon de velours vert et Earl dans son costume de velours rouge se complétaient à merveille, d'une manière un peu étrange. Tante Pearl, avec ses cheveux gris et son habit de fête, vert ressemblait à une mère Noël âgée et anorexique. Le costume rouge d'Earl flottait sur sa large carrure et faisait penser à un père Noël vieillissant au look un peu hippie.

Tante Amber se servit une portion généreuse de carottes confites, puis passa le plat à maman qui se trouvait à sa gauche. « Je veux tout savoir sur ce culte du cargo. Est-ce que n'importe qui peut devenir membre ? »

« Il n'y a pas de système officiel d'adhésion. Il ne s'agit pas de ce genre de culte, » répondit Merlinda. « John Frum est surtout une légende. Et même s'il existait vraiment, la plupart des histoires qui le concernent ont été montées de toute pièce. Mais au Vanuatu, les gens pensent vraiment qu'il a le pouvoir de récompenser les vrais fidèles. »

« Fidèles à quoi ? » J'écoutais d'une oreille distraite en guettant l'arrivée de Tyler par la fenêtre.

« C'est surtout un mythe qui est devenu assez confus au fil des ans. Certains événements réels ont été embellis parce que les gens voulaient croire qu'ils pouvaient tout faire revenir. » Merlinda jeta un œil en direction de Dominic. « La marine américaine et d'autres flottes ont fait escale au Vanuatu pendant la Deuxième Guerre mondiale. Ils arrivaient avec toutes sortes de gadgets que les locaux n'avaient jamais vus, comme des radios, des montres, etc. Et des boissons et aliments qui nous semblaient extraordinaires, comme le Spam ou le Coca-Cola. »

« Je ne dirais pas que le Spam est top, » dit Earl qui se tenait à la gauche de Merlinda. « Tu devrais essayer certains de mes poulets nourris au grain... »

« Tu as vendu ta ferme, Earl. Tu t'en souviens ? » Tante Amber tourna le regard vers Dominic. « J'imagine qu'il n'y avait rien de tout ça au Vanuatu à l'époque. C'était juste des rêves d'enfants. »

« Comme Noël et le père Noël », ajouta tante Pearl. « L'histoire est à moitié vraie et à moitié inventée. »

« A l'époque, tu ne pouvais pas commander de produits en ligne, » dit Dominic. « Surtout pas au Vanuatu. Ce sont de petites îles au milieu de nulle part. Il n'y a rien, à part du sable et des palmiers. »

Merlinda acquiesça de la tête. « Les îliens pensaient que les étrangers pouvaient faire apparaître par magie plein de produits pratiques et de luxe. Personne n'avait vu ces produits au Vanuatu avant. C'est à dire avant que dans les années 30 et 40, l'armée américaine n'utilise les îles comme base pendant la Deuxième Guerre mondiale. Quand les marins sont partis quelques années plus tard, les gens ont pensé que le personnel naval américain reviendrait. »

« Et qu'ils rapporteraient tous les bons produits, et avec eux feraient revivre les bons moments, » acquiesça Dominic. « Mais ils ne sont jamais revenus. »

« Les gens appellent magie ce qu'ils ne comprennent pas. » J'espérais que la conversation suffirait à détourner l'attention de tante Pearl de ce qu'elle avait en réserve pour nous...

Merlinda acquiesça de la tête. « Même aujourd'hui, il est difficile de se rendre au Vanuatu, et nous avons peu de visiteurs. Cela coûte très cher de se faire livrer des produits là-bas. Il y a encore beaucoup de choses facilement accessibles partout qu'il n'est pas possible de trouver au Vanuatu. Vous pouvez imaginer à quel point l'imagination des habitants se met en branle quand des étrangers arrivent avec tous ces produits modernes qu'ils n'ont jamais vus avant. Des cargos, en quelque sorte. Les habitants pensent que tous les produits apparaissent par magie, car ils ne savent pas comment l'expliquer autrement. C'est pour ça que l'on parle du culte du cargo. »

« Mais il n'y avait pas d'autres personnes sur le bateau avec John Frum ? Pourquoi vénérer un homme en particulier ? » demandais-je.

Merlinda haussa les épaules. « John Frum regroupe en quelque sorte l'ensemble des appelés qui se rendirent sur l'île à cette époque. Quand ils sont tous partis à la fin de la guerre, les locaux ont canalisé leur énergie pour tenter de faire revenir les navires. C'était un souhait collectif qui a pris de l'ampleur avec les années. »

« Quelle bande de fous, » dit Earl. « Au lieu d'espérer, ils auraient pu faire pousser leur nourriture. Ils n'y ont pas réfléchi une minute ? »

« Tu ne peux pas faire pousser du Spam ou du Coca-Cola. Qu'est-ce que tu y connais d'abord ? » Merlinda le fusilla du regard. « Tu n'y as jamais mis les pieds. Tu n'as sans doute jamais été ailleurs qu'aux États-Unis. »

Earl ricana. « Pas besoin d'avoir parcouru le monde pour reconnaître des rêves illusoires quand j'en croise. »

Tante Pearl fronça les sourcils. « Allons Earl... Je crois que ce que Merlinda essaie de dire, c'est... »

« Merlinda ! Qu'est-ce qui te prend ? » Dominic désapprouva de la tête. « Ce pauvre Earl posait simplement une question.

« Non, il se dispute avec moi, comme à chaque fois. » Elle se tourna vers Earl. « Admets-le, Earl. Pearl ne t'apprécie pas et elle voudrait que tu arrêtes de la harceler. »

« Je n'ai jamais dit ça, Merlinda. » Le visage de tante Pearl vira à l'écarlate, contrastant vivement avec le vert de son tailleur pantalon. L'atmosphère festive qui régnait encore récemment s'évapora d'un coup.

Earl se mit à rire. « Je sais bien que ça n'est pas le cas, Pearl. Tu m'as presque supplié de venir dîner. »

Ça paraissait un peu exagéré, mais d'un autre côté, tante Pearl *avait* bien invité d'autres personnes, donc ce que disait Earl sonnait juste. Elle n'avait jamais invité personne à la maison avant. Et pourtant, nous nous retrouvions maintenant avec une assemblée inhabituelle pour ce réveillon de Noël. Elle préparait sans aucun doute quelque chose.

Maman dévia la conversation en invoquant de nouveau le Vanuatu. « Quel est le lien entre ce culte du cargo et Merlinda ? »

« Merlinda a certains pouvoirs spéciaux, » dit Dominic. « Elle fait apparaître des trucs de nulle part. »

Alors en fin de compte, Dominic savait que Merlinda était une sorcière. C'était un peu évident vu qu'elle était étudiante à l'école des Charmes de Pearl. Il avait sans doute déjà deviné que nous étions également des sorcières.

Je portai mon regard en direction d'Earl. S'il avait la moindre connaissance de nos pouvoirs de sorcière, il n'en laissait jamais rien paraître. Mais comme il était tout le temps fourré avec tante Pearl, pouvait-il vraiment être ignorant de ce point ?

« Je ne sais pas comment Merlinda s'y prend pour faire apparaître tous ces trucs, mais je sais qu'elle le fait. C'est assez extraordinaire.

Oh, j'ai failli oublier. » Dominic plongea la main dans sa poche et lui tendit un petit sachet d'herbes séchées. « Tes médicaments. »

« Oh, mille mercis ! J'en ai vraiment besoin. » Merlinda ouvrit le sachet et vida son contenu sur sa purée. A l'aide d'une fourchette, elle mélangea la poudre verte aux pommes de terre.

« Hey, qu'est-ce que c'est ?' Earl pointa son bras couvert de velours rouge vers l'assiette de Merlinda. Il étendit le bras en diagonale par-dessus la table, passant directement devant l'assiette de Dominic. Earl plissa les yeux en regardant les pommes de terre de Merlinda. « On dirait de la marijuana. »

Dominic repoussa le bras d'Earl. « Hé, ôte ton bras de ma nourriture. » Il allongea l'épaule, bloquant le bras d'Earl. « Tu as déjà vu de l'herbe, mon vieux ? Cela ne ressemble pas du tout à ça. »

Merlinda fit comme s'ils n'étaient pas là. Elle avala une cuillérée de purée avant de poursuivre son histoire. « Ce que je fais n'a rien d'extraordinaire, vraiment. Pearl m'a appris que quand tu veux vraiment quelque chose, tu dois juste concentrer le pouvoir de ton esprit dessus, et tes souhaits se réalisent. En gros, c'est tout ce que je fais. »

« Tu entends ça, Cen ? » Tante Pearl pointait sa fourchette vers moi.

Je pris une mine renfrognée.

Tante Pearl disposait enfin de la protégée de ses rêves. Et de sa confidente aussi, sans doute. Je ne sais pas si elle avait fait exprès, mais je pris mal les paroles de Merlinda, une référence à peine voilée à la sorcellerie, et au fait que j'étais nulle comme sorcière, car pas assez concentrée.

Mais cela n'avait rien à voir avec ça. J'ai toujours eu l'impression que mes pouvoirs me conféraient un avantage vraiment injuste, la plupart des gens ne pouvant pas jeter de sorts. J'avais comme l'impression de tricher. Et dans le même temps, il me semblait que c'était mal de gâcher mes talents naturels. Si je ne croyais pas en moi, qui le pourrait ?

J'aurais pu user de sorcellerie pour aider Tyler à finir sa journée de travail. Enfin, si j'avais appris les bons sorts pour cela auparavant, évidemment. Il n'était peut-être pas trop tard. Je visualisais Tyler sur l'autoroute, courbé contre le vent en train d'essayer d'attraper la poignée de sa Jeep. Il est en sécurité à l'intérieur, tourne la clé de contact...

« Cen ? » La vois de Pearl me fit revenir sur terre.

« Hein ? »

« Tu peux imaginer la motivation que tu aurais si tu vivais au Vanuatu ? » dit tante Pearl. « Tu n'aurais rien à faire de tes journées à part t'entraîner... »

J'interrompis tante Pearl qui tentait de changer de sujet. Je craignais qu'elle ne dévoile que nous étions toutes des sorcières. « Le Vanuatu a l'air d'être un paradis. »

« Il y a des plus et des moins. Il n'y a vraiment pas grand-chose à faire à part s'inventer des histoires, » dit Dominic. « Et boire et faire du surf. »

« Et peut-être pratiquer un peu de sorcellerie. » Tante Pearl battit des cils, l'air parfaitement innocent.

Tante Amber poussa un cri, sa fourchette arrêtée à mi-course.

« Pearl ! » Maman jeta un regard noir à sa sœur.

« Je faisais juste la conversation, » rétorqua tante Pearl. « Quel mal y a-t-il à ça ? »

Je remarquai alors pour la première fois les faux cils de tante Pearl. Elle avait également une ombre à paupières de la même teinte que celle de son tailleur. Elle ne portait jamais de maquillage, vraiment jamais.

La seule fois où je l'avais vu se soucier de son apparence, c'était quand elle s'était métamorphosée en Carolyn Conroe, l'alter ego de Marilyn Monroe. Et c'était toujours dans l'idée de jouer un tour à quelqu'un. Maintenant que j'y réfléchissais, cela faisait des mois qu'elle ne s'était plus métamorphosée. Elle semblait contente, heureuse même, dans son propre corps.

C'était sûrement grâce à Earl. Tante Pearl ne l'aurait pas invité ni encouragé ses intentions si elle n'éprouvait pas les mêmes sentiments que lui. C'est peut-être pour ça que Merlinda l'appréciait si peu. Earl représentait un concurrent pour l'attention de tante Pearl. Un triangle amoureux un peu bizarre et pas vraiment romantique.

Tante Pearl fit soudain tomber le plat de purée. Mais le plat ne s'écrasa pas sur la table. Au lieu de ça, il flotta jusqu'à moi, avant de s'éloigner à nouveau.

Nous avions un accord qui stipulait que l'on ne faisait pas de magie ni n'en parlions devant des personnes normales. Pearl l'enfreignait sciemment ce soir, comme si elle nous mettait au défi de protester.

Et bien, je n'allais pas lui faire le plaisir de tomber dans son piège. Au contraire, je me penchai pour attraper le plat. Je le posai sur la table un peu plus brutalement que nécessaire. Mais la table était entièrement recouverte de plats. Au lieu d'atterrir sur un endroit vide, le plat heurta la saucière, la renversant. La sauce coulait sur la nappe blanche de maman.

« Oh non ! Je vais chercher un torchon. » Tante Amber se leva brusquement et se précipita dans la cuisine. Elle revint quelques instants plus tard et nettoya la table. « Parle-nous encore de ce culte du cargo. »

« Ils prennent le culte vraiment au sérieux au Vanuatu, » ajouta Dominic. « Il y a un « jour John Frum » chaque année. Les locaux s'habillent comme des appelés, avec des uniformes improvisés et de fausses armes sculptées dans du bois. La plupart des gens apprécient la fête, mais d'autres pensent secrètement que s'ils refont tout le temps les mêmes rituels, John Frum finira par revenir avec toutes ses richesses. »

Merlinda agita sa fourchette comme pour donner plus de force à ses propos. « Il y a des gens au Vanuatu qui croient toujours - ou à moitié - au surnaturel. Mais ceux qui croient sont minoritaires maintenant. C'est un vrai problème pour les chefs locaux qui prétendent avoir un lien spirituel avec John Frum. Le mythe leur rapporte de l'argent, ils peuvent faire peur aux gens pour les inciter à les suivre. Ils conservent le pouvoir en leur faisant croire qu'ils ont un lien spécial. Ils prétendent que quand John Frum reviendra enfin, seuls les vrais croyants seront récompensés. »

« Comme un messie religieux ? » La discussion au dîner se révélait bien plus intéressante que ce que j'avais anticipé.

Dominic rit. « On ne peut pas vraiment parler de religion. C'est plus comme si le père Noël arrivait avec des cadeaux pour les enfants, sauf que John Frum est fêté le 15 février. »

« Oh, c'est amusant ! La St Valentin, puis le jour de John Frum. Deux jours fériés consécutifs ! » Tante Amber but son vin et reposa le verre vide sur la table.

Merlinda fronça les sourcils, mais resta silencieuse, et se servit de la purée de navets.

« Qu'est-ce que tout ça a à voir avec toi, Dominic ? » Je versai une portion généreuse de sauce aux canneberges dans mon assiette déjà bien pleine.

« Avec moi, rien, mais Merlinda représente une vraie menace pour eux, » répondit Dominic. « Ils savent que c'est une sorcière. Si elle refuse de coopérer, ils lui ôteront ses pouvoirs pour qu'elle ne menace plus leur existence bien rentable. »

Tiens, Dominic avait donc connaissance des pouvoirs surnaturels de Merlinda alors. Les sorcières ne confiaient leur secret qu'à leurs amis les plus proches et à leur famille, leur relation devait donc être sérieuse.

« Coopère comment ? » demanda maman.

Dominic soupira. « Des chefs locaux ont proposé beaucoup d'argent à Merlinda pour qu'elle fasse apparaître des nouveaux camions et ordinateurs. »

« Cela va complètement à l'encontre des règles de la WICCA. » Contrairement à tante Pearl, tante Amber suivait scrupuleusement toutes les règles... Sauf quand elle avait un petit coup dans l'aile. « J'espère que tu n'as pas accepté leur marché. »

« Bien sûr que non, Amber. Je connais les règles. » Les insinuations de tante Amber semblèrent blesser Merlinda.

Earl gardait une expression parfaitement impassible. S'il s'interrogeait sur ce qu'était la WICCA, il n'en laissait rien paraître. Il devait bien se douter de nos penchants magiques, mais n'y faisait jamais allusion. Peut-être que ça lui était égal. Ou peut-être qu'il était au courant de tout.

CHAPITRE 6

« *D*is-nous en plus sur John Frum, » demanda tante Pearl.

Merlinda acquiesça de la tête. « Les mythes sont tellement vieux que je n'en sais pas beaucoup plus que ce que je vous ai déjà dit. Le culte a perdu de sa puissance ces dernières années. »

« C'est aussi pour ça qu'ils veulent l'aide de Merlinda ; pour faire renaître le mythe grâce à une nouvelle apparition de John Frum, » expliqua Dominic. « Faites en sorte que tout le monde soit content, et les politiciens sont réélus. Mais il faut que nous soyons aux commandes. Merlinda fait vivre le mythe, et on peut également sérieusement s'enrichir. »

« Qu'entendez-vous par « nous » ? » demandais-je. « Vous allez faire semblant de faire revenir John Frum ? » Dominic baissa encore d'un cran dans mon estime.

Dominic balaya l'air de sa main. « Nan. Juste donner aux gens ce qu'ils veulent. Quelqu'un va le faire de toute façon, alors autant que cela soit nous. »

« Mais Merlinda est une femme, » protesta tante Amber. « Elle ne peut pas se faire passer pour un homme. »

« C'est là que j'interviens, » dit Dominic. « Je porterai un déguisement et je me ferai passer pour Frum. Je distribuerai les nouveaux camions et les téléviseurs tandis que Merlina les fera apparaître, cachée par la scène. Nous les vendrons en dessous du prix du marché et ferons fortune. »

« Comme ça tout le crédit te revient. Alors que c'est Merlinda qui fait tout le boulot, » remarqua tante Amber.

Merlinda haussa les épaules. « Ça m'est complètement égal, Amber. Je préférerais ne pas être au centre de l'attention. »

« Tu en tireras quand même des bénéfices. Tu viens de dire que tu ne veux pas utiliser tes pouvoirs avec les chefs locaux. Ce que tu vas faire avec Dominic n'a rien de bien différent. » Je ne prétendais plus garder nos qualités magiques secrètes. Tout le monde en parlait déjà, mes propos ne pouvaient donc pas aggraver la situation.

« Je n'utilise rien du tout, » dit Merlinda. « Je fais juste mes affaires. Il n'y a rien de mal à exaucer les souhaits des gens, si ? Si Dominic veut capitaliser sur ça, je ne vais pas l'en empêcher. Je ne m'occupe pas de cette partie, donc je n'enfreins pas les règles de la WICCA. Les gens pourront tirer leurs propres conclusions concernant John Frum. »

« Tu joues un peu sur les mots. » Personne ne sembla m'entendre.

« Mais si exaucer leurs souhaits fait que ces gens te pourchassent, pourquoi continuer ? Est-ce que cela ne va pas les encourager encore plus ? Aucun montant ne peut justifier de manquer de sécurité. » Les questions apparemment innocentes de tante Amber étaient sa façon d'obtenir plus de détails, de trouver une infraction, pour pouvoir ordonner l'arrêt de toute l'opération. Merlinda ne semblait plus si parfaite. Ou peut-être que Dominic lui avait lavé le cerveau.

« Il faut bien gagner sa vie, » dit Dominic. « Il n'y a pas beaucoup d'emplois au Vanuatu. Le magasin de plongée s'en sort à peine. Je pourrai me retrouver sans emploi dès demain. »

Il n'y avait pas beaucoup d'emplois à Westwick Corners non plus. Mais on ne faisait pas pour autant apparaître des biens de consommation à tout va. Même tante Pearl ne poussait jamais le bouchon aussi loin.

« Mais tu n'as pas l'impression de t'enrichir aux dépens de ces pauvres gens et de leur imaginaire ? » demandai-je. « Ils croient en quelque chose qui n'arrivera jamais. »

« Pas du tout, » dit Dominic. « Nous donnons vie à leurs rêves. Nous les distrayons en leur donnant ce qu'ils veulent. Et si je me fais passer pour John Frum, alors il y a beaucoup moins de pression sur Merlinda. »

« Comme c'est généreux de ta part, » remarqua tante Pearl d'un ton mordant. Elle était jalouse de Dominic. Il avait pris la place d'honneur, à ses yeux tout du moins.

« Nous donnons aux chefs locaux ce qu'ils veulent, et tout le monde y gagne. » Il tapota la main de Merlinda. « L'un d'entre eux a du mal à conserver son pouvoir. Il ne veut pas être supplanté par une femme non plus. Je crois que nous avons trouvé la meilleure solution. »

Tante Pearl protesta. « Merlinda fait tout le boulot, et on l'attribue à des hommes ? Tu es juste le dernier d'entre eux. Je ne crois pas. »

Dominic leva les yeux au ciel. « John Frum doit être un homme d'après leurs histoires. Qui se soucie de renommée si on s'enrichit ? Les gens peuvent avoir de nouveaux camions, des téléviseurs, ou n'importe quoi d'autre pour une fraction du prix. Tout le monde est content. Les gens font une bonne affaire, Merlinda et moi gagnons un peu d'argent, et les chefs locaux passent pour les acteurs du retour de John Frum. Ils peuvent ainsi rester au pouvoir. »

Merlinda restait silencieuse, heureuse de laisser Dominic tout expliquer.

« C'est comme ça que ça marche, en théorie tout du moins. Les chefs ont besoin de Merlinda pour rester au pouvoir. Ils ont besoin qu'elle fasse apparaître des produits de luxe pour que tout le monde soit content. Mais Merlinda ne représente pas qu'une opportunité à leurs yeux. » Dominic prit une profonde inspiration. « Elle est également une menace. Les chefs perdront leur avantage concurrentiel s'ils ne contrôlent plus les talents de Merlinda et que ceux-ci passent dans des mains rivales. Ils ne peuvent partir du principe que Merlinda leur restera loyale. Ils envisagent de la kidnapper pour garantir un approvisionnement continu et un monopole pour le culte du cargo. »

« Les chefs ne peuvent forcer Merlinda à agir contre son gré. Il n'y a pas de droit du travail au Vanuatu ? » Tante Amber se tourna vers Merlinda. « Tu ne peux pas retourner là-bas ma chère. Tu dois rester ici, pour ta propre sécurité. »

Merlinda acquiesça de la tête, mais ne dit rien.

Pour une sorcière aussi puissante, Merlinda semblait bien démunie. Elle acceptait visiblement que Dominic s'enrichisse sur son dos et que les chefs locaux se servent de sa magie. Même tante Pearl voulait garder Merlinda pour toujours dans son école. Pourtant, Merlinda avait le pouvoir de tout arrêter, si elle le voulait vraiment.

« Merlinda a vraiment beaucoup d'ennuis, » dit Dominic. « La rivalité entre les chefs est telle que l'un d'eux pourrait assassiner Merlinda juste pour empêcher les autres d'utiliser ses pouvoirs. C'est là que j'interviens. Avec moi, Merlinda est en sécurité et les chefs sont contents. »

« Ça semble dangereux. » Maman poussa un petit cri en portant la main à sa poitrine. « Pourquoi avez-vous besoin de retourner là-bas tous les deux ? Vous pouvez trouver du travail ailleurs. »

Tante Pearl se gratta le menton. « Tu peux affronter ces petits caïds. Les battre à leur propre jeu. »

Je lançai un regard d'avertissement en direction de tante Pearl. Elle semblait un peu trop prête à faire du grabuge.

Tante Amber soupira. « Au moins êtes-vous en sécurité ici. Mais je comprends pourquoi vous voulez y retourner. Ta maison est là-bas, et tous tes amis et ta famille. En parlant de famille, as-tu d'autres membres de ta famille qui ont ces talents particuliers ? »

Merlinda haussa les épaules. « Je suis fille unique, la seule de ma famille à avoir des pouvoirs. Ma mère les avait également, mais elle n'est plus là. »

« La police ne peut pas te protéger de ces hommes ? » demandais-je.

« Si seulement. » Elle secoua doucement la tête. « Un des chefs est aussi le chef de la police. L'autre est le maire, donc cela ne m'aide pas vraiment. Les deux font vivre la légende de John Frum. Si je ne les aide pas, ils prennent le risque que j'expose leurs tricheries. Je peux prouver que le culte est un fake. »

Maman soupira. « Ma pauvre chérie. Il n'y a donc personne d'autre au Vanuatu qui peut t'aider ? »

« Pas vraiment, » répondit Merlinda. « Le chef de la police est en fait mon père. »

CHAPITRE 7

Nous étions toujours en train de parler du problème du culte du cargo de Merlinda quand la sonnette retentit.

Mon cœur s'arrêta un instant de battre. Tyler était enfin arrivé !

Je me précipitai vers la porte que j'ouvris d'un grand coup. En plongeant mon regard dans les yeux chaleureux de Tyler, un grand soulagement m'envahit. Son blouson humide était ouvert, dévoilant son uniforme de shérif. Son pantalon était trempé de neige jusqu'aux genoux, et il semblait épuisé.

Et sexy à tomber, même tout mouillé comme ça.

Comme je le serrais dans mes bras pour l'embrasser, sa barbe d'un jour me chatouilla le menton. « Je m'inquiétais pour toi. J'ai essayé de t'appeler et... Dieu merci, tu es là. »

Il me fit un grand sourire. « Désolé, mon téléphone s'est déchargé. J'ai bien cru ne jamais arriver. J'attends ce dîner avec impatience depuis ce matin. Pearl se tient correctement pour le moment ? »

J'opinai de la tête. « Elle est inquiète. Merlinda a raté son vol, et nous avons un invité surprise. » Je le mis en courant pendant qu'il accrochait son blouson au portemanteau. Avec toutes ces distractions, plus le fait que c'était Noël, j'espérais que tante Pearl ne provoquerait pas Tyler comme à son habitude.

Tyler jeta un œil vers la porte. « Ça explique l'Escalade. Je le connais ? »

Je fis non de la tête. « Le petit ami de Merlinda, Dominic, est venu en voiture depuis Shady Creek après avoir pris un vol au Vanuatu pour une visite impromptue. Tante Pearl l'a invité pour faire une surprise à Merlinda, sauf qu'elle ne nous en avait rien dit non plus. Mais le plus bizarre est que Merlinda ne devait même pas être là. Son vol a été annulé à la dernière minute à cause de la tempête. »

« Le Vanuatu est dans le Pacifique Sud, non ? »

J'opinai de la tête. « Dominic est... un type normal. » Tyler savait que nous étions des sorcières. Il devait savoir que Merlinda en était une également puisqu'elle allait à l'école des Charmes de Pearl. Comme la plupart des habitants du coin, Tyler n'avait pas beaucoup de contacts avec Merlinda, car elle était discrète et se rendait rarement en ville.

Tyler eut un petit rire. « Pearl l'a vraiment invité ? Depuis quand Pearl reçoit-elle ? »

« Depuis aujourd'hui. » Je lui pris le bras et me penchai pour recevoir un autre baiser. « Il faut le voir pour le croire. Oh, et Earl est là. »

Tyler sourit. « Tant mieux. Un autre type normal, comme ça je ne serai pas en infériorité numérique. »

Je sursautai en entendant une voix de femme derrière moi. « Ouh-ouh ! Ce beau mec vient de rendre tout d'un coup ma nuit plus intéressante. » Elle siffla d'admiration.

J'avais complètement oublié la fantomatique Grand-mère Vi. Cela me perturbait toujours qu'elle apprécie Tyler presque autant que moi.

Tyler me sentit tressaillir. « Pourquoi es-tu si nerveuse ? »

Je m'écartai des bras de Tyler en haussant les épaules. Il ne pouvait ni voir ni entendre Grand-mère Vi, et lui parler de ma grand-mère fantôme ne ferait qu'engendrer plus de questions que de réponses. Il savait que nous étions des sorcières, mais ne se doutait pas un seul instant que la matriarche de la famille traînait toujours son fantôme ici, des années après sa mort. Je n'aimais pas lui cacher des choses. D'un autre côté, son béguin idiot et sa présence constante dès qu'il était là étaient un peu gênants, pour ne pas dire plus.

« Je m'inquiétais de te savoir dans la tempête, », dis-je. « Puis Dominic est arrivé. Pour être honnête, le petit ami de Merlinda m'effraie. J'imagine que je suis un peu à cran. »

Grand-mère flottait quelques centimètres au-dessus de nous. « Tyler peut nous protéger de ce malfrat. Je n'arrive toujours pas à croire que tu l'as laissé entrer. »

« Je n'avais pas le choix... » je m'arrêtai à mi-phrase.

« Hein ? » Tyler fronça les sourcils.

« Tante Pearl prépare un coup, » dis-je. « Elle n'a pas invité Dominic par simple bonté d'âme. Elle a prévu quelque chose. Quoi exactement, je n'en sais rien. »

J'espérais juste réussir à garder le contrôle des événements.

Tyler eut un petit rire. « J'ai hâte de voir ce que Pearl a prévu. Je ne serai peut-être pas le seul objet de ses attentions, pour une fois. »

Tante Pearl méprisait Tyler. Sa pyromanie avait commencé quand il était passé shérif. Ses tentatives pour l'éloigner de la ville n'avaient jamais fonctionné. Il la forçait toujours à assumer ses folies, par des amendes salées et de temps en temps une humiliation publique. Personne ne lui résistait comme il le faisait, et elle n'appréciait pas ce pouvoir qu'il avait sur elle.

« Oh mais tu es l'objet de toutes les miennes, fiston. » Grand-mère flottait derrière Tyler. Elle observait le bas de son dos avec approbation. « Si j'étais un peu plus jeune, je me servirais moi-même. »

« Arrête ! » Je jetai un regard noir à Grand-mère Vi et fis un mouvement de fermeture devant mes lèvres.

« Arrête quoi ? Je ne fais rien. » Tyler me regardait, perplexe. « Pourquoi tu es aussi bizarre ? »

« Désolée. La journée a été longue. » Même avec Tyler finalement là, je savais que le réveillon ne se déroulerait pas comme je l'avais espéré. Si j'étais soulagée et heureuse que Tyler soit arrivé sain et sauf, je ne voulais pas que notre temps ensemble soit ponctué de perturbations, ni que nous le passions à nous occuper de nos invités, ou je ne sais quoi d'autre.

Grand-mère Vi ferma ses lèvres pour m'envoyer un baiser, se moquant de moi comme seuls les fantômes savaient le faire.

Je décidai de l'ignorer, distraite par le son du vent qui éparpillait la neige sur le seuil de la maison. J'étais tellement heureuse de voir Tyler que j'en avais oublié de fermer la porte. Je la fermai brusquement. « Oublie tante Pearl. Je suis vraiment contente que tu aies fini par arriver. »

Il me prit par taille et déposa un long baiser sur mes lèvres. « J'attends ça depuis ce matin. »

« Bravo. » Grand-mère Vi traînait à quelques pas de nous et applaudit.

Au moins l'arrivée de Tyler avait-elle sorti Grand-mère Vi de sa déprime. Elle était toujours un peu mélancolique autour de Noël. La période lui rappelait les jours qui passaient, et le fait que nous n'étions plus aussi riches qu'avant.

Faire fonctionner l'auberge n'était pas forcément une mauvaise chose. Elle nous occupait toutes, et nous permettait de ne pas faire de vagues, la plupart du temps. Nous rencontrions de nouvelles personnes et contribuions à faire fonctionner l'économie locale. Les recettes nous permettaient de vivre confortablement sans devoir aller travailler dans des villes plus grandes, comme bon nombre de nos voisins. C'était vraiment le meilleur des deux mondes.

Mais les fantômes n'ont pas besoin d'argent et Grand-mère Vi voulait récupérer sa maison. Et maintenant, alors que nous avions fermé pour la semaine, voilà que nous étions envahies d'étrangers. Dominic n'était même pas un invité payant.

Cette nuit, pour une fois, je partageais le sentiment de Grand-mère Vi. C'était le réveillon, après tout. Au moins la présence de Tyler était une petite consolation pour elle. Elle adorait Tyler, même s'il ne se doutait pas de son existence.

Le visage de Grand-mère Vi s'éclaira, comme si elle avait lu dans mes pensées. De fait, c'était le cas. Lire dans les pensées était un de ses talents surnaturels.

Son sourire était contagieux. Je me mis à sourire également, sans pouvoir me contrôler.

« Qu'est-ce qu'il y a de drôle ? » Tyler suivit mon regard. « Tu as déjà trop fêté Noël ? »

Grand-mère Vi secoua son doigt. « Oooh ! Quelqu'un a un secret. Ruby sait-elle à quel point vous êtes chauds et amoureux ? Peut-être qu'il posera La Grande Question ce soir. »

Bien sûr que maman savait. Grand-mère voulait juste provoquer une réaction en moi. Je levai la main à l'air à la manière d'un agent de police. « Arrête, veux-tu. »

« Arrête quoi ? » Tyler parcourut le hall du regard, fronçant les sourcils en ne voyant personne. « C'est encore des trucs bizarres de ta famille ? »

« Euh... Oui, quelque chose comme ça. Pourquoi ne vas-tu pas dans la salle à manger ? On vient de commencer le dîner. J'arrive tout de suite. »

« Oh. OK » Je pouvais lire la déception sur son visage.

Super. Maintenant Tyler pensait qu'il m'agaçait. J'attendis qu'il soit suffisamment loin pour ne plus entendre. « Arrête vraiment, Grand-mère. »

Grand-mère Vi rassembla ses mains en signe d'approbation. « Il est tellement sympathique ce jeune homme, et tu es vraiment grognon. Ne le laisse pas s'échapper, Cen. Vous feriez un couple tellement mignon ! »

« Nous sommes déjà un couple. Et tu es dingue. » Je lui tournai le dos et me dirigeai vers la salle à manger.

Elle glissa derrière moi, son halo de fantôme un mélange d'orange et de rouge agressifs. « Tu me traites de folle ? Ma petite-fille, la chair de ma chair, qui me crie des insultes quand tout ce que je veux c'est devenir amie... »

« Tu surréagis, Grand-mère. Tu sais que ça n'est pas ce que je voulais dire. » Je m'arrêtai dans la salle à manger, bien décidée à stopper cette querelle avant que l'on rejoigne les autres. « Allons manger. »

« Je suis un fantôme, Cen. Tu sais que je ne peux pas manger. Arrête de te moquer de moi ! » Elle se frottait l'estomac d'une main transparente.

« Pardon, Grand-mère. Je voulais juste dire que tu me manquerais si tu ne venais pas avec nous à table. »

Nous sursautâmes toutes les deux quand un coup de vent ouvrit brutalement la porte d'entrée. La porte claqua contre le mur avant de se refermer à moitié.

Je me précipitai vers la porte, certaine de l'avoir déjà fermée.

Une voix de femme me cloua sur place. Ce n'était pas le vent, finalement.

CHAPITRE 8

« $\mathcal{A}$ ttends ! » Une blonde platine vêtue d'une veste en cuir noir me faisait signe toute en avançant rapidement dans l'allée. Sa mini-jupe couverte de sequins s'arrêtait quelques centimètres sous sa veste, montrant des jambes rondes. Le seul vêtement adapté à la météo qu'elle portait était ses bottes de neige. À en croire sa démarche maladroite, elles devaient être trop grandes et avoir été empruntées. Un grand sac de cuir rouge pendait sur son épaule. Elle portait dans une main des escarpins rouges vernis et dans l'autre une bouteille de vin.

« Est-ce que je peux vous aider ? » Je m'avançai sur le porche et fermai la porte derrière moi. Je me tenais là pieds nus, les bras croisés pour affronter le vent pinçant et les températures glaciales.

« J'espère bien que tu peux m'aider. Tu dois être Cen. » Elle s'arrêta au bas des marches en poussant un énorme soupir. Elle se tenait là, comme si elle s'attendait à ce que je descende vers elle.

Pas question. « C'est moi. Je vous connais ? »

Elle monta les marches sans répondre. Elle déposa la bouteille dans mes bras. « Tiens, prends ça. »

Je pris la bouteille qu'elle me passait, mettant au passage plein de neige sur mes chaussettes. Je reconnus l'étiquette. C'était un vin blanc bon marché que l'on trouvait souvent dans les stations essence et les magasins ouverts 24 h sur 24, sans doute un achat de dernière minute qui n'avait même pas été mis au frais.

Je ne l'avais encore jamais vue, et Westwick Corners était tellement petite que je connaissais tout le monde en ville. Je connaissais même les invités des locaux. La plupart d'entre eux n'avaient même pas réussi à arriver à en ville à cause de la tempête. Et pourtant elle était là, comme si elle était chez elle.

Je la suivis alors qu'elle attendait devant la porte d'entrée.

La blondasse approcha de la porte et frappa du pied pour enlever la neige de ses pieds. Elle attendait impatiemment que je lui ouvre la porte. « Tu vas me laisser entrer ? Il faut que j'entre pour me réchauffer. »

« Oh ! » Grand-mère Vi glissa près de moi. « Je n'aime pas le look de cette pouf. »

Je lui lançai un regard noir avant de me tourner vers la femme. « Merci. Le vin a l'air très bon. Êtes-vous une amie de... »

Elle tendit la main. « Je suis Gail. Brayden ne t'a pas dit que je venais ? »

« Attendez, quoi ? » Je lui serrai la main et me retournais. Un homme avançait d'un pas pressé dans l'allée. Mon cœur se serra quand je reconnus Brayden, mon ex-fiancé. Il devait quand même se doute que mon invitation au réveillon de la famille Westwick était devenue caduque quand nous avions rompu nos fiançailles plus tôt dans l'année. Brayden était très égocentrique, mais pas à ce point quand même.

Ou peut-être qu'il le savait, mais avait décidé de venir malgré tout. Avec une petite amie en plus. Le connaissant, il pensait sans doute me rendre jalouse. Ou tout du moins, se montrer en compagnie puisque Tyler serait là.

Brayden me salua de la main et accéléra. « Salut, Cen. Je vois que tu as déjà rencontré ma petite amie, Gail. » Il insista bien fort sur les trois derniers mots.

« Je, euh... Je ne t'attendais pas. Que fais-tu là ? » En tant que maire de Westwick Corner, Brayden était également le chef de Tyler. Il était peu probable qu'il soit là pour le travail. J'en voulais pour preuve la bouteille de vin de Gail. Mon réveillon prenait de plus en plus une tournure cauchemardesque.

« Pearl ne t'a rien dit ? Elle m'a invité... Je veux dire elle nous a invités. » Il posa une main sur l'épaule de Gail. « Rentrons. Il fait un froid de canard ici. »

Grand-mère Vi se redressa en voyant Gail et Brayden passer devant elle dans le couloir. Elle se mit à chanter une chanson de Shania Twain. « It's gonna be a party, uh-uh... »

« Grand-mère, arrête tout de suite ! » Mon murmure fut juste assez fort pour que Brayden s'arrête d'un coup. Il se retourna.

« Tu parles toujours toute seule à ce que je vois. » Brayden déposa leurs manteaux sur la rampe de l'escalier. Il se tourna et me lança un sourire narquois avant de suivre Gail dans la salle à manger.

Je fermai la porte et m'appuyai contre elle. Tante Pearl avait très clairement une idée derrière la tête. J'étais furieuse qu'elle ait invité toutes ces personnes. Elle s'était d'un coup transformée en une organisatrice de soirée, elle l'antisociale, en invitant des personnes avec qui je ne voulais même pas passer une minute. C'était peut-être le thème de la soirée, vu l'arrivée de mon ex-fiancé et de son étrange nouvelle petite amie.

« Tout ne tourne pas toujours autour de toi, Cen. » Grand-mère Vi s'était encore invitée dans mes pensées. « Détends-toi. »

Peut-être que notre étrange cohorte d'invités symbolisait les efforts de tante Pearl en matière de comédie. Les jeux de sorcières faisaient partie des traditions familiales du réveillon de Noël. Nous avions pour habitude de jeter des sorts facétieux et de rivaliser à coup de facéties surnaturelles toutes plus folles les unes que les autres. Mais nous n'impliquions jamais de personnes normales. Je craignais que tante Pearl n'ait poussé le bouchon un peu trop loin.

J'entrai dans la salle à manger et posai le vin de la station essence de Gail sur la table. Mon Noël de rêve était en train de se transformer en cauchemar, et cela n'allait pas s'arranger.

Et j'étais totalement pieds et mains liés.

Même si la dernière personne avec qui je voulais passer le

réveillon était l'homme que j'avais laissé devant l'autel. Même s'il avait eu le culot de venir avec sa nouvelle copine. Même si mon Noël romantique était fichu.

Et même si je savais que tante Pearl préparait un mauvais coup, je ne pouvais rien faire pour stopper les événements.

<h1 style="text-align:center">CHAPITRE 9</h1>

La conversation à table était un peu gauche et guindée, étant donné l'étrange mélange d'invités. Tante Pearl insista pour que Gail et Brayden prennent place en face de Tyler et moi, et nous allions donc devoir nous regarder toute la soirée. La façon dont elle nous avait installés visait vraisemblablement à créer des problèmes entre mon ancien soupirant et le nouveau.

Tante Amber était assise à la gauche de Tyler et tante Pearl se trouvait à ma droite, une sorte de sandwich aux tantes.

Merlinda se trouvait à la gauche de Brayden. Dominic était assis entre Merlinda et Earl-le-père-Noël, au bout de la table. Maman présidait, du côté le plus proche de la porte de la cuisine.

Le sourire de Gail s'était transformé en froncement de sourcil. Elle avait le regard fixé sur Merlinda, et ne semblait pas très amicale. Elle avait commencé par des regards furtifs de côté, mais maintenant son regard était furieux. Ce qui n'était pas étonnant, car Brayden fixait Merlinda avec admiration.

Si je ne pouvais en vouloir à Gail d'être jalouse, sa réaction me semblait limite obsessionnelle. Ses yeux brillaient de haine alors qu'elle épiait le moindre mouvement de Merlinda. Il y allait avoir du grabuge. Vraiment très bientôt.

Il était évident que Brayden était plus que ravi d'être entouré de deux femmes. Malgré ça, il ne se rendait absolument pas compte de l'humeur de plus en plus mauvaise de Gail ; il prit un petit pain frais.

« Rouge ou blanc ? » Earl ouvrit la bouteille de Merlot et en remplit des verres avant de servir le blanc, un Sauvignon. Je choisis le rouge, comme tout le monde sauf Gail, Brayden et Merlinda qui prirent le blanc.

Dominic fit non de la tête en tapotant sa bouteille. « Je vais rester à la bière. »

Earl finit de verser le vin avant de se servir un lait de poule. « Je vais essayer la mixture d'Amber. A ce que je vois, elle a un petit côté punchy. »

Tante Amber rit et leva son verre comme pour porter un toast. « Elle réveille, c'est sûr. »

Tant Pearl était anormalement bavarde, vantant les réussites académiques de Merlinda, bien qu'en termes vagues. Elle tentait sans aucun doute de me culpabiliser pour m'inciter à retourner à l'École des charmes. Eh bien, je n'allais pas mordre à l'hameçon.

Tandis que tante Pearl ne tarissait plus sur Merlinda, mes pensées se mirent à vagabonder.

Gail leva son verre à ses lèvres avant de le reposer brutalement sur la table, renversant du vin partout.

Je revins brutalement à la réalité, regardant une Gail furieuse de l'autre côté de la table. Quelqu'un, ou quelque chose, l'avait contrariée, mais j'avais été trop distraite pour y faire attention. Quoi que cela ait été, cela avait mis Gail en colère. Elle était prête à exploser. Je voulais dire quelque chose, mais à part moi personne ne semblait avoir remarqué quoi que ce soit.

Tante Pearl me tapota la main, apparemment inconsciente de la colère de Gail. « Tout ce que tu as à faire c'est t'appliquer, Cen. Pas la peine de laisser tomber. L'école n'est pas si dure. »

Gail interrompit la conversation avant que je puisse répondre. Elle se pencha en avant et jeta un œil de biais vers Merlinda. « Qu'étudies-*tu* exactement à Westwick Corners, Merlinda ? »

« Euh... La philosophie et le mysticisme, » répondit Merlinda.

Brayden eut un mouvement gêné sur sa chaise.

Je ne pense pas que son inconfort avait quoi que ce soit à voir avec les mauvaises ondes de Gail ou les références mystiques. Il ne tenait généralement pas compte des sentiments des autres. C'était plutôt parce que personne ne lui avait encore passé le plat de dinde.

« Il n'y a pas d'université ici à Westwick Corners, » remarqua Gail. « Où étudies-tu ? »

Malgré les sentiments que j'éprouvais pour Merlinda, je me sentis obligé d'intervenir. « Merlinda fait des recherches pour sa thèse. Que fais-tu ici Gail ? »

Maman ouvrit grand la bouche de stupeur. « Ce que Cen veut dire c'est... »

« Je ne t'ai encore jamais vue en ville Gail, » insistai-je. « Tu viens de t'installer ici ? » Il était possible que je ne l'aie jamais croisée à Westwick Corners parce que Brayden faisait exprès de m'éviter. D'un autre côté, Brayden était venu avec Gail à notre fête familiale. Pas vraiment de l'évitement. Non, il était trop égocentrique pour prendre mes sentiments pour un faux pas social. Il portait pourtant son attention sur une personne.

Merlinda. Brayden n'arrivait juste pas à la quitter des yeux. Si elle ne menait pas une vraie vie de recluse, il l'aurait sûrement déjà vue en ville. Et sans doute qu'il y aurait eu moins de gêne ce soir.

Gail fit non de la tête. « Euh, non. Je vis à Shady Creek. Brayden et moi, on se voit généralement là-bas. Nous n'avons pas pu retourner à Shady Creek avant la fermeture de l'autoroute, alors Pearl a insisté pour que nous venions dîner... »

« Je suis content qu'on ait pu venir. » La voix de Brayden se perdit dans le lointain alors qu'il regardait Merlinda, complètement en transe.

Je me tournai vers Tyler. Il semblait insensible aux charmes de Merlinda.

« Brayden a dit que les routes étaient dangereuses. N'est-ce pas, Brayden ? » Gail tendit le cou dans l'espoir d'attirer l'attention de Brayden, mais sans succès.

Brayden regardait maintenant Merlinda, bouche bée. Il s'était complètement retourné sur sa chaise et se tenait dos à Gail.

Un instant, je cru que l'obsession surfaite de Brayden était l'œuvre de tante Pearl, mais même elle secouait la tête de dégoût.

Dominic avait également remarqué l'engouement de Brayden. Son visage était rouge de colère, même s'il essayait de se maîtriser Il siffla le reste de sa bière et posa brutalement la bouteille sur la table.

« Bray ? Je t'ai posé une question. » Gail jeta un regard perçant vers Brayden, puis Dominic. « Qu'est-ce qui ne tourne pas rond chez vous les mecs ? »

La situation se détériorait rapidement. Gail était telle une grenade, prête à exploser. Il fallait que j'allège l'atmosphère d'une manière ou d'une autre, mais comment ?

« Brayden a d'autres choses en tête que toi, Gail, » dit tante Pearl. « Il n'a pas entendu un seul mot de ce que tu as dit. »

« Tante Pearl ! » Je lui lançai un regard furieux, énervée qu'elle tente d'envenimer les choses.

Elle me fit un sourire mielleux en essuyant délicatement ses lèvres sur une serviette.

« Brayden ! » Gail tapa d'un coup sec sur l'épaule de Brayden. « Regarde-moi ! »

Alors qu'il se détournait de Merlinda, son épaule rencontra son verre de vin, son contenu se répandant sur la nappe.

« Regarde ce que tu as fait, » s'exclama Gail. « Un verre entier de vin, gâché ! »

Brayden secoua la tête. « Si tu ne m'avais pas attrapé l'épaule... »

Personne n'osa faire remarquer que Gail avait renversé son vin quelques instants plus tôt. On pouvait couper la tension présente au couteau. Même Grand-mère Vi l'avait sentie. Elle glissait au-dessus de la tête de Gail, couteau à beurre à la main.

« Qu'est-ce que...? » Gail frotta sa main dans ses cheveux. « Quelque chose a atterri sur ma tête. » Elle extirpa un morceau de beurre de sa tête en regardant le plafond.

Grand-mère Vi, comme toujours invisible, riait. Alors tante Pearl se mit à rire, suivie de tante Amber. Tout le monde éclata alors de rire.

Sauf moi.

Et Gail.

Elle fronçait les sourcils en étudiant le morceau dans le creux de sa main. « Comment diable est-ce arrivé dans mes cheveux ? On dirait du beurre fondu. »

Tante Pearl étouffa un rire. « ça ne compte pas pour du beurre. »

« Je sais bien quels petits pains j'aimerais beurrer moi. » Le commentaire déplacé de Grand-mère Vi fit revenir tante Amber à la réalité.

Tante Amber étouffa un cri. « Désolée ma chère. J'ai donné un coup de couteau involontaire en tartinant mon petit pain. Détail amusant : Je crois que c'est bon pour la peau. »

« Ma peau n'a besoin de rien. Quelqu'un peut me passer un petit pain ? » Le froncement de sourcil de Gail s'accentua. Elle regardait tout autour de la table, cherchant les pains du regard. Ses yeux se fixèrent sur Brayden, qui venait de saisir la panière.

Brayden fixait Merlinda du regard, tandis qu'il tendait de ses deux mains la panière, comme un valet énamouré. Il retint sa respiration alors qu'elle avançait une main aux ongles vernis mordorés pour choisir délicatement un petit pain.

La conversation autour de la table se tut devant le drame silencieux qui était en train de se jouer.

Je m'attendais presque à ce que Brayden se penche ou baise la main de Merlinda, sauf qu'il était assis et avait déjà les mains sur la panière.

Gail se racla la gorge et regarda le dos de Brayden d'un regard noir. Elle avait le visage rouge et attendait que Brayden se retourne pour lui passer les petits pains.

Au lieu de ça, Brayden lança un regard doux à Merlinda et déposa la panière sur la table.

Gail s'éclaircit la gorge. « Tu n'as pas entendu un seul mot de ce que j'ai dit. N'est-ce pas Brayden ? »

« Hein ? » Brayden ressemblait un peu à un cerf effrayé par les phares d'une voiture.

Mon ex normalement si confiant avait peur de Gail. Je ne l'avais encore jamais vu comme ça, et ça m'inquiétait.

«Peu importe. Je vais me servir toute seule.» Gail passa devant Brayden et attrapa la panière. «Tu es en train de te rendre ridicule.»

Je comprenais un peu ce que ressentait Gail. Il n'y avait là ni sorcellerie ni ruses féminines. Mais toujours est-il que les hommes craquaient tous en présence de Merlinda. Ce qui était encore plus énervant, c'est qu'elle ne semblait absolument pas avoir conscience de leur comportement étrange. C'était comme ça pour les vrais canons. Ils avaient tellement l'habitude d'avoir des légions d'admirateurs, qu'ils ne se rendaient pas compte du traitement spécial dont ils bénéficiaient.

Évidemment, je n'en savais rien, hein. Même si j'arrivais à tourner quelques têtes une fois maquillée et dans une robe étroite, cela n'avait rien à voir avec les réactions que déclenchait Merlinda. J'avais l'impression que la plupart des hommes étaient prêts à tout pour attirer son attention. Et quand je dis tout... c'est vraiment tout sauf commettre un crime. Elle était tout simplement belle à mourir.

Je recentrai mon attention sur Gail qui semblait maintenant prête à en découdre. Au lieu de ça, elle se servit du Merlot. En quelques minutes, elle avait déjà vidé son verre. Puis elle recula au fond de sa chaise et soupira. Elle était vaincue, et elle le savait.

Brayden restait le regard fixé sur Merlinda, la fourchette à mi-chemin entre son assiette et sa bouche.

«Un peu de vin?» En espérant alléger un peu l'atmosphère, tante Amber avait quitté la table et revenait avec une nouvelle bouteille de Merlot. Elle remplit tout d'abord le verre de Gail, puis poursuivit autour de la table.

Tante Amber avait une super stratégie : supprimer les tensions en faisant boire Gail à tel point qu'elle finirait par ne plus attacher d'importance à tout ça.

Grand-mère Vi traînait derrière moi, toujours fixée sur Gail. «Cette femme ne convient pas du tout à Brayden.»

«Depuis quand ça t'intéresse?» Les mots quittèrent ma bouche avant que je puisse les arrêter. Grand-mère Vi n'avait jamais apprécié Brayden ; qu'elle trouve que Gail ne soit pas une bonne compagne pour lui me surprenait.

« Quoi ? » Tyler fit une pause, le verre à mi-chemin de sa bouche. « A qui parles-tu ? »

Brayden leva les yeux au ciel. « Tu n'as pas remarqué ? Elle fait tout le temps ça. »

Le visage de Gail prit une teinte toute rouge et elle me lança un regard noir. « Pourquoi me regardes-tu comme ça ? »

J'évitai son regard. « Désolée. Je pensais à voix haute. » Je ne pouvais parler à Grand-mère Vi devant tous les invités. Je mourrais d'envie de lui demander ce qu'elle voulait dire avec sa remarque sur Gail, mais il faudrait que ça attende.

Grand-mère Vi fredonnait « Whose Bed Have Your Boots Been Under » en dansant entre les carottes et la purée. Elle était vraiment obsédée par Shania Twain.

Tante Amber, Tante Pearl et maman éclatèrent de rire.

Les interprétations de Grand-mère Vi m'amusaient également, mais j'étais bien décidé à n'en rien montrer.

« Qu'est-ce qu'il y a de drôle ? » Gail regardait autour d'elle. « Pourquoi est-ce que vous me regardez tous ? »

« Nous ne te regardons pas, ma chère, » dit Maman. « Tout du moins, pas sciemment. C'est juste une vieille blague de la famille West. »

« Eh bien, ça n'est pas drôle, » grommela Gail.

Un silence pesant se fit autour de nous.

« Oh mon Dieu, » s'exclama maman. « Avec tous ces invités, j'aurais dû mettre plus de dinde. Il y en a encore dans la cuisine. Il faut juste que j'aille couper des morceaux. »

« Je m'en occupe. » Brayden se leva d'un coup de sa chaise, soucieux d'échapper à la colère de Gail. Il suivit maman dans la cuisine.

Gail nous examina. Elle se leva et déposa sa serviette dans son assiette vide. Elle suivit les deux autres. « Je vais vous aider. »

Attendez-moi ! » Grand-mère Vi fit un petit tour et flotta derrière eux en sortant une autre chanson de Shania Twain. « Ooh, there's gonna be a party! »

Je me levai et me dirigeai vers la cuisine. Les ennuis couvaient, entre les farces de Grand-mère Vi, la jalousie obsessionnelle de Gail et les mains de Brayden autour du couteau à découper.

Gail s'arrêta sur le pas de la porte. Elle se retourna et me lança un regard noir. «Je ne sais pas à quoi tu joues, mais tu ferais mieux d'arrêter. »

J'en restais sans voix.

Ce qui en l'occurrence était une bonne chose, car j'avais déjà l'horrible impression que j'étais sur le point de faire quelque chose que je regretterai ensuite. D'une façon ou d'une autre, il y allait avoir du grabuge, et je n'étais pas sûre d'arriver à l'éviter.

CHAPITRE 10

Brayden se mit à découper la dinde sous le regard attentif de Gail. Tante Pearl et moi observions la scène depuis l'îlot central, attentives à rester à distance de notre invitée tarée au cas où elle deviendrait complètement dingue.

Le regard des Gail était aussi tranchant qu'un couteau. Je souriais poliment en retour, soulagée que ce ne soit pas elle qui tienne le couteau. Je n'avais rien fait pour mériter sa colère, mais en tant qu'ex de Brayden, le simple fait d'exister était peut-être déjà un problème. Avec Merlinda toujours dans la salle à manger, j'étais la cible la plus proche pour Gail. Je savais qu'il ne fallait pas se frotter à une petite amie à moitié saoule et anormalement jalouse.

Maman sourit à Gail. « C'est dommage de ne pas être avec ta famille à Shady Creek. J'imagine que ça n'est pas vraiment le réveillon auquel Brayden et toi vous attendiez. »

« Ça n'est pas grave. » Gail ne développa pas plus. Elle se dirigea vers nous, son regard allant de tante Pearl au gâteau de Noël. « Mm... Ce gâteau a l'air délicieux. Je peux le goûter ? »

« Bien sûr. » Tante Pearl sourit largement et tourna le plat pour que la plus grosse part se trouve face à Gail. « Sers-toi. »

Dans le mille. Gail mordit à l'hameçon.

Ça n'était pas gentil de la part de tante Pearl, personne n'avait l'estomac assez solide pour ce gâteau. Personne ne méritait ça non plus. J'allais rétorquer, mais quelque chose m'en empêcha. Un morceau du gâteau dégoûtant de maman et Gail s'arrêterait net sans que je n'aie à dire quoi que ce soit.

Sauf que non. Elle mangea toute la tranche, et se servit même une deuxième part du gâteau bourré d'alcool.

« Ne mange pas trop, tu n'auras plus d'appétit. » Maman était grisée par l'amour de Gail pour son gâteau.

« Il n'y a pas que l'appétit qui sera un problème ». Grand-mère Vi flottait juste derrière l'épaule de maman, un doigt transparent dans la bouche simulant un renvoi de manière comique.

Tante Pearl passa le doigt comme un couteau sous son cou.

Grand-mère Vi fit la moue. « Ne me manque pas de respect, Pearl. »

Heureusement, maman était tellement focalisée sur Gail qu'elle ne vit pas l'insulte au gâteau de Grand-mère Vi.

Je lançai un méchant regard à Grand-mère Vi.

Gail se renfrogna, pensant que mon expression hostile lui était destinée.

Maman pointa la main de Gail. « J'ai généralement à peine le temps de faire ce gâteau qu'il n'y en a déjà plus. J'aurais dû en faire plus ! »

Tante Pearl étouffa un rire. « Dommage que Noël n'arrive qu'une fois par an. »

Maman sourit. « Je peux faire le gâteau quand tu veux, Pearl. Il suffit de demander. Pas la peine d'attendre Noël. »

« Non ! » criai-je un peu trop brutalement. « Une fois par an fait qu'il reste spécial. Il ne faudrait pas gâcher la tradition de Noël de la famille West. »

J'observais Gail engloutir une deuxième part de gâteau, trouvant vraiment bizarre qu'elle et Brayden se trouvent ici. La famille de Brayden vivait en dehors de l'État, et il se rendait toujours chez eux pour Noël. Ils avaient peut-être prévu de se rendre dans la famille de Gail à la place, à Shady Creek. Mais dans ce cas, pourquoi n'étaient-ils pas partis pour Shady Creek ce matin, avant la fermeture de l'autoroute ?

Mais la vraie question était de savoir pourquoi Gail avait accepté de passer le réveillon avec moi, l'ex-fiancée de Brayden. À moins que Brayden ne lui ait tout simplement pas parlé de moi. C'était possible, étant donné son caractère égocentrique.

J'imagine que pour une raison ou une autre, Brayden n'avait pas voulu passer Noël avec la famille de Gail. Il se peut qu'il ait sciemment décalé leur départ. Et comme Gail était d'une jalousie maladie, elle craignait sans doute de le laisser seul pour Noël. Peut-être qu'elle était uniquement là pour garder un œil sur Brayden.

J'étais à présent persuadée que tante Pearl préparait un mauvais coup. Si elle avait proposé à Brayden de nous rejoindre il y a seulement quelques heures, à la dernière minute, elle savait alors qu'il faudrait aussi compter avec Gail.

Maman se détourna de l'évier et fit un grand sourire à Gail. « Je suis ravie que tu aimes le gâteau ! J'adorerais te donner la recette, mais je ne peux pas. C'est un secret de famille. Tu n'en verras jamais d'autres comme ça. »

« Ça c'est sûr, » dit tante Pearl.

Nous faisions toutes semblant d'aimer tellement le gâteau de maman que nous l'avions convaincue de ne pas donner la recette aux étrangers à la famille. C'était plus pour des raisons de santé publique qu'autre chose. L'inconvénient était que maman en faisait plus chaque année, pensant à tort que nous aimions toutes son gâteau.

Le plus étonnant était que maman était une cuisinière et une pâtissière hors pair. Tout ce qu'elle faisait d'autre vous mettez l'eau à la bouche. Elle ne se rendait cependant compte de rien quand il s'agissait de son horrible gâteau de Noël. Personne n'avait le cœur de lui dire la vérité. On faisait tout ce qu'on pouvait pour la convaincre de ne pas en servir à nos clients de l'auberge. Mais contre toute attente, Gail semblait l'apprécier.

« La dinde est découpée. » Brayden souleva l'assiette pour qu'on puisse toutes la voir, fier de lui.

Maman rayonnait. «Elle a l'air excellent Brayden. Maintenant, allons manger. Cen, reprends du vin.»

J'attrapai une autre bouteille de Merlot et une bouteille de blanc, un bon Sauvignon provenant d'un vignoble voisin.

Gail suivit mon exemple et prit deux autres bouteilles de vin blanc sur les étagères. Apparemment, elle avait décidé de se saouler. Je ne pouvais pas vraiment lui en vouloir, avec les yeux de merlan de Brayden. Passer Noël avec son ex était déjà une épreuve. J'espérais juste que Gail n'avait pas l'alcool mauvais.

Brayden maintint la porte pour maman et l'aida à passer dans la salle à manger. Gail traînait derrière, suivie de Brayden avec l'assiette de dinde.

J'attendis que la porte se referme et me tournai vers tante Pearl. «Ça devait être un dîner familial.»

Tante Pearl étouffa un rire. «Oh, détends-toi, Cen. Brayden fait pratiquement partie de la famille.»

«Non, pas du tout,» sifflai-je entre mes dents. «Il ne fait plus partie de la famille depuis notre rupture. Pourquoi l'as-tu invité d'abord? Tu ne l'apprécies même pas.» Son plan visant à éloigner Tyler de moi était vraiment évident.

Tante Pearl leva les yeux au ciel. «Sans ce mort lors du dîner de répétition du mariage, Brayden serait ton mari aujourd'hui. Tu sais techniquement, vous êtes tous les deux célibataires. Il n'est pas trop tard pour changer d'avis.»

«Même pas en rêve.» Mon presque mariage avec Brayden avait été stoppé pour une bonne raison, qui n'avait rien à voir avec ce meurtre prémariage. Nous n'étions simplement pas faits l'un pour l'autre. Mes angoisses de dernière minute avaient empêché mon union à un homme qui n'était pas fait pour moi.

«Brayden a bien plus de qualité que l'autre,» remarqua tante Pearl.

«Tu sais qu'il s'appelle Tyler. Même si tu ne l'aimes pas, tu peux rester polie.»

Le visage de Pearl s'éclaira soudainement. Elle attrapa le plat du gâteau. «Pourquoi ne pas proposer du gâteau de Noël à Tyler ? Tu sais, pour faire la paix.»

« N'y pense même pas, tante Pearl. Ce pauvre Tyler est épuisé par son travail, et ce gâteau est tellement imbibé d'alcool qu'il pourrait s'endormir tout net. » Je savais qu'il ne fallait pas discuter avec elle, car elle gagnait à chaque fois.

Grand-mère Vi fit la moue. « Tu as vu Gail ? Elle a déjà mangé deux tranches ! Cette fille doit avoir une sacrée constitution pour être encore debout. Il faudrait quand même que quelqu'un parle sérieusement à Ruby de son gâteau quand même. Elle pourrait tuer quelqu'un. »

« Tu aurais pu lui dire il y a des années, » chuchotai-je. Grand-mère voulait comme d'habitude que l'une de nous se fasse prendre. Cela faisait des années que le gâteau de Noël faisait partie de notre tradition, alors parler à maman après tout ce temps, c'était un peu tard. Notre grande conspiration familiale nous était revenue en pleine figure.

Grand-mère Vi fit la moue. « Trop tard maintenant. Je suis un fantôme. Je ne peux plus manger donc ça n'est pas mon problème. »

« C'est notre problème à toutes, Grand-mère. Pas étonnant que ça soit une recette secrète. Il faut qu'elle le reste. » La recette familiale avait sans doute été d'abord passée à maman par Grand-mère Vi.

Grand-mère Vi fit non de la tête. « Elle ne vient certainement pas de moi, et je ne peux rien y faire. J'ai un problème avec ces invités en revanche. Je pourrai agir contre ça. »

« Non, » dis-je. « Ils seront partis dans quelques heures. Ou au pire demain matin après la tempête. »

« C'est beaucoup trop long. Comment est-ce que je peux me relaxer avec tout ce monde ? » Grand-mère Vi traînait au niveau de la porte de la salle à manger.

Tante Pearl se renfrogna « C'est un crime de vouloir entrer dans l'esprit de Noël ? »

« Non, mais tu prépares un coup Pearl, c'est sûr, » répondit Grand-mère Vi. « Tu détestes les gens, et tu détestes socialiser. Tu as invité tous ces intrus pour une bonne raison. J'aimerais juste savoir laquelle. »

Je sentis une présence derrière moi et en me retournant me trouvait face à Gail. Je ne sais pas depuis combien de temps elle était là.

Gail fronça les sourcils en nous regardant tante Pearl et moi. « À qui parlez-vous toutes les deux ? »

« Personne en particulier. » Tante Pearl eut un sourire peu sincère.

Je balayais son inquiétude d'un revers de la main. « Tante Pearl parlait, pas moi. Elle se parle très souvent à elle-même. La vieillesse et la sénilité, j'imagine. »

« Attention à ce que tu dis miss. Je suis la plus fine d'entre nous. » dit tante Pearl.

Brayden apparut derrière Gail pour voir ce qui se passait. Il prit un air déçu en nous regardant. « Vous ne pouvez pas vous entendre, juste une fois ? »

Mes affaires n'étaient plus les siennes depuis notre rupture. J'allais ouvrir la bouche pour rétorquer, mais m'arrêtai, comprenant soudain le plan de tante Pearl. Elle me poussait sciemment à la dispute en ayant invité Brayden et Gail. Tout ça parce qu'elle n'aimait pas que je sorte avec Tyler. Seulement son plan ne fonctionnait pas, et elle était frustrée.

Tyler était le premier shérif à résister aux singeries pyromanes de tante Pearl. Comme c'était mon petit ami, il était là plus souvent que ce qu'elle aurait aimé. Pas étonnant qu'elle préfère me voir avec Brayden plutôt que Tyler, qu'elle considérait comme son ennemi juré.

J'étais un pion dans le jeu d'échecs de tante Pearl, tout comme Tyler. Brayden, en tant qu'ex-fiancé et chef de Taylor, était la pièce maîtresse de tante Pearl. La copine jalouse de Brayden était un bonus de dernière minute, tout était prévu pour faire du grabuge.

Ajoutez-y la magnifique Merlinda et il devenait évident que tante Pearl voulait que l'on soit tous à couteaux tirés. Eh bien, je n'allais pas me faire avoir. C'était juste sa dernière tentative en date pour que Tyler démissionne de son poste de shérif et quitte pour de bon la ville. On allait voir si je l'allais pas contrecarrer son plan !

Brayden entraina Gail vers la salle à manger et nous fit signe de suivre. « Venez. C'est l'heure de manger.

« Bonne idée. » Je souris et poussai tante Pearl vers la salle à manger. « Allons apprécier ce dîner. »

Rompre le pain ensemble lors d'une fête pouvait panser les blessures, anciennes comme récentes. Brayden et moi pouvions être polis l'un envers l'autre, pour commencer. Et si je ne m'attendais pas vraiment à ce que tante Pearl et Tyler deviennent amis dans un avenir proche, on pouvait peut-être quand même tenter de planter une graine. Ça valait le coup d'essayer.

Tante Pearl me regarda d'un air suspicieux, mais obéit.

« Qu'ils mangent du gâteau ! » Grand-mère Vi gloussa de plaisir en rassemblant ses mains ensemble. « Ça va être chouette. »

J'ouvris la bouche pour répliquer, mais me retint juste à temps.

Cette soirée n'était pas vraiment le réveillon que j'avais imaginé, mais elle *devenait* intéressante. Autant s'asseoir et profiter du spectacle.

CHAPITRE 11

a tempête faisait rage dehors, mais à l'intérieur tout était calme après la dinde délicieuse. Les jalousies qui couvaient avaient été adoucies par les montants généreux d'alcool versés.

Nous étions tous un peu pompettes. Nous avions à nous tous vidé une demi-douzaine de bouteilles, et Dominic avait englouti au moins six bières. Tante Amber et Earl avait profité de plusieurs grands verres de lait de poule épicés, et tout le monde était content, ou tout du moins poli avec les autres.

Pour le moment, l'alcool avait adouci les angles de nos conflits de personnalités et de nos jalousies romantiques. Nous n'aurions pas forcément choisi de passer la soirée ensemble, mais on avait trouvé un moyen de passer un bon moment en attendant que la tempête passe. Nous avions dégusté des plats succulents et bien bu. J'espérais juste que ce n'était pas le calme avant une tempête de tirades d'ivrognes.

Les lumières tremblèrent tandis que le vent hurlait dehors. Puis, le courant se coupa pour de bon, et maman alluma les chandeliers sur le buffet. Les bougies vacillantes projetaient de longues ombres, mais nous permettaient de nous voir à nouveau.

Sans électricité, on pouvait tout à fait croire se trouver autour d'une table éclairée aux chandelles au XIXe siècle et non autour d'une table au XXIe siècle. Les flammes vacillantes enrichissaient l'atmosphère et semblaient même adoucir les petites rivalités autour de la table.

Les plats du dîner avaient été débarrassés, et nous étions tous profondément enfoncés dans nos chaises, repus de toute cette nourriture. Nous buvions notre café à petite gorgée et picorions les desserts. Il y avait une tarte à la citrouille avec de la crème fouettée, des shortbreads et bien sûr, le gâteau à la recette secrète de maman.

Seuls Merlinda, Dominic et Gail, nos invités innocents, avaient vraiment mangé le gâteau de Noël. Heureusement que le gâteau n'avait pas d'effet immédiat. Quand plus tard, les estomacs de nos invités protesteraient, ils ne penseront jamais à soupçonner le gâteau de maman.

Les autres avaient caché le gâteau dans les serviettes, poches et sacs à disposition. De fait, l'actuelle coupure de courant était un coup de chance. Je rapprochai doucement mon assiette à dessert du bord de la table, et la penchai légèrement jusqu'à ce que la tranche de gâteau tombe dans la paume de ma main. Je l'enveloppai dans ma serviette que je cachai dans ma poche.

« C'est l'heure des jeux, » annonça tante Pearl. « Ça va être amusant. »

« Pas de jeux familiaux en présence d'invités, Pearl », dit maman.

« Pourquoi pas ? J'adore les jeux. » Le visage de Gail s'éclaira. « À quoi joue-t-on ? »

Tante Amber se frotta les mains. « Oh, jouons aux Jeux de la Faim ! »

« C'est comme *Hunger Games* ? » Demanda Gail.

« Oui et non, » répondit tante Amber. « Au lieu de combattre pour ton district, tu combats pour de la nourriture. »

« Mais on a déjà mangé, » protesta maman. « J'ai le ventre trop rempli pour penser à la nourriture, et encore plus pour me battre pour elle. »

« Pareil pour moi, » dis-je.

« Tu n'as pas besoin de la consommer, Ruby, » dit tante Amber. « Nous utiliserons simplement la nourriture comme accessoire cette fois. La personne qui gagne le plus de nourriture à la fin verra son vœu s'exaucer. « Faisons-en un jeu sur le thème du culte du cargo ! » Elle applaudit.

Dans la famille West, un vœu signifie un sort. Je me demande comment nous allions adapter cela à nos invités non sorciers.

Maman rit. « Nous utiliserons les desserts sur la table. Un combat à mort pour le gâteau de Noël. »

Nous la regardions tous, bouche bée.

Après quelques instants de silence gêné, Merlinda demanda d'un ton indistinct de personne pompette « Quel genre de jeu est-ce ? »

« Un jeu idiot, » dit tante Pearl. « La nourriture ne me motive pas. »

J'étais d'accord, mais me gardai de l'exprimer à voix haute. Utiliser le gâteau de Noël de maman comme jetons de poker me semblait aller tout droit à la catastrophe. Le gâteau ne serait pas débarrassé de sitôt, et nos invités pourraient être tentés d'en manger encore plus. Et s'ils s'empoisonnaient à cause de l'alcool ?

Tout d'un coup, Merlinda s'affala sur le dossier de sa chaise, les paupières affaissées. Le vin plus le gâteau imbibé d'alcool avaient clairement eu raison d'elle, au point qu'elle semblait prête à s'évanouir. Il ne restait plus une goutte de vin. Il fallait vraiment se débarrasser du gâteau avant qu'elle en mange davantage.

« Je plaisantais en parlant de bataille de gâteau. » Mais l'expression déconfite de maman racontait une autre histoire. Elle avait été vraiment sérieuse.

Tante Amber sentit la déception de maman et ajouta son grain de sel. « Pourquoi ne pas jouer à Action et Vérité à la place ? »

« Excellente idée. » En vrai, je trouvais que jouer à Action et Vérité était une idée vraiment idiote étant donné les personnalités rassemblées autour de la table. Mais c'était tout de même mieux que de manger plus de gâteau de Noël imbibé d'alcool.

« Je joue si tout est permis. » Tante Pearl eut un sourire narquois. « Gagner à tout prix, voilà le nom du jeu. »

« Je suis de la partie. » Gail lança un regard noir en direction de Merlinda. « Je gagne toujours. »

Je lançai un regard d'avertissement en direction de tante Pearl. « Il n'y a pas de gagnants à Action et Vérité. Juste un certain niveau de gêne, et des blessures possibles. »

Maman retint sa respiration. « Rien de trop dangereux, par contre. On s'arrête avant que quelqu'un ne se fasse mal. »

« Ne changez rien pour nous, » dit Gail. « Faites comme si vous passiez un Noël normal en famille. »

Tante Pearl eut un sourire narquois. « Ha ! Nos jeux familiaux de Noël n'ont jamais rien de normal. Attention à ce que tu demandes. »

J'eu un frisson. Nous étions des sorcières après tout, et nos jeux magiques pouvaient mal tourner parce que nous avions toutes un fort esprit de compétition. Mais partager des sorts avec des personnes de l'extérieur, même si elles étaient également sorcières, ça n'était pas possible. La menace voilée de tante Pearl m'inquiétait. Quoi qu'elle ait en tête pour nos invités, elle franchirait sans aucun doute une barrière.

Je savais que tante Pearl ne partagerait jamais nos secrets et sorts surnaturels. Mais je n'avais pas pour autant confiance. C'était peut-être l'effet Earl, ou alors elle voulait impressionner Merlinda avec ses sorts. Elle n'appréciait généralement pas nos jeux magiques, alors son enthousiasme pointait vers un danger. Quelque chose se tramait dans sa petite tête de sorcière.

Évidemment, nous saupoudrions toutes nos jeux d'un peu de magie. En temps normal, ça n'était pas un problème, mais là nous étions toutes dans divers états d'ébriété avancée. Y compris tante Pearl. Jeter des sorts était dangereux quand on était pompette s'il n'y avait pas au moins une personne sobre pour tout nettoyer.

Tante Pearl eut un sourire sadique. « OK, écoutez-moi. Chaque couple forme une équipe. Couple contre couple. On joue cartes sur table. »

Tante Amber semblait soulagée. « J'imagine que Ruby et moi ne jouons pas alors. Nous sommes les seules sans partenaires. »

« Ne dis pas de bêtises, » répondit tante Pearl. « Vous deux serez le couple de sœurs. »

Maman fit non de la tête. « Non ! Je ne veux pas être… »

« Oh allez, Ruby. Ça sera amusant. » Le visage de tante Amber s'éclaira. « Nous allons gagner, nous nous connaissons tellement bien. »

« J'en doute, » dit Dominic. « Merlinda et moi allons vous éclater. N'est-ce pas Merlinda ? »

Merlinda ouvrit les yeux. Elle fronça les sourcils. « Euh, évidemment. Je n'ai encore jamais joué à Action et Vérité cependant. »

« C'est simple, » dis-je. « On demande à un couple "Action ou Vérité" Si tu choisis Vérité, tu réponds à une question. Si tu choisis Action, tu dois faire ce qu'on te demande, quoi que ce soit. Une fois l'action réalisée, tu fais de même pour la personne de ton choix. »

Grand-mère Vi flottait entre Earl et tante Pearl. « Oooh ! J'ai hâte de voir tout le monde s'autodétruire. Il ne restera que moi. »

Maman sourit.

Tante Pearl désigna maman du doigt. « Ruby, tu commences. »

« OK. Earl et Pearl… Action ou Vérité ? »

« Vérité. » Ils avaient répondu de concert, comme un vieux couple.

Maman se mit à rire. « Racontez-nous ce que vous avez fait pendant votre premier rendez-vous, d'accord ? »

« Tu ne peux pas demander ça, Ruby ! » Le visage de tante Pearl vira au rouge écarlate.

« Pourquoi pas ? « Tu as dit que tout était permis, Pearl. » Maman haussa les sourcils et sourit doucement. « Ça vaut pour toi aussi. »

« Nous avons eu un dîner aux chandelles chez moi, » répondit Earl. « C'était très romantique, mais je dois avouer qu'on a un peu perdu le contrôle de la situation. »

Tante Amber fit un petit bruit semblable à un hennissement. « La température est montée ? Oh, oh, je vois bien la scène. »

« Earl ! » Tante Pearl tapa sur sa main.

Earl eut un mouvement de recul. « Il faisait chaud, c'est vrai. Notamment quand les rideaux ont pris feu, et qu'on a dû appeler les pompiers.

Pearl adore ses bougies au soja. Tu peux les fondre pour faire de l'huile de massage et... » il lui tapota la main. « Je ferais mieux de ne pas en dire plus. Je n'oublierai jamais cette nuit par contre. Pearl est pleine de surprises. »

Tyler et moi éclatâmes de rire, suivis de maman. Imaginer tante Pearl essayant de charmer quelqu'un, ça n'était vraiment pas évident. Mais il est vrai qu'Earl lui faisait un effet comme jamais personne auparavant. Elle était sous son charme, sans mauvais jeu de mots.

« Oh, Earl, arrête. Tu me gênes. » Tante Pearl se tourna ver Tyler et moi et dit plutôt brusquement, « Votre tour. Action ou Vérité ? »

« Action, » répondit Tyler.

Mon cœur manqua un battement, sachant que tante Pearl voulait à tout prix ridiculiser Tyler. Action était sans doute le choix sage néanmoins. J'imagine que Tante Pearl avait en réserve quelques questions gênantes de son cru.

« Je te mets au défi de quitter la ville, shérif. » Tante Pearl croisa les bras et s'enfonça sur le dossier de sa chaise. « Je te récompenserai même si tu agis vite. »

« Ça n'est pas une action valide, Pearl. » Tante Amber fit non de la tête. « La prochaine fois, donne une action qui peut être réalisée ici et tout de suite. »

Tyler partit d'un grand rire. « Bien tenté, Pearl. Mais même un pot-de-vin ne pourrait me convaincre de quitter Westwick Corners en ce moment. Je ne laisserai pas Cen non plus. »

« Combien veux-tu ? Quel que soit ton prix, je paierai. »

« Pearl, arrête ! » Maman menaça sa grande sœur du doigt. « Tyler ne va nulle part, autant t'y habituer. »

Les yeux de Pearl se rétrécirent. « Si tu veux jouer comme ça, d'accord. Ne viens pas dire que je ne t'ai pas laissé de porte de sortie, shérif. »

Tyler eut un petit rire, mais ne répondit pas.

« Tu viens de perdre ton tour, tante Pearl. » Au moins ne m'avait-elle pas forcé à envoyer une malédiction ou à jeter un sort horrible à Tyler.

Tante Pearl se renfrogna sans répondre. Dans sa précipitation pour détourner l'attention d'Earl et d'elle-même, elle avait été trop perturbée pour trouver une action digne de ce nom.

Je me tournai vers Brayden et Gail. « Action ou Vérité. »

« Vérité », ricana Brayden. « Demande-moi ce que tu veux.

« Tu veux dire nous, » corrigea Gail. « Demande-nous ».

C'était l'occasion rêvée d'en apprendre plus sur leur relation. « Quel est le plus grand secret que vous cachez à votre partenaire ? » demandais-je. « Brayden, tu commences. »

Brayden rougit. « Bien, euh... Cen et moi étions fiancés à un moment. »

Pas ce à quoi je m'attendais. Pas ce à quoi s'attendait Gail non plus, visiblement.

Elle se redressa brusquement sur sa chaise. « Quoi ? Tu m'as emmenée dans la maison de ton ex pour le dîner sans me le dire ? Tu m'as menti ! Tu m'as dit que c'était une vieille amie à toi ! »

« Ben, elle est les deux. Je voulais te le dire, mais bon, je n'ai jamais trouvé le bon moment. » Les yeux de Brayden regardaient désespérément autour de lui, cherchant de l'aide.

Gail leva les mains au ciel. « Comment est-ce qu'il peut y avoir un bon moment pour *ça* ? Je n'en reviens pas que tu ne me l'aies pas dit Brayden. J'ai l'air d'une idiote maintenant ! »

Nous détournions tous nos regards, gênés. Pas étonnant que Gail n'ait pas eu de problème à venir dîner. Elle ne se doutait absolument pas que Brayden et moi avions failli nous marier. Je ne l'appréciais toujours pas, mais j'avais de la peine pour elle.

Maman rompit le silence. « Gail, ton tour. Que n'as-tu pas dit à Brayden ? »

« Que j'en ai marre d'être ignorée. » Elle se tourna vers Brayden. « J'en ai marre de te voir draguer d'autres filles quand je suis là. Tu crois que je ne t'ai pas vu baver devant Merlinda ? Tout le monde l'a vu. N'est-ce pas, Dominic ? »

Maman ouvrit grand la bouche de stupeur.

Dominic recula dans sa chaise, visiblement mal à l'aise. « Euh... Peut-être qu'il faudrait avancer. À qui le tour ? »

« Je ne joue plus à ce jeu idiot. » Gail se leva et jeta sa serviette sur la table. Elle partit à grands pas dans la cuisine.

L'atmosphère était restée courtoise jusqu'à présent, même si tout le monde était un peu pompette. Il semblait maintenant évident qu'indépendamment du jeu choisi, tante Pearl avait pensé à tout pour nous mener à être à couteaux tirés les uns avec les autres.

Maman jeta un œil en direction de la cuisine. « Je crois que tu devrais aller la voir, Brayden. »

Brayden soupira et se leva. « Mais qu'est-ce que je dois... Oh, d'accord. Mais avant ça... Dominic et Merlinda, Action ou Vérité ? »

« Vérité, » répondit Dominic. « Pose ta question. »

« Crois-tu que vous vous marierez un jour ? » Brayden ne s'en cacha même pas avec Gail sortie de la pièce. Il parlait à Dominic, mais fixait Merlinda avec adoration.

Je regardai vers la porte de la cuisine, en espérant que Gail n'écoutait pas derrière la porte.

Dominic répondit. « La réponse est oui. Parce qu'on est déjà mariés. »

CHAPITRE 12

« Q uel mariage ? » Tante Pearl s'étrangla avec ce qu'elle était en train de manger. Elle semblait visiblement perturbée et se tourna vers Merlinda. « Quand vous êtes-vous mariés ? Pourquoi ne pas me l'avoir dit ? »

Nous étions tous trop choqués pour parler. L'aveu de Dominic était la dernière chose à laquelle nous nous attendions.

Merlinda ouvrit grand la bouche de stupeur. Elle adressa un regard furieux à Dominic.

Tante Pearl écarquilla les yeux. « Je n'arrive pas à croire que tu me l'aies caché, Merlinda. Après tout ce que j'ai fait pour toi. Je croyais que l'on se disait tout. »

« J'aurais fini par te le dire, Pearl. Je n'étais juste pas encore prête. » Merlinda se tourna vers Dominic. « Tu avais promis de garder le secret. »

« Oui, mais c'est une Action ou Vérité, bébé. Et je n'en pouvais plus d'attendre. Personne ici ne connaît ta famille, alors quelle importance ? »

Les mots me manquaient. L'aveu que tante Pearl et Merlinda étaient confidentes était choquant, pour ne pas dire plus. Et Dominic et Merlinda formaient un couple tellement bizarre. Il devait avoir au moins dix ans de plus qu'elle, et son apparence rugueuse contrastait tellement avec l'allure mannequin raffinée de Merlinda.

« Quand vous êtes-vous mariés ? » demanda maman.

« Le semestre dernier quand Merlinda est revenue au Vanuatu pour les vacances. » Dominic se servit une part généreuse de gâteau de Noël qu'il déposa dans son assiette. « C'était une cérémonie dans l'intimité. Merlinda était magnifique dans sa robe. »

Les lumières tremblotèrent plusieurs fois avant de s'allumer de nouveau. J'espère qu'elles allaient tenir cette fois. Un vieux manoir humide n'était pas l'endroit le plus confortable pour s'abriter de la tempête, et l'obscurité le rendait sinistre.

Tante Pearl se tourna vers Merlinda. « Tu as à peine l'âge de te marier. Tu vas ruiner ta vie avant même qu'elle ne commence. »

Dominic lui lança un regard furieux. « Merlinda n'a pas besoin de tes conseils, Pearl. Elle peut prendre ses propres décisions. »

« J'ai vingt et un ans, » protesta Merlinda, la bouche pleine de gâteau de Noël. « Je n'ai pas eu beaucoup d'aventures, mais je n'en avais pas vraiment besoin. Je sais simplement que Dominic est le bon. »

Dominic l'interrompit. « Il n'y a pas de date pour le véritable amour. Quand l'amour entre dans ta vie, tu l'attrapes et ne le laisses pas repartir. »

J'hésitais à attraper le plat à gâteau et à l'emporter dans la cuisine. Au lieu de ça, je pris les deux dernières tranches et les posai dans mon assiette. Je ne pouvais faire que ça pour empêcher nos invités d'en manger plus.

Maman sourit. « J'en ferai plus la prochaine fois, c'est sûr. »

« Comment as-tu pu ne pas m'inviter à ton mariage ? » Le visage de tante Pearl était tout rouge, elle était furieuse d'avoir été évincée. Sa déception était compréhensible, si on pensait à tout le temps qu'elles passaient ensemble. Merlinda était de fait sa protégée, et sa seule étudiante en ce moment. Et Dominic était arrivé et avait tout gâché. Mais même comme ça, la colère de tante Pearl frisait l'obsession malsaine.

« Personne n'a été invité, » dit Dominic. « Nous ne voulions pas en faire toute une histoire, alors on a organisé un mariage secret au Vanuatu. Un couple de touristes a servi de témoin, donc personne n'était au courant. Jusqu'à maintenant. Nous ne pouvions pas attendre. N'est-ce pas ma puce ? »

« Attendre pour quoi ? » Gail apparut sur le seuil de la cuisine, les sourcils froncés.

« Merlinda et Dominic se sont mariés en secret, » expliqua tante Amber. « Et on vient de le découvrir à cause d'Action et Vérité. »

Gail commença à parler, mais fut interrompue par Merlinda.

« Je... ne me sens... pas bien. » Merlinda fit tomber sa fourchette et serra son ventre de ses mains. Elle repoussa sa chaise et se mit debout en tremblant.

« Qu'est-ce qui ne va pas, ma chère ? » Tante Amber se leva. Elle regardait Merlinda avec inquiétude.

Merlinda se rassit et ferma les yeux. « Ça va aller, il me faut juste une minute. »

Sa respiration rapide et la couleur de son visage racontaient une tout autre histoire.

« Tu devrais peut-être t'allonger. Laisse-moi t'aider à te mettre sur le canapé. » Je me levai au moment où les lumières s'éteignaient à nouveau.

La pièce fut plongée dans l'obscurité, à l'exception de la faible lueur du chandelier et de l'apparition douce de Grand-mère Vi qui flottait au-dessus du buffet telle une veilleuse disproportionnée. Sa douce lueur éclairait suffisamment la salle à manger pour voir Merlinda penchée sur la table, le visage pincé de douleur.

Tante Pearl s'en rendit également compte. « Ouhlala, Merlinda, tu n'as pas l'air bien. »

« J'ai vraiment mal à l'estomac. Excusez-moi. » Merlinda se leva et sortit chancelante de la pièce. Elle s'arrêta un moment pour reprendre son équilibre. Puis elle disparut dans l'obscurité du salon.

Dominic se mit brusquement debout. « Je ferais mieux d'aller l'aider. »

Tante Pearl se plaça devant Dominic et le congédia de la main. « Non, je vais aller l'aider. »

Il n'était pas surprenant que Merlinda soit malade, étant donné la quantité de gâteau de Noël alcoolisé qu'elle avait ingurgitée. Si seulement j'avais pu l'en empêcher sans que maman s'en rende compte.

Toutes les conversations cessèrent, nous écoutions Merlinda se déplacer cahin-caha à travers le salon, puis dans le couloir qui menait à la salle de bain.

Dehors le vent grondait, les rafales faisant trembler les vieilles fenêtres.

Les lumières tremblèrent à nouveau avant de revenir pendant une trentaine de secondes. Puis le courant fut de nouveau coupé. Quelques instants plus tard, un souffle de vent éteignit les bougies. Nous restions assis dans le noir, sans rien dire. Les hauts le cœur de Merlinda dans le couloir semblaient nous paralyser.

Merlinda n'avait pas encore réussi à atteindre la salle de bain. Elle continuait à refuser les offres d'aide, mais je n'en pouvais plus de rester assise à ne rien faire.

« Je vais chercher d'autres allumettes. » Je me levai et me déplaçai à tâtons le long des chaises en direction de la porte de la cuisine. Mes yeux s'habituaient lentement à l'obscurité, et après un moment qui sembla durer une éternité, je finis par m'orienter dans la cuisine pour arriver jusqu'au bureau dans lequel nous rangions les allumettes. Je fouillai un tiroir après l'autre, cherchant désespérément des allumettes avant d'en trouver enfin dans le dernier tiroir.

J'allumai la bougie sur le plan de travail de la cuisine et l'emportai dans la salle à manger. Après avoir rallumé les deux chandeliers sur le buffet, j'installai ma bougie sur la table, soulagée de voir à nouveau les visages familiers.

Je venais de me rasseoir quand Merlinda poussa un cri.

CHAPITRE 13

*N*ous nous sommes tous précipités vers la porte en même temps. Dominic et Brayden se heurtèrent à côté du buffet, manquant de peu de renverser les chandeliers.

Dominic jura et attrapa un chandelier. Il le brandit comme une arme et força Brayden à se retirer de son passage.

Je m'écrasai contre le mur pour les laisser passer tous les deux. Étant donné l'obsession de Brayden pour Merlinda et son besoin d'arriver toujours en premier, je ne voulais pas me trouver sur son chemin. Je signalai à Tyler de passer devant moi également. Puis, je pris le deuxième chandelier et suivis les hommes dans le couloir.

Je manquai de rentrer dans le dos de Tyler qui s'était brutalement arrêté devant moi.

Tante Amber jura en se cognant à moi. « Mais qu'est-ce qu'il se passe, bon sang ? »

« Merlinda ! » Le cri de Dominic me glaça jusqu'au sang.

Pas de réponse.

Je tendis le cou pour voir au-delà de Tyler et aperçut Merlinda allongée sur le sol. Dominic était agenouillé à ses côtés. Son chandelier allumé reposait sur la table de l'entrée et illuminait l'entrée autrement sombre. La lumière vacillante renforçait l'atmosphère sombre.

Merlinda était recroquevillée en fœtus dans le couloir, évanouie. Elle s'était effondrée avant d'atteindre la salle de bain.

« Merlinda ! Parle-moi. » Dominic secoua l'épaule de Merlinda, sa voix cassée d'émotion. « Réveille-toi ! »

Tyler contourna Merlinda et s'accroupit de l'autre côté. Il souleva son bras, mais il était mou. Il se pencha sur elle pour vérifier son pouls et des signes de vie. « Elle ne respire pas. »

Je suivis Tyler et me positionnai derrière lui. Je déposai mon chandelier sur le sol, à côté du mur.

« Quelqu'un appelle une ambulance, vite ! » Tyler se mit de côté et commença la réanimation cardio-pulmonaire. Son torse large me bloquait partiellement la vue, mais même de là, il était évident qu'il n'obtenait pas de résultats.

« C'est déjà fait. » Westwick Corners était tellement petite que nous n'avions pas de service d'urgences. Ni malheureusement, d'hôpital ou d'ambulancier. Le docteur le plus proche était à Shady Creek, à une heure d'ici. J'avais néanmoins appelé les urgences de Shady Creek, espérant un miracle. Mais la tempête faisait rage et les ambulanciers ne pouvaient se déplacer. « Malheureusement, ils ne peuvent pas venir à cause de la tempête. »

Une minute passa, puis d'autres. Même à la lueur pâle des bougies, on apercevait clairement le teint bleuâtre de Merlinda. Il n'augurait rien bon.

Tyler et Dominic se relayèrent pour effectuer les gestes de réanimation, même s'il fut bientôt évident que cela ne servait à rien.

Enfin, Tyler se retourna vers Dominic. « Je suis désolé, Dominic. J'ai fait tout ce que j'ai pu... Mais elle n'est plus là. »

« Elle ne peut pas être partie. C'est impossible. Elle est juste évanouie. Il nous faut continuer. » Dominic repoussa Tyler pour reprendre la réanimation, même sa technique montrait qu'il n'avait jamais réanimé personne auparavant.

« Dominic, je suis désolé » Brayden posa une main sur l'épaule de Dominic.

Dominic repoussa la main de Brayden. « Elle n'est pas morte. Elle est juste... »

Tante Pearl bouscula Brayden et s'agenouilla à côté de Merlinda. « Laissez-moi voir. Je vais l'emmener à l'hôpital. »

Les yeux de Tyler trouvèrent les miens. Il avait clairement eu la même pensée que moi. Même la magie ne pourrait rendre la vie à Merlinda.

Tante Pearl se leva et resta complètement immobile, prenant conscience de la gravité de la situation.

« Qu'est-ce qu'il se passe, bon sang ? Il y a quelques minutes seulement elle était… » Dominic secoua la tête d'incompréhension ; Il s'écarta lentement de Merlinda et s'appuya contre le mur, vaincu. Il s'effondra en position assise et couvrit son visage de ses mains. Tout son corps tremblait alors qu'il pleurait dans ses mains. « Elle ne peut pas me laisser. »

Dominic était visiblement affolé d'avoir perdu sa bien-aimée.

Il n'était pas le seul.

Tante Pearl cria. « Non ! » Elle s'effondra sur le sol aux côtés de Merlinda et se recroquevilla comme un bébé dans le ventre de sa mère.

Nous restions tous figés sur place, hébétés. Une jeune femme d'une vingtaine d'années en apparente bonne santé venait de mourir devant nous sans explication logique.

Les mains de Merlinda étaient agrippées son estomac en un étau mortel, son visage une grimace figée. Ses yeux étaient grands ouverts, sans voir. Même dans la clarté diffuse de la bougie, il était évident qu'elle était morte.

« Je suis désolée, Pearl. » Tyler installa doucement tante Pearl en position assise et entoura ses épaules de son bras. Il l'entraîna vers tante Amber et maman, qui pleuraient doucement à quelques pas de là.

Dominic sanglotait derrière ses mains. « Elle mangeait et parlait et tout allait bien. Je ne comprends pas ce qu'il s'est passé. Comme quelqu'un peut-il mourir comme ça ? »

Tyler secoua la tête. « Parfois, les gens meurent soudainement. Peut-être qu'elle avait un problème médical non diagnostiqué. Il faudra attendre et voir ce que dira le médecin légiste. »

Le médecin légiste, comme à peu près tout le monde, se trouvait à Shady Creek.

Maman mit la main devant sa bouche, choquée. « Je n'arrive pas à y croire. Elle semblait en pleine forme. Elle mangeait de bon appétit, également. Elle a vraiment aimé mon gâteau de Noël. »

Tante Pearl se leva d'un bond et menaça maman de son poing. « Il faut que tu arrêtes de faire ce gâteau, Ruby. Ton gâteau débile a tué mon étudiante la plus brillante. »

« Tu crois que j'ai empoisonné Merlinda ? » Maman resta bouche bée, effarée par les accusations de tante Pearl. « C'est n'importe quoi. Et que dire des autres ? Vous avez tous mangé du gâteau et vous n'êtes pas malades. »

En réalité, seuls Merlinda, Gail et Dominic avaient essayé le gâteau. Nous autres avions tous planqué notre part, sans y toucher. Mais maman ne le savait pas. Je tapotai son épaule, soulagée que Gail et Dominic ne montrent aucun symptôme. Pour le moment. « Tante Pearl ne voulait pas dire... »

« Bien sûr que si c'est ce que je voulais dire Cendrine. C'est la faute de Ruby si Merlinda est morte. » Tante Pearl tournait en rond, très perturbée. « Je n'aurai plus jamais d'étudiante comme Merlinda. Tout ce talent, détruit par quelques miettes d'un gâteau poison. »

Maman retint sa respiration. « Cela ne peut pas être mon gâteau, Pearl. Je fais la même recette tous les ans. Comment est-ce qu'il pourrait être responsable ? »

« Euh... Ruby, je dois te demander quelque chose. » Earl se balançait d'un pied à l'autre, gêné. « Tu sais comment je t'ai aidée pour ce problème de rats ? »

Gail retint son souffle. « Vous avez des rats ici ? »

« J'en ai peur, » répondit Earl. « Le truc, c'est que j'ai posé la cuillère-mesure de mort-aux-rats sur le plan de travail un instant, et quand je suis revenu, elle avait disparu. »

Maman étouffa un cri. « Tu ne penses pas... Tu veux dire que la poudre blanche dans la cuillère-mesure n'était pas de la farine ? Je m'en suis servie pour le gâteau. »

« Si tu n'as pas rempli toi-même la cuillère, alors pourquoi l'avoir utilisée, Ruby ? » demanda Tyler. « Comment pouvais-tu savoir que c'était de la farine ? »

Des larmes coulaient sur le visage de maman. « Je n'ai pas réfléchi, j'imagine. J'ai trouvé ça étrange parce que je ne me souvenais pas d'avoir utilisé la cuillère-mesure. Mais j'ai tellement fait ces derniers temps que je me suis dit que j'avais dû prendre la mesure plus tôt et oublié l'avoir fait. J'étais tellement occupée à préparer le dîner avec tous les invités de dernière minute de Pearl que je n'ai pas fait attention. »

Je fronçai les sourcils en voyant que tante Pearl insultait le gâteau de maman, et indirectement, mon abandon à l'Ecole des Charmes de Pearl. « Même si Merlinda a été empoisonnée, cela aurait pu être avec n'importe quoi. Ta tisane par exemple. »

« Hé, j'ai mangé ce gâteau et je vais bien, » dit Dominic. « Ça ne peut pas être le gâteau. »

« Tu fais sans doute deux fois le poids de Merlinda, » remarqua Brayden. « Ton corps supporte mieux le poison. Ou alors, l'effet est plus long à se déclencher chez toi. »

Dominic porta la main à la bouche. « Je ne me sens pas très bien tout d'un coup. »

Gail acquiesça. « J'en ai mangé un peu aussi, et je ne suis pas malade. Vous êtes sûrs que c'était de la mort-aux-rats ? Je me sens très bien. »

« Un peu », c'était peu dire. Gail avait probablement ingurgité quatre ou cinq parts. Pourtant, elle ne montrait aucun signe d'empoisonnement.

Tante Pearl sortit une main de sa poche et pointa un doigt vers moi. Au même moment, un morceau de papier froissé tomba au sol.

« Quelle tragédie. » Tante Amber se baissa pour ramasser le papier. Elle fronça les sourcils en déroulant le papier et en lisant son contenu. « Oh, oh. La recette de ta tisane guérisseuse à base de chardon-Marie comporte une erreur, Pearl. À la place de chardon-Marie, il est écrit gui. Tu sais que le gui est vénéneux, non ? »

« Bien sûr que je le sais... Fais voir ça. » Tante Pearl arracha le papier de la main de tante Amber.

Tante Amber secoua la tête en regardant le corps sans vie de Merlinda. « Oh mon Dieu, Pearl. Qu'as-tu fait ? »

CHAPITRE 14

« Tu as tué Merlinda, » s'écria Dominic. « Elle allait enfin rentrer à la maison et te quitter pour de bon. Tu savais que tu ne pouvais pas la garder enfermée ici dans ton école idiote pour toujours. Alors tu as empoisonné la tisane et tu l'as tuée. »

« Pearl n'a pas fait exprès. C'était un accident. » Les mots de maman restèrent comme suspendus dans le silence qui se fit soudain.

Dominic se précipita sur Pearl. « Je vais te tuer, vieille femme. »

Brayden et Tyler interceptèrent Dominic au moment où il allait atteindre Pearl. Chacun lui attrapa une épaule et ils arrivèrent à le contenir, tout juste.

Je ne savais pas de quoi Dominic parlait quand il évoquait garder Merlinda à Westwick Corners, mais il y avait sans doute une part de vérité. Tante Pearl prenait parfois des mesures drastiques quand elle n'obtenait pas ce qu'elle voulait. Mais tuer Merlinda pour l'empêcher de partir ? Impossible. Je ne pouvais l'imaginer agir ainsi.

C'est le genre de chose que tu lis dans les journaux à sensation. Les gens peuvent être désespérés quand il s'agit d'amour. Et même si les liens entre tante Pearl et Merlinda étaient plus ceux d'un mentor et d'une protégée, tante Pearl lui était très attachée. De fait, elle l'obsédait. Si Merlinda avait vraiment prévu de quitter l'École des Charmes de Pearl, alors j'étais persuadée que tante Pearl n'hésiterait pas à se faire justice elle-même.

J'en avais eu l'expérience directe en tant qu'ancienne élève.

Mais tuer Merlinda ? Jamais.

« Ne dis pas n'importe quoi ». Tante Pearl eut un petit sourire narquois, sa voix d'un coup calme. « Je suis raisonnable, et je ne me serais jamais mise en travers du chemin de Merlinda. Ce n'est pas moi qu'elle voulait quitter, vous savez. »

Tyler plissa des yeux. « Qu'insinues-tu, Pearl ? »

Tante Pearl leva les yeux au ciel. « Trouve toi-même, shérif. Fais ton travail. »

« Tante Pearl, répond à la question de Tyler. » Sa réponse désinvolte me semblait vraiment étrange. Il y a une minute à peine, elle était hystérique.

« Je n'ai tué personne. » Tante Pearl menaça Dominic du poing. « Pourquoi diable empoisonnerais-je ma propre étudiante ? Les étudiants morts ne font pas vraiment une bonne pub pour l'École des Charmes de Pearl, non ? Comment pourrai-je alors attirer de nouveaux étudiants ? »

Je m'étais posé la même question, sans oser la formuler à voix haute. Autant que je sache, tante Pearl ne faisait pas de publicité, et n'avait même pas de site Internet. Tout fonctionnait par le bouche-à-oreille, c'est d'ailleurs comme ça que Merlinda avait trouvé l'École de Charmes de Pearl. Elle avait traversé la moitié du globe pour venir, et tout ça pour finir ainsi.

Dominic se débattait pour se libérer de l'emprise de Tyler et de Brayden, mais ils le tenaient fermement par les bras. « Je vais te dire pourquoi tu l'as tuée. Parce qu'elle était meilleure que toi. Merlinda m'a dit que tu étais jalouse de son talent. Tu ne voulais pas qu'elle te fasse de l'ombre, parce qu'alors tout le monde saurait qu'elle était meilleure que toi. Admets-le. »

Au moins n'avait-il pas ajouté que tante Pearl était meilleure *sorcière*. Brayden connaissait nos talents de magiciennes... en quelque sorte. Il nous prenait pour des fofolles New Age, pas pour des sorcières. Il pensait que nos herbes, talismans et potions étaient juste des passe-temps familiaux un brin étranges, et il ne voyait rien de ce qui se passait juste devant lui. Il n'avait aucune idée de tous les enchantements dont il avait été la victime aux mains de Pearl, pour son amusement personnel.

Tyler, en revanche, connaissait tous nos secrets surnaturels. Si on mettait de côté l'ignorance délibérée de Brayden, seule Gail ne se doutait pas le moins du monde que nous étions des sorcières.

Et il fallait que cela reste comme ça.

Tante Pearl étouffa un rire. « Jalouse ? Pourquoi serais-je jalouse ? J'ai appris à Merlinda tout ce qu'elle savait. »

« Allez, Pearl, sois indulgente avec Dominic. Il vient de perdre Merlinda. » Maman passa son bras sur les épaules de tante Pearl et la guida en dehors du couloir vers le salon. Tante Amber et moi les suivîmes.

Maman et tante Amber s'effondrèrent sur le canapé, chacune d'un côté de tante Pearl comme des gardiennes de prison. Je me tenais sur le seuil, prête à bloquer tante Pearl si elle décidait de rejoindre Dominic.

« Eh bien, je viens de perdre ma protégée. Personne ne s'inquiète de ce que je ressens ? » Tante Pearl avait le visage rouge de colère et essayait d'enlever son bras de celui de tante Amber. Quel genre d'enseignante empoisonne ses propres étudiants ? Sûrement pas moi. »

Tante Amber leva sa main. « Je ne dis pas que tu as fait exprès de l'empoisonner, Pearl. Tu as juste été un peu négligente, et tu as mal rédigé le sort. Nous faisons toutes des erreurs de temps à autre. Tu sais, le chardon-Marie, le gui... on les mélange facilement. »

Tante Pearl se renfrogna « Tu es peut-être négligente ou perturbée, Amber. Pas moi. Je suis bien trop intelligente pour commettre une telle erreur. Comment peux-tu suggérer une telle chose ? Il y a un tueur parmi nous. »

« On n'en sait rien, » dis-je. « La mort de Merlinda est louche, c'est sûr, mais seul le médecin légiste pourra déterminer les causes de la mort. Tout ce que nous pouvons faire, c'est protéger les preuves. »

« Les preuves ? » Maman frissonna. « Je n'aime pas ce que tu insinues. »

« Cen a raison, » dit tante Amber. « Avec la tempête dehors, le légiste va mettre du temps à arriver, nous devons donc nous assurer que tout reste exactement à sa place. »

Nous devions au moins convaincre tante Pearl de ne rien toucher avec ses mains, ou avec sa magie. Couvrir une erreur pourrait avoir des conséquences sérieuses.

« Vous croyez sincèrement que je l'ai empoisonnée ? » Tante Pearl cherchait des réponses dans nos regards. « Je crois que quelqu'un essaie de me faire porter le chapeau. A tous les coups, c'est ce foutu shérif Gates. »

« Ne dis pas de bêtises, tante Pearl » rétorquai-je. « Il n'a rien à voir avec la mort de Merlinda. Il ne l'a même pas approchée. » Tyler était arrivé tard et avait été assis à côté de moi de l'autre côté de la table. Il n'avait jamais quitté mon champ de vision.

Tante Amber et maman échangèrent des regards inquiets. Je sais ce à quoi elles pensaient. Il fallait faire quelque chose avant que tante Pearl n'agisse de manière drastique.

Qu'il s'agisse d'un accident ou d'un crime prémédité, tante Pearl ne semblait pas être la bonne suspecte. C'était une perfectionniste, elle ne faisait quasiment jamais d'erreurs. Elle se trompait rarement dans ses sorts, et jamais dans la préparation d'une simple mixture.

D'un autre côté, nous avions tous mangé la même chose au dîner, et seule Merlinda avait bu la tisane de tante Pearl.

Cependant, tante Pearl avait beaucoup à perdre d'une simple erreur. La réputation de son école pour commencer. Comme si elle pouvait lire dans mes pensées, tante Pearl s'exclama, « Ça n'était pas un accident. Et ma tisane était parfaitement normale. »

Tante Amber tapota le papier du bout de ses doigts manucurés. « Mais la recette mentionne du gui ici... »

Tante Pearl arracha la recette des mains de tante Amber. « Oh, arrête, Amber ! J'ai fait exprès de me tromper pour m'assurer que personne ne copierait ma recette. »

« Reconnais tes torts, Pearl. » Tante Amber essaya de récupérer le papier, mais tante Pearl le déchira en mille morceaux.

Tante Amber leva les yeux au ciel. « Maintenant, tu détruis une preuve. Cela ne t'aidera en rien, pourtant. Ta tisane sera testée. »

« Oh, tout cela est ridicule ! Je ne commettrais jamais une telle erreur. Je le prouverai. » Tante Pearl attrapa la tasse de Merlinda sur la table basse et avala ce qui restait de son contenu. La tasse trembla quand elle la reposa sur sa soucoupe. « Tu vois. Absolument sans danger. »

Je poussai un cri. « Tu viens d'avaler la preuve. »

« Et de t'empoisonner par la même occasion, idiote, » renchérit tante Amber. « J'espère qu'on aura le temps de te sauver cette fois, ce type de poison n'étant pas instantané. Quand Merlinda a-t-elle bu la tisane ? »

« Oh, je n'en sais rien. » Tante Pearl se tourna vers moi. « Quand Cen était dans le globe de neige. Il y a deux heures peut-être ? Combien de temps faut-il pour empoisonner quelqu'un ? »

CHAPITRE 15

ous retournâmes dans le couloir pour voir ce que faisaient les hommes. C'était difficile de se déplacer, tout le monde jouant des coudes pour être bien placé. Dominic était agenouillé à côté de Merlinda, et Tyler accroupi de l'autre côté. Nous autres étions agglutinées autour d'eux.

Je parcourus le couloir du regard, et notai une absence. « Où est Earl ? »

« Je croyais qu'il était avec vous dans le salon, » répondit Brayden.

« Non. » En règle générale, Earl ne s'éloignait jamais de tante Pearl. Repensant à la mort-aux-rats, je compris qu'il était sans doute retourné dans la cuisine pour vérifier la cuillère-mesure de maman. Mais la mort-aux-rats n'expliquait pas pourquoi seule Merlinda avait été touchée. Elle n'était pas la seule à avoir mangé du gâteau de Noël. La réaction de Merlinda ne provenait peut-être pas du gâteau, après tout.

Les yeux de Tyler trouvèrent les miens. « Cen, assure-toi que personne ne touche à rien. Je dois passer un appel. »

J'acquiesçai et regardai Tyler se rendre dans le salon. Plus facile à dire qu'à faire.

Tante Amber repoussa maman pour atteindre l'épaule de Dominic. « Pousse-toi que je jette un œil. Je pourrai dire tout de suite si Merlinda a été empoisonnée avec du gui. »

Dominic la repoussa de la main. « Ne t'avise pas de la toucher. Tu n'es pas médecin. Nous devons attendre qu'il arrive. »

Oh, oh.

« Tu pars du principe que le légiste est un homme ? » demanda Tante Amber. « De fait, il s'agit d'une femme. Pourquoi partir du principe que c'est un homme ? »

« Parce que, ben, un légiste quoi. Évidemment que c'est un homme. Les femmes ne font pas ce genre de métier, » répondit Dominic.

« Ce que tu veux dire, c'est que tu n'aimes pas quand les femmes réussissent, n'est-ce pas Dominic ? » Les yeux de tante Amber se rétrécirent. « Tu n'aimais vraiment pas que Merlinda te fasse de l'ombre. Tu ne supportes pas non plus que je sois experte dans mon domaine. Même si cela pourrait permettre de comprendre ce qui est arrivé à ta femme. »

Tante Amber était féministe, herboriste et sorcière, dans cet ordre. C'était également une force de la nature dans les rares occasions où elle perdait son calme. Comme maintenant.

Dominic se redressa pour défier tante Ambe. Il fallait juste qu'il ait le dernier mot. « J'aime que les femmes soient à leur place ; en train de cuisiner et de faire le ménage. Sauf, évidemment, quand elles cuisinent mal. »

« Tu es sur un terrain glissant fiston, » avertit tante Pearl. « Il n'y a aucun problème avec la cuisine de Ruby. »

« Attends une minute... », maman s'avança, mais trop tard.

« Hé ! Qu'est-ce que... », Dominic résista à tante Amber qui le repoussa loin du corps de Merlinda et l'envoya d'une main vers la porte du salon. Il trébucha en arrière avant de franchir la porte et de s'effondrer en un tas juste à l'entrée du salon.

A en croire l'expression sidérée de Dominic, il ne comprenait clairement pas comment la frêle Amber avait réussi à le repousser de la sorte. « Comment as-tu fait ça ? »

« Tu aimerais bien le savoir, hein ? » Tante Amber n'attendit pas sa réponse. « Il se trouve que je suis très douée dans mon travail. »

Elle se frotta les mains comme pour les débarrasser de la présence de Dominic. Son travail de justice vis-à-vis de Dominic accompli, elle s'agenouilla à côté de Merlinda. Elle étudia son visage, en prenant soin de ne pas la toucher. Elle se pencha et respira l'air autour de la bouche de Merlinda.

Maman se tenait entre Dominic et tante Amber, prête à agir. Elle avait les pouvoirs pour stopper Dominic, même si elle était réticente à s'en servir. On le comprenait tout de suite en regardant ses yeux de cerfs effarouchés.

« Tu aurais dû savoir que ça allait se produire, Dominic. » Les yeux de Pearl se rétrécirent. « Maintenant, je comprends ce que Merlinda voulait dire. »

« Tu bluffes. Merlinda ne t'a jamais parlé de moi. » Dominic semblait effrayé. « N'est-ce pas ? »

Tante Pearl plaça un doigt sur ses lèvres. « Motus et bouche cousue. Je ne trahis jamais une confidence. Merlinda m'a tout raconté de ce que tu faisais, alors ne joue pas au plus malin. »

Dominic rougit. Il allait ouvrir la bouche, mais se ravisa. Il la referma d'un coup, sans un mot.

Tante Amber leva les yeux, son visage un masque d'inquiétude. « Merlinda a été empoisonnée, c'est sûr. »

Tyler termina son appel et remit son téléphone dans sa poche avant de revenir dans le couloir. « OK, tout le monde dans le salon maintenant. Sauf toi, Brayden. Nous allons déplacer Merlinda dans le bureau et le fermer jusqu'à l'arrivée du légiste. »

Brayden approuva de la tête, même s'il semblait nauséeux et très réticent à toucher le corps maintenant sans vie de Merlinda.

Dominic protesta, mais fut vite stoppé par Brayden, de la manière brutale et acerbe dont il avait l'habitude. « Tyler a raison, Dominic. On ne peut pas laisser Merlinda sur le sol dans le couloir. Nous devons la déplacer. »

Grand-mère Vi rodait autour de Brayden. Évidemment, seules les sorcières que nous étions pouvions l'entendre, mais elle le dit néanmoins. « N'importe quelle sorcière qui se respecte peut entrer dans une pièce fermée. Et il y en a plusieurs ici. »

C'était exactement ce que je craignais.

CHAPITRE 16

J e suivis maman, Gail et les autres dans le salon tandis que Dominic restait assis dos au mur juste à l'entrée du salon. Il n'avait pas pris la peine de se lever, craignant que tante Amber ne l'attaque une nouvelle fois. Ses yeux allaient de tante Amber dans le salon à Tyler et Brayden dans le couloir. Les deux hommes cherchaient encore la bonne stratégie pour déplacer le corps sans vie de Merlinda dans le bureau.

Une partie de moi avait de la peine pour Dominic, mais je restais néanmoins méfiante. Pas juste parce que sa visite surprise à Westwick Corners coïncidait avec la mort soudaine de sa nouvelle et jeune épouse. Le mariage secret était également inquiétant. Peut-être tirait-il profit de la mort de Merlinda, d'une manière financière ou autre. Dans tous les cas, Dominic avait encore beaucoup de choses à expliquer.

J'étais certaine que son chagrin était sincère. Il se retourna et jeta un œil par-dessus son épaule en direction du couloir. Il fondit soudain en larmes. Tout son corps tremblait tandis qu'il sanglotait de manière incontrôlable.

« Que quelqu'un le fasse taire. » Grand-mère Vi rodait. « J'ai l'impression d'être dans un mauvais feuilleton. »

« Je n'arrive pas à croire que tout cela m'arrive, à moi. J'aurais mieux fait de rester à la maison. » Gail était perchée sur l'accoudoir de mon fauteuil rembourré, alors qu'il y avait plein de place sur la causeuse et le canapé.

Moi aussi, j'aurais préféré qu'elle reste chez elle, mais elle allait s'énerver si je le lui disais.

Le commentaire de Gail semblait atrocement égoïste et autocentré quand on pensait que quelqu'un venait de mourir. Brayden avait apparemment réussi à trouver une compagne aussi égocentrique que lui. Reconnaissons cependant que Gail ne s'attendait sans doute pas à passer le réveillon de Noël avec son petit ami dans la maison de son ex.

Je me demandai ce que Gail pensait de notre famille foldingue. Et de moi. Brayden lui avait sans doute dit que nous étions toutes folles. Pourquoi est-ce que je me préoccupais de Gail, d'abord ? J'imagine que d'une certaine manière, je voulais que Gail regrette d'avoir accepté l'invitation douteuse de dernière minute de tante Pearl. Mais égocentrique ou non, elle n'avait pas créé la situation dans laquelle elle se trouvait.

Je jetai un œil de côté, choquée de ce que je voyais. Alors que nous gardions tous un silence stupéfait, Gail se mit à fouiller dans son énorme sac. Elle alternait entre l'usage de sa lime à ongles, et la vérification de ses messages sur son portable. Apparemment, même une mort soudaine ne suffisait pas à retenir son attention.

Les lumières combinées du téléphone de Gail et du chandelier émettaient une lueur étrange et accentuaient les ombres sur les murs du salon, ajoutant une couche à l'atmosphère déjà bien sinistre.

Tante Pearl rompit le silence. « Pourquoi rejette-t-on toujours la faute sur moi ? Je vous garantis que ma tisane était parfaitement normale. Croyez-moi, quand j'empoisonne quelqu'un, ça va très vite. Comme ça ». Elle claqua des doigts pour donner de l'effet à ses paroles.

« Que veux-tu dire *quand* tu empoisonnes quelqu'un ? » Tante Amber ouvrit grand la bouche de stupeur. « Tu l'as déjà fait ? »

En tant que représentante de la WICCA, tante Amber devait

rapporter tout mauvais comportement de sorcière, ce que tante Pearl savait parfaitement. Tante Pearl jouait à un jeu dangereux, dans lequel nous pourrions toutes payer les conséquences de ses revendications orales.

« Elle ne voulait pas dire... » la voix de maman s'éteignit quand elle prit conscience de la gravité des propos de tante Pearl.

« Bien sûr que c'est ce que je voulais dire, » rétorqua tante Pearl. « Je ne vais pas entrer dans les détails, mais disons que si tu me contraries, tu le regrettes vraiment. »

Tante Pearl était toujours dans le déni total de la mort soudaine de Merlinda, et de la possibilité qu'une erreur dans sa tisane guérisseuse soit à l'origine de cette dernière. Pourtant, elle insinuait qu'elle pouvait tuer toute personne qui se mettrait en travers de son chemin.

« Tu mens. Tu n'empoisonnerais pas quelqu'un froidement. » Je regardai vers le couloir. Brayden montait la garde près de Merlinda, mais Tyler n'était nulle part. Tout aussi bien. Les commentaires incriminants de tante Pearl sur le poison le forcerait à enquêter et pourrait détourner l'attention de l'affaire réelle.

« Ça dépend. »

Je soupirai. « Je ne sais pas pourquoi tu tentes de nous distraire de la tragédie qui vient de se produire. Reconnais-le, tante Pearl. Tu as commis une erreur. Nous faisons toutes des erreurs de temps à autre. Ça vaudrait mieux pour tout le monde que tu le reconnaisses. »

Tante Pearl se leva et croisa ses bras maigres contre sa poitrine. « Je refuse de répondre de craindre que cela ne m'incrimine. Je ne divulgue pas mes secrets. Ils incluent ma recette secrète de tisane. Concernant le poison... Vous n'avez aucun souci à vous faire. »

« Quelle recette secrète ? » Tante Amber tapa du doigt sur un bout de papier. « J'ai une autre copie de ta recette ici. Je l'ai trouvé sur le plan de travail de la cuisine. »

« Quoi ? Impossible. » Tante Pearl sortit un morceau de papier de son soutien-gorge. Elle soupira, visiblement soulagée. « C'est juste une autre fausse recette. Je modifie toujours les ingrédients au cas où la recette tomberait dans des mains ennemies. » Elle arracha le papier de la main de tante Amber.

« Oh pour l'amour du Ciel, Pearl, reconnais-le. Tu as commis une erreur. » Tante Amber montra le couloir du doigt. « S'il te plaît, avoue avant que Tyler ne s'imagine que quelqu'un a été assassiné. Et ne t'en va pas raconter à tout le monde que tu à l'habitude d'empoisonner sciemment des gens. »

« Je n'ai pas empoisonné Merlinda. Comme je me tue à te le dire, la tisane n'avait aucun problème. J'en ai moi-même bu, et regarde-moi. Je vais parff-aitement bien. » Sa voix se mit à trembler.

« Non, tu ne vas pas bien. Tu claques des dents. » Tante Amber fronça les sourcils. « Je ne sais pas pourquoi tu essaies de détourner l'attention, mais c'est manquer de respect envers Merlinda, pour ne pas dire plus. Ne veux-tu pas que le shérif élucide le mystère ? Maintenant, il pense que sa mort est suspecte. Tu es en train de transformer un accident tragique en enquête pour meurtre. »

« Je ne fais rien de tout ça, » maugréa tante Pearl. « Le Shérif Gates ne pourrait pas trouver un meurtrier dans le couloir de la mort d'une prison à haute sécurité. Arrête de m'incriminer et concentre-toi pour trouver le véritable meurtrier de Merlinda. Nous savons pertinemment que le shérif ne le trouvera jamais. »

« Ne parle pas comme ça de Tyler, » murmurai-je. « Et baisse d'un ton. Je ne veux pas participer au plan que tu es en train d'élaborer. »

« Cen a raison, Pearl, » dit maman Tyler est un excellent shérif. Tu ne veux pas de te le mettre à dos. Reconnais juste ton erreur. »

« Oh, pour l'amour du ciel, Ruby. Ma tisane était parfaitement normale. Le shérif Gates cherche à me faire porter le chapeau. Peut-être qu'il a tué Merlinda. »

Je me dirigeai vers tante Pearl et approchai le chandelier de son visage. Elle était pâle et une mince couche de sueur recouvrait son front. Ses pupilles dilatées étaient visibles même avec le faible éclairage.

Je ne pense pas qu'un chandelier suffise à dilater les pupilles d'une dame de soixante-dix ans, et pourtant celles de tante Pearl étaient considérablement écarquillées. C'était peut-être à cause du choc de la mort de Merlinda. Ou peut-être que ses yeux réagissaient à quelque chose de pire, comme du poison.

Je m'approchai un peu plus. « Tu es sûre que ça va, tante Pearl ? »
Tu n'as pas l'air très bien. »

Tante Pearl leva sa main, couvrant ses yeux. « Pour l'amour du
Ciel, Cen, enlève cette lumière de mon visage. Et arrêtez de me
bombarder de questions. Elles n'ont pas lieu d'être. Qu'est-ce qui va
suivre ? La planche de noyade ? »

J'allais protester, mais me retins. Au moins elle restait égale à elle-
même. C'était bon signe, et je ne voulais pas me le mettre plus à dos.
Mais elle semblait vraiment instable. Je posai le chandelier sur la table
basse. « Maman, viens m'aider. »

« Oh, je me sens fatiguée tout d'un coup. Il faut vraiment que je
m'asseye. » La main de tante Pearl trembla en touchant son front.

Maman et moi la dirigeâmes vers le canapé, juste à temps.

Les jambes de Pearl se dérobèrent et elle s'effondra sur le canapé.
Elle pressa son estomac et se mit lentement en position allongée. « Je
ne me sens pas très bien. »

La pièce s'illumina d'un coup, mais ce n'était pas le courant qui
avait été remis.

C'était l'œuvre de Merlinda. Bien qu'elle soit morte, son globe
tropical brillait toujours. Il se mettait en marche et s'arrêtait, projetant
une lumière étrange dans le salon plongé dans l'obscurité. Merlinda
était - ou avait été - une sorcière tellement puissante que des restes de
ses pouvoirs agissaient encore, même après sa mort.

Ce qui était bizarre. Flippant même. Cela prouvait les pouvoirs
surnaturels de Merlinda. Néanmoins, malgré ses talents, quelqu'un
avait été plus fort.

« Cen ? » Tante Pearl s'assit et parla d'une voix enrouée. « Combien
de temps faut-il pour empoisonner quelqu'un ? Tu es experte dans ce
genre de choses. »

Même si je l'avais voulu, j'étais incapable de répondre. J'étais sans
voix, en transe à cause du globe de Merlinda qui brillait de plus en
plus. La lumière vibrait maintenant et semblait avoir une vie bien à
elle. C'était magnifique.

La jalousie que j'éprouvais à l'égard de Merlinda semblait maintenant bien mesquine. Pendant tous ces mois, j'aurais pu l'approcher et

essayer d'en faire une amie. Elle était seule dans un pays étranger, loin de sa famille et de ses amis. Et je l'avais esquivée à dessein alors que j'aurais pu la protéger. C'était trop tard maintenant, et je regrettais ma mesquinerie.

« Je ne sais rien sur l'empoisonnement des gens. » je lançai un regard furieux à tante Pearl. « Ne t'avise pas de me faire porter le chapeau. »

« Oh Cen, détends-toi. » Tante Pearl laissa échapper un long soupir. « Tout le monde sait que tu es une sorcière lamentable, et que tu ne pourrais même pas empoisonner une mouche si ta vie en dépendait. Je pensais simplement qu'avec ton expérience en journalisme tu aurais quelques connaissances générales sur les poisons. Je testais tes connaissances. Au cas où tu te poserais la question, tu as totalement raté le test. »

Tante Pearl semblait avoir pleinement récupéré de ce qui l'avait mise par terre il y a seulement quelques instants. Peut-être qu'elle faisait semblant.

« Concentrons-nous à nouveau sur Merlinda. » Je me tournai vers tante Amber. « Tu ne peux pas la faire coopérer ? »

Tante Amber haussa les épaules comme pour s'exonérer de toute responsabilité envers sa sœur. Elle craignait visiblement de provoquer plus tante Pearl. Elle montra du doigt la tasse vide. « Un peu tard pour ça. »

« Tu en fais trop Cen, comme d'habitude, » le visage de tante Pearl s'éclaira. « Il suffit que je jette un sort de rembobinage. Merlinda reviendra, personne ne mangera ni ne boira, et tout ira bien. »

« Ne dis pas n'importe quoi, » grogna tante Amber. « Tu ne peux pas jeter de sort de rembobinage sur toi même. »

« Très bien, Amber. Puisque tu sais tout, vas-y, fais-le. » Tante Pearl jeta un regard noir à tante Amber et leva les bras en signe de capitulation. « Rembobine-moi. »

Je jetai un œil vers le couloir, au moment où Tyler apparut sur le pas de la porte. Brayden et lui avaient déplacé Merlinda pendant notre discussion animée. Brayden ne semblait pas être là cependant.

Tyler évita Dominic et entra dans le salon. « Personne ne rembobine quoi que ce soit. »

Tante Amber fit la grimace. « Il a raison, Pearl. Nous ne voulons pas cacher l'accident. »

« Comme je me tue à te le dire, ça n'était pas un accident ! » Tante Pearl bondit du canapé, tout signe de maladie éradiqué. « Tu ne m'écoutes pas ! »

Dominic fronça les sourcils. Il se releva et quitta le salon pour se rendre dans le couloir.

Earl n'avait toujours pas refait surface, et je me demandais ce qu'il pouvait bien faire. Tyler nous avait demandé de rester tous dans le salon, mais c'était après la disparition d'Earl.

Brayden n'était plus non plus dans le couloir, mais j'imagine qu'il faisait profil bas après avoir été forcé d'aider Tyler. D'un autre côté, c'était bizarre qu'il ne soit pas assis avec Gail pour essayer de me rendre jalouse ou un truc du genre.

Tante Amber fronça les sourcils. « Encore une chose, Pearl. Si Merlinda a été assassinée comme tu le prétends, comment peux-tu effectivement rembobiner le sort ? Tu n'aurais pas assez d'informations pour rembobiner. Est-ce que tu aurais oublié de nous dire quelque chose ? »

Gail leva les yeux de sa lime à ongles. « Mais de quoi diable parlez-vous donc ? »

Nous l'avons toutes ignorée.

Tante Pearl tapa du pied et se renfrogna. « Arrête de changer de sujet, Amber. Je me tue à te le dire, je suis tout à fait certaine qu'il n'y avait aucun problème avec ma tisane. C'est un meurtre. »

« C'est moi qui en jugerai. » Tyler prit la tasse à thé de ses mains gantées et la déposa dans un sac en plastique.

« Arrête-moi et tu verras, shérif Gates. »

Tyler leva les yeux au ciel. « Tu ne sais jamais quand laisser tomber, Pearl. »

Tante Pearl eut un mouvement de son bras maigre. « Pourquoi ne quittes-tu pas la ville, shérif Gates ? On n'a pas besoin de toi ici. »

Il fit un clin d'œil à tante Pearl. « Je crois au contraire que vous avez vraiment besoin de moi. Je vous évite les ennuis. »

« Personne ne m'évite quoi que ce soit. Surtout pas toi, shérif ! Je suis au courant d'un tas de choses que tu ignores. Ne t'envoie pas de fleurs non méritées. »

« Tante Pearl, arrête d'ergoter... » Earl m'interrompit.

« J'ai trouvé ma cuillère-mesure. » Earl se tenait sur le seuil du salon, son visage rouge et plein de sueur. Son costume de père Noël était à moitié déboutonné, dévoilant une chemise écossaise. Sa chemise comme le costume étaient recouverts d'une couche de poudre blanche. « C'est presque la même que celle de Ruby, mais celle dont je me suis servi pour le poison avait le bec fendu. »

« Oh non ! C'est la cuillère-mesure que j'ai utilisée ! Je m'en souviens maintenant. » Maman bondit du canapé et cria en courant vers la salle à manger.

Mon cœur battait fort dans ma poitrine quand je la suivis.

Je regardai la table de la salle à manger. L'assiette du gâteau de Noël était vide. Il n'en restait pas une miette, mais il y avait quelque chose d'autre à la place.

Deux souris mortes.

« Oh mon Dieu ! » Maman cria. « Nous allons tous mourir ! »

CHAPITRE 17

J'enlaçai maman de mon bras et caressai son épaule pour la consoler. «Peut-être que les souris avaient mangé le poison d'Earl avant de sauter sur la table. » Je me tournai vers Earl pour lui poser une question évidente. «Elles étaient déjà dans l'assiette ou bien tu les as déposées là ? »

«Évidemment que je ne les ai pas mises là. Pourquoi aurais-je fait ça ? » Earl essuya ses sourcils pleins de sueur. «Je suis allé pour enlever ce foutu costume de Père Noël, il tient affreusement chaud, et c'est à ce moment-là que j'ai vu les souris sur la table. »

«Comment as-tu récupéré toute cette farine ? » Les yeux de tante Amber se plissèrent en regardant Earl avec méfiance. Une poudre blanche couvrait la partie supérieure du costume de père Noël. «Tu l'as encore une fois confondue avec le poison ? »

Earl fit non de la tête et tendit les mains en signe de protestation. «Non... Ça n'est pas du tout ce qu'il s'est passé. Mais il fallait que je sache si Ruby avait ou non confondu sa cuillère-mesure avec la mienne. Ça me rendait dingue, je m'en voulais de ce qu'il s'était passé, alors je suis allé dans la cuisine pour la tester. »

«Et comment diable effectues-tu un test toxicologique sur une cuillère-mesure vide ? » demanda Tante Amber.

« Je n'ai jamais dit que c'était une démarche scientifique. » Earl jeta un œil sur l'immense boucle de ceinture du père Noël. « Mais il y avait un moyen de savoir s'il s'agissait de mon poison pour souris. »

« Comment ? » demandais-je.

« J'ai rempli la cuillère vide d'eau. Il n'y a pas eu de bulles, ce qui me fait dire qu'il n'y avait que de la farine dans la cuillère-mesure de Ruby. » Il fronça les sourcils quand il vit qu'on ne suivait pas son raisonnement. « Mon poison fait maison fait des bulles quand on y ajoute de l'eau. »

« Tu fabriques ton propre poison ? » Je frissonnai, pensant que du poison maison ressemblait à un truc que pourrait faire tante Pearl. Peut-être qu'ils n'étaient pas si différents après tout. Je me demandai combien d'autres recettes mortelles existaient dans cette maison.

Earl leva les yeux au ciel. « Évidemment que je fais le mien. Je suis fermier, je dois improviser. J'utilise de la farine, du sucre, du bicarbonate de soude et un peu de beurre de cacahuètes. Oh, et une petite quantité de warfarine. »

Je fronçai les sourcils. « L'anticoagulant ? »

Earl acquiesça de la tête. « Une petite dose est toxique pour les rongeurs. La quantité que j'utilise est sans danger pour les humains, tout comme le reste des ingrédients. Le beurre de cacahuètes, la farine et le sucre attirent les bestioles, puis le bicarbonate de soude et le warfarine les tuent en leur donnant à la fois des gaz et des ulcères. Les gens peuvent péter, mais les souris et les rats non. Et tous ces gaz leur sont fatals. La warfarine est juste un truc en plus. C'est magique. » Earl claqua des doigts pour donner de l'effet à ses paroles.

« Donc mon gâteau n'était pas empoisonné finalement ? »

Earl fit non de la tête. « Non, sauf si tu es un rongeur qui ne sait pas faire passer ses gaz. »

Maman rassembla ses mains en prière. « Dieu merci je n'ai tué personne. »

Je haussai les épaules. « J'imagine qu'on repart de nouveau à zéro. »

Tante Pearl me jeta un regard dénué de toute expression.

« Ta tisane. » Je ne plaisantais qu'à moitié parce que l'ego blessé de tante Pearl entraînait parfois des actions drastiques. Si j'en croyais les histoires autour du culte du cargo et mon expérience directe dans le globe à neige, Merlinda était déjà meilleure sorcière que tante Pearl. Après tout, Merlinda avait à elle seule dupé toute une nation des îles du Pacifique Sud avec sa magie. Ça n'était pas rien, même pour une sorcière expérimentée.

Je regardai le globe à neige. Il semblait briller encore plus qu'il y a quelques instants.

« Merci pour rien, Earl. » Tante Pearl se renfrogna « Je pensais vraiment qu'on avait un lien particulier tous les deux. »

« Évidemment que c'est le cas, Pearl, » répondit Earl. « Mais nous faisons tous des erreurs de temps à autre. J'en fais plein, c'est pour ça que j'ai vérifié par deux fois pour être sûr que je n'avais pas fait n'importe quoi avec les ingrédients de ma recette, et que je n'avais pas contaminé la cuillère de Ruby en utilisant la même cuillère-mesure. Je l'ai même testé sur moi pour être sûr. Tout le monde peut commettre une erreur. Si tu penses avoir empoisonné Merlinda accidentellement, il faut le dire, c'est tout. »

Maman approuva de la tête. « Je sais que c'est dur d'admettre ses erreurs, mais nous en faisons tous. Même ma perfectionniste de sœur. »

Tante Pearl se prit la tête entre ses mains. « Je... Je ne sais plus. Je fais toujours tellement attention, mais avec tout ce qu'il se passe, j'ai peut-être confondu quelques ingrédients. »

Tante Pearl était très pointilleuse sur les détails. C'était difficile de l'imaginer commettant une erreur, même avec ses aveux. Pour commencer, le chardon-Marie et le gui n'avaient pas du tout la même apparence. Tout changement dans les ingrédients de sa tisane était forcément délibéré, pas accidentel.

D'un autre côté, elle était éperdument amoureuse et de plus en plus distraite ces derniers temps. Elle ne rajeunissait pas non plus. Peut-être que les oublis étaient inévitables. Je revins vers mon fiasco dans le globe à neige. Tante Pearl pouvait être méchante, mais elle ne m'aurait jamais laissé dehors dans le froid glacial mourir de froid. Surtout pas devant d'autres personnes. Non, tante Pearl rendait toujours sa justice en privé.

Était-elle allée trop loin avec Merlinda ? La plupart des enseignants se réjouissent de la réussite de leurs élèves, même s'ils éclipsent leur enseignant. Mais tante Pearl aurait été effondrée si Merlinda s'était révélée meilleure sorcière qu'elle. L'aurait-elle supporté ?

En un mot, non.

Je dirigeai mon regard sur le globe à neige tropical de Merlinda. Contre toute attente, le globe vibrait encore plus de lumière, et pulsait maintenant d'énergie. C'était vraiment de la magie puissante.

CHAPITRE 18

*J*e détournai le regard du globe de Merlinda et me reconcentrai sur tante Pearl. La mention constante de la tisane au gui par tante Amber était agaçante, mais il fallait bien que tante Pearl reconnaisse ses erreurs.

Sa tisane ne pouvait être écartée sans avoir été testée pour les toxines. Je suspectais qu'elle avait accidentellement ajouté du chardon-Marie à la place du gui. Au fond de moi, je voulais que tante Pearl réalise que personne n'était parfait. Pas même elle.

D'un autre côté, tirer les mauvaises conclusions de la tisane de tante Pearl, du gâteau de maman ou d'autre chose d'ailleurs pouvait conduire l'enquête dans une mauvaise direction. Il était temps de tirer les choses au clair.

Dominic apparut dans l'entrée du salon, bottes et vestes à la main.

Tante Amber étouffa un cri. « Tu ne peux pas partir. »

« Vous ne pouvez pas me forcer à rester ici. Quelqu'un vient de tuer ma femme, et le shérif ne fait rien. Il ne me laisse pas l'approcher, mais il laisse le tueur en liberté. » Dominic passa le bras dans la manche de sa veste et retourna dans le couloir. « Je ne vais pas attendre que le tueur nous attrape tous un par un. »

« Tyler est limité dans ce qu'il peut faire, Dominic, » dis-je. « Il ne peut pas enquêter sur un accident dans lequel il est directement impliqué. Il y a conflit d'intérêts. Il faudra qu'il confie l'enquête à la police de Shady Creek. Mais avant cela, il doit au minimum préserver la scène de crime. Cela veut dire que personne ne part. »

Maman dit d'une voix entrecoupée « Cen a raison. Tyler, je veux dire le shérif Gates, sait comment procéder. Et puis de toute façon, tu ne peux pas sortir dans la tempête. Tu vas mourir de froid ! »

Dominic remonta la fermeture de sa veste. « J'aime encore mieux tenter ma chance dehors plutôt que de rester ici. »

Tante Amber fit non de la tête. « Non, tu dois rester. Personne n'est en danger, car il n'y a pas de tueur. La mort de Merlinda était un accident. Pearl s'est juste trompée dans sa tisane de la mort. »

« Arrête de m'accuser de meurtre. Amber. » Tante Pearl prit un ton cassant. « Pourquoi diable voudrais-je faire du mal à Merlinda ? »

« Je.. Je n'ai jamais dit que tu l'avais fait exprès, Pearl. » Tante Amber regardait autour d'elle, mal à l'aise. « Qui sait ? C'était peut-être ta tisane, ou le gâteau de Ruby. Quelque chose a tué Merlinda, et nous savons tous qu'il s'agit d'un horrible accident. Cependant, il n'y a pas de meurtriers ici. »

« Ouvre les yeux. » Dominic grogna. « Le tueur est ici, dans cette pièce. Je vais chercher de l'aide. »

« De l'aide de qui ? » demanda maman. « Tu ne peux pas aller à Shady Creek avec les routes toujours fermées. Et nous avons de la chance d'avoir le shérif Gates ici pour assurer notre sécurité. »

« Malchance plutôt, » marmonna tante Pearl.

« Pfff. » Brayden ne cachait pas son antipathie et son manque de confiance en Tyler. Il l'aurait renvoyé en un rien de temps s'il le pouvait. Mais il était quasiment impossible de trouver un remplaçant, et le renvoyer ferait de Brayden un maire impopulaire. Personne d'autre sain d'esprit ne voulait assurer l'application de la loi et maintenir l'ordre à Westwick Corners.

« Nous pensons que c'est le gâteau de Noël, Dominic. Tu en as mangé aussi, non ? » Je pris un air inquiet.

« Mais tu viens de dire que le gâteau... » les yeux de maman allaient rapidement de tante Amber à moi.

Tante Amber acquiesça. « Cen a raison, Dominic. Tu as mangé beaucoup de ce gâteau. Tu ne peux pas sortir tout seul tant que le gâteau n'a pas été testé. Si tu pars et deviens malade comme Merlinda, il n'y aura personne pour t'aider. »

On avait pour ainsi dire entièrement exclu le gâteau de la liste des responsables possibles, mais Dominic n'en savait rien. Il n'était pas dans la pièce quand Earl avait confirmé que les ingrédients de son poison pour souris étaient sûrs pour les humains.

Il eut un rire moqueur. « Cela ne m'inquiète pas. »

« Pourquoi, Dominic ? » Tante Pearl le menaça du doigt. « Parce que tu as tué Merlinda ? Tu l'as tuée avec cette poudre verte bizarre que tu as saupoudrée sur les pommes de terre de Merlinda. »

Tyler secoua la tête. « Non. J'ai trouvé la jarre. Le truc vert est juste un complément alimentaire. »

« On ne t'a rien demandé, » répliqua tante Pearl d'un ton mordant.

« Je n'aurais jamais fait de mal à Merlinda, » protesta Dominic. « Je l'aimais. »

« Alors pourquoi es-tu aussi pressé de quitter ta femme ? » demanda Tante Amber.

Les maris innocents ne sont généralement pas pressés d'abandonner leur femme comme une vieille valise. Ses actions contredisaient ses paroles.

Tyler s'avança devant Dominic pour lui bloquer le passage. « Personne ne va nulle part tant que nous n'avons pas résolu ce problème. Ça vaut pour toi aussi. »

« Mais... » Dominic leva le bras en signe d'objection.

« C'est dangereux dehors. » Tyler montra la fenêtre du visage. « Je sais que ça n'est pas une situation idéale. Mais le fait est que nous sommes tous coincés ici jusqu'à la fin de la tempête. La légiste de Shady Creek ne pourra être là que demain matin au plus tôt à cause de la tempête. Jusqu'à ce qu'elle arrive, tout le monde reste ici. »

« Tyler a raison, Dominic, » maman montra la fenêtre de la main. « Regarde dehors. La neige est trop épaisse pour marcher, et encore plus pour conduire. »

Le vent avait sculpté d'énormes blocs de neige qui rendaient impossible le simple fait de sortir du parking. L'Escalade délaissée de Dominic gisait au milieu de l'allée sous une gigantesque motte de neige. Cela n'était peut-être pas uniquement fainéantise qu'il n'avait par conduit sur les quelques mètres supplémentaires qui le séparaient du parking. Peut-être qu'il s'était prévu une sortie depuis le début.

Tyler posa sa main sur l'épaule de Dominic et le guida jusqu'au canapé. « À ta place, j'irais m'asseoir et je discuterais pour que l'on résolve ensemble ce problème. Je veux tout savoir sur Merlinda, notamment ses problèmes familiaux chez elle. C'est dans ton intérêt de coopérer parce que pour le moment, les choses ne sont pas vraiment en ta faveur. »

« Est-ce que je suis suspect ? » Dominic ne s'assit pas. Il resta au contraire debout à côté du canapé, les bras croisés. « Ou bien en état d'arrestation ? »

Tyler se frotta le menton avant de répondre à Dominic. « Tout le monde est suspect jusqu'à ce qu'on obtienne plus de réponses. En tant que mari, tu es le premier suspect jusqu'à ce que tu nous prouves le contraire. Je t'arrêterai si tu essaies de partir Dominic, donc ne te fatigue pas. »

« Je le savais, » marmonna tante Pearl.

Tyler n'avait pas dit grand-chose à qui que ce soit. Il gardait même le silence avec moi, alors qu'il avait l'habitude de me parler des détails de ses enquêtes. J'eus une boule dans la gorge quand je compris que cette fois je faisais partie de l'enquête, et que j'étais peut-être suspecte tout comme le reste de ma famille. Personne n'était écarté pour le moment. Tyler ne pouvait pas comparer ses notes avec moi même s'il en avait envie.

Gail eut un sourire sarcastique. « Trop dur, Tyler. Tu en as vraiment beaucoup sur la planche. Tu attends que la vraie police arrive ? »

Dominic lança un regard furieux vers Gail « Euh, pardon. Merlinda vient de mourir et tu fais des blagues ? Mais qui es-tu donc ? »

« Visiblement, pas un tueur comme toi, » le ton de Gail était amer. « Je parie que tu as fait souscrire une grosse assurance à ta femme avant de la tuer. »

Brayden se couvrit les oreilles comme un enfant. « Que tout le monde arrête ! Vous me donnez la migraine tous. Faites juste ce que dit Tyler. » Brayden avait fait campagne pour être maire, car il aimait être le chef. Dommage qu'il en soit un si mauvais. Il évitait les conflits comme la peste. C'est d'ailleurs ce qu'il attendait de Tyler en tant que shérif : qu'il fasse tout le sale boulot. Brayden en récoltait toujours les bénéfices. Mais quand les choses se détraquaient, c'est Tyler seul qui trinquait.

Je ne savais pas ce qui m'étonnait le plus : la colère de Brayden, ou le fait qu'il se range du côté de Tyler.

Gail jeta un œil mauvais à Brayden. « Ne me donne pas d'ordre, Brayden. »

Brayden laissa échapper un profond soupir. « Je ne donnais pas d'ordre... Peu importe. Écoutez juste le shérif. »

« Shérif, tu es un idiot. » Dominic montra tante Pearl du doigt. « C'est sa drôle de tisane. Et si cette vieille folle empoisonnait quelqu'un d'autre ? »

« Nous nous assurerons que personne d'autre ne boive de tisane. C'est facile. » Tyler eut une grimace de concentration.

Le corps de tante Pearl tremblait tout entier quand elle jura en marmonnant. Sa colère était visible, même à la lumière de la bougie. « Vous seriez tous morts si j'avais voulu vous empoisonner. »

Brayden se tourna vers Dominic. « Tu regardes trop de séries policières. Pearl n'est pas capable de faire ça. »

Tante Pearl menaça du poing. « Ne me dis pas de quoi je suis capable ! Je pourrais te tuer sans bouger le petit doigt. »

« Pearl ! » Maman poussa un cri. « Ne parle pas comme ça. »

Je réalisai alors que le poison était l'arme de choix des petites vieilles. Je gardai cette pensée pour moi.

Tante Pearl se précipita sur Dominic et lui frappa la poitrine. Il faisait au moins trente centimètres de plus qu'elle donc ses poings arrivaient quelque part entre son estomac et sa poitrine. « Pourquoi es-tu venu ici d'abord ? »

« Tu m'as invité, tu as oublié ? Arrête de me frapper. » Dominic prit les poignées de tante Pearl et la maintint à bout de bras.

« Je ne t'ai invité que parce que je savais que tu ne pourrais pas venir. Merlinda avait prévu de rentrer chez elle. J'ai élargi l'invitation, sachant que tu ne viendrais pas. Sauf que tu es venu. »

« C'est ma femme, Pearl. Je n'ai pas besoin d'invitation pour lui rendre visite. »

« Ah oui ? Eh bien, il se trouve que je sais que Merlinda t'avait déjà dit qu'elle rentrait au Vanuatu. C'est un vol de dix heures, alors pourquoi pensais-tu la trouver ici ? Tu ne pouvais pas savoir à l'avance que son vol serait annulé. »

« Bien sûr que je le savais. J'ai regardé les prévisions météo à plusieurs jours. Il était évident qu'il y aurait une tempête. » Dominic n'était pas convaincant. « La science est toujours plus forte que la magie. J'ai même eu un petit prix de dernière minute. »

Tante Pearl protesta. « Menteur. Personne n'a des prix de dernière minute à Noël. »

« La prévision de tempête n'a été publiée que quelques heures avant le départ de Merlinda, » ajouta maman. « Comment pouvais-tu savoir qu'elle serait coincée ici ? Il n'y a qu'un vol quotidien pour Vanuatu, et c'est le même que celui avec lequel tu es soi-disant venu. »

Tante Amber acquiesça. « Il y a quelque chose qui cloche dans ton histoire, Dominic. Tu es forcément arrivé avant aujourd'hui. » Elle marmonna quelque chose pour elle.

La colère de Dominic disparut soudain. Son visage se relâcha et ses paupières tombèrent. Il se balançait maladroitement d'un pied à l'autre. Il s'appuya un moment contre le mur pour se stabiliser avant de s'effondrer sur le sol en position assise.

Tante Amber sourit. « Un à terre. »

Brayden bondit du canapé et se précipita vers Dominic pour le stabiliser. « Dominic ? Qu'est-ce qui ne va pas ? »

Pas de réponse.

« Que se passe-t-il ? » Gail avait suivi Brayden et se pencha vers Dominic. « Tu es malade toi aussi ? »

Dominic acquiesça puis sa tête s'effondra sur sa poitrine.

Tante Amber répéta son sort, et en quelques secondes, Gail et Brayden étaient également ensorcelés comme Dominic. Ils étaient tous trois affalés contre le mur, Gail entre les deux hommes. Ils étaient tombés les uns sur les autres, en tas.

« Qu'est-ce que... » Tyler se retourna.

« Tu ne vaux pas mieux que tante Pearl, » je regardai nos trois invités inconscients.

« Vous pourrez me remercier plus tard, » dit tante Amber. « Ils nous interrompaient tout le temps. Il faut se concentrer sur le vrai problème : la tisane de Pearl. »

« Oh, arrête, Amber ! » Tante Pearl tapa du pied. « Je ne vais pas tomber pour un crime que je n'ai pas commis ! »

Tyler secoua la tête. « OK, il nous faut parler franchement. Tu ne peux pas jeter des sorts aux gens n'importe comment, Amber. Comment serons-nous ce qui est réel et ce qui est surnaturel ? »

« C'est pour ça que je les ai figés », répondit tante Amber. « On enlève les variables et on résout cette enquête. »

Tyler secoua la tête. « Je vais m'occuper de résoudre l'enquête. Il faut que tu arrêtes d'intervenir. »

« Ce sont tout autant mes affaires que les tiennes, Tyler. Nous ne pouvons pas exposer tous nos secrets de sorcières, ou risquer que l'unité criminelle de Shady Creek ne parte en vrille parce qu'ils auront trouvé des éléments surnaturels qu'ils ne pourront expliquer. Nous devons éliminer la magie de l'équation. »

« Je m'en occupe, » dit Tyler. « Mais en attendant, stop. Réveille ces personnes maintenant. »

Je frissonnai à l'idée que Brayden découvre qu'il avait été mis KO par un sort de tante Amber. Ça nous coûterait très cher. Il trouverait sûrement un moyen d'accuser Tyler également.

« Tu réalises que les talents surnaturels de Merlinda pourraient expliquer pourquoi elle a été visée, » dit tante Pearl. « Un de ces intrus est probablement l'assassin de Merlinda, pas l'une de nous. Sois tu agis shérif, sois c'est moi. Avant d'avoir un autre mort sur les bras. »

Tante Pearl ne semblait plus subir les effets de la tisane rafistolée. La pâleur bleue de sa peau avait disparu et elle se tenait parfaitement stable.

« Détends-toi, Pearl, » dit maman. « Ça vaut pour toi aussi, Amber. Laissons le shérif faire son travail.

Dominic, Gail et Brayden ronflaient tous tranquillement, une véritable cacophonie de grognements et de sifflements.

Nous en avions oublié Earl. Il se tenait sur le pas de la porte, une expression sidérée sur le visage. Il s'était changé et portait maintenant une chemise en flanelle et une salopette. « Pearl, qu'est-ce qu'il se passe, bon sang ? Tu m'avais promis qu'il n'y aurait rien de bizarre ce soir. »

Earl parlait des actes de sorcellerie de tante Pearl.

« Non... J'ai juste dit que je ne te ferai rien. » Elle vit nos expressions interloquées. « Occupez-vous de vos affaires ! »

« Tu en as fait notre affaires, tante Pearl. » Je hochais la tête, incrédule. Les affaires de tante Pearl étaient la raison pour laquelle nous nous trouvions dans ce bazar. Il était évident que Merlinda serait toujours parmi nous sans la bizarre fête de Réveillon organisée par tante Pearl.

CHAPITRE 19

Merlinda semblait avoir été totalement oubliée. Tyler et tante Amber se disputaient pour savoir quelles étaient les meilleures techniques d'investigation tandis que nos trois invités ronflaient sur le sol du salon.

Tyler approuva la suggestion de tante Amber, avec un bel exemple de psychologie inversée. « Tu as raison, Amber. Nous devons rendre nos suspects hors d'état de nuire le temps de résoudre l'enquête. »

Tante Amber sourit. « Allons-y alors. »

« Attends une minute, shérif, » dit tante Pearl. « Tu ne peux pas retenir Dominic ou quiconque d'entre nous contre notre gré. Quel genre de justicier es-tu ? Tu ne nous as inculpés de rien. C'est à peine si tu nous as questionnés. »

« La police de Shady Creek s'en chargera, » dit Tyler. « Je dois me récuser, car j'étais présent quand Merlinda est morte. Je fais aussi partie de l'enquête. »

« Probablement coupable jusqu'au cou aussi, » marmonna tante Pearl sous sa barbe.

Tante Amber leva les yeux au ciel. « Je crois que nous savons déjà qui a fait ça à Merlinda, Pearl. Les accidents arrivent et plus vite tu... »

« Arrête de m'accuser Amber ! J'ai moi-même bu la tisane et tout va bien pour moi. » Tante Pearl se tourna vers Tyler. « Quant à toi, shérif, même si tu voulais nous emmener en ville et nous enfermer, tu ne le pourrais pas. La prison de Westwick Corners ne peut pas contenir plus de deux personnes. Tu n'y avais pas pensé, hein, fiston ? »

Tyler ignora le ton irrespectueux de tante Pearl et montra du doigt le tas ronflant contre le mur. « Ils ne vont aller nulle part pour le moment. Amber, combien de temps... ? »

« Il resteront endormis aussi longtemps que tu le voudras. » dit tante Amber. « Je ne les réveillerai que quand tu me le diras. »

« Mais qu'est-ce qu'il se passe, bon sang ? » Le front d'Earl était plissé d'incompréhension. « Ils ont aussi bu la tisane de Pearl ? »

Tante Pearl tapa du pied. « Combien de fois faudra-t-il que je vous le dise ? Ça n'est pas ma tisane. Je ne sais absolument pas d'où vient cette recette ni comment elle s'est retrouvée dans ma poche. Il en va de même pour la copie qu'Amber a trouvée sur le plan de travail de la cuisine. Quelqu'un essaie de me piéger. Je n'ai pas confondu les ingrédients, quoi qu'en dise Amber. »

« La recette est écrite de ta main, Pearl. Je la reconnaîtrai entre mille. » Tante Amber plaça le papier juste sous le nez de tante Pearl. « Admets-le. Tu as commis une erreur ».

« C'est un faux, Amber. Comment oses-tu m'accuser de... »

Oh, arrêtez de vous chamailler toutes les deux ! » Maman s'interposa entre ses deux sœurs et les repoussa de ses bras. « Je suis contente de savoir que la tisane de Pearl est normale. Mais cela rend d'autant plus nécessaire de percer le mystère. Nous devons trouver ce qui est arrivé à cette pauvre Merlinda, et nous n'arriverons à rien si nous faisons que nous disputer. »

Tante Pearl et tante Amber reculèrent toutes les deux en regardant maman, choquées.

J'étais fière de voir maman tenir tête à ses fortes têtes de sœurs.

Un gros ronflement rompit le silence.

Plus un grognement, en fait.

Dominic ouvrit momentanément un œil avant de se rendormir.

Tante Amber rit en entendant un nouveau ronflement. Il provenait cette fois de Brayden.

Je bâillais, me sentant tout d'un coup fatiguée. Pour la première fois, je remarquais que nous étions tous dans un état de léthargie, les paupières lourdes et luttant contre le sommeil. Mes pensées vagabondaient à un moment où tous mes sens devraient être en alerte. Avais-je été également ensorcelée ?

Je me frottai la tête et me tournai vers tante Pearl. « Nous devons vraiment trouver ce qu'il s'est passé avant leur réveil. »

« Va donc parler à ton copain de shérif là. Pourquoi ferions-nous son travail ? » demanda tante Pearl.

Je jetai un œil en direction de Tyler. Il était accroupi dans le couloir et déposait quelque chose dans un sac de sa main gantée.

Je me retournai vers tante Pearl. « Nous ne faisons pas son travail. Nous l'aidons simplement à éliminer les pistes inutiles. Si nous pouvons au moins faire ça, alors nous pourrons remettre les preuves que nous ne sommes pas impliquées à la police de Shady Creek. Cherchons des preuves qui nous éliminent de la liste des suspects plutôt que de nous accuser mutuellement. »

« Cen a raison. » Tante Amber acquiesça.

Nous regardions toutes les corps ronflants devant nous.

« L'un d'entre eux doit être le meurtrier, » dit maman.

« N'importe quoi. » Tante Pearl soupira. « J'aimerais que ça soit vrai puisque je les méprise tous. Mais la triste réalité est que c'est ton gâteau de Noël, Ruby. »

« Oh... Alors maintenant c'est mon gâteau ? » Maman posa sa main sur sa poitrine. « Comment cela se pourrait ? Vous en avez tous mangé. »

Tante Pearl fit non de la tête. « Non, Ruby. Nous faisons seulement semblant d'en manger. Comme on le fait à chaque foutu Noël depuis vingt ans. »

« Que veux-tu dire ? Vous n'aimez pas mon gâteau ? C'est impossible, vous en mangez tellement que j'arrive à peine à suivre en cuisine. » Maman se tourna vers moi. « Cen, tu aimes mon gâteau de Noël. »

« Euh... Eh bien... Je suis un régime basses calories, alors... »

Elle comprit alors d'un coup. « Tu n'en as pas mangé ce soir, c'est ça ? »

Je détournai les yeux, honteuse.

Maman se tourna vers Amber. « J'imagine que vous êtes tous dans le coup du gâteau ? »

Tante Amber haussa les épaules et leva la main en signe de défaite. « Je dois surveiller ma ligne, Ruby. En tant que célibataire... »

« Je suis désolée, maman. On sait que tu te donnes beaucoup de mal et... On ne voulait pas te blesser. » Je me sentais coupable. Le voile était levé, maman était effondrée, et tout ça parce que personne n'avait eu le courage de lui dire la vérité sur son gâteau immangeable depuis des années. Je ne pouvais plus mentir.

« Parle pour toi, miss. » Tante Pearl partit d'un pas furieux vers le couloir. « Je vais résoudre cette affaire une bonne fois pour toutes. »

« Attends... Tu ne peux pas partir. » Tyler la bloqua au niveau de la porte. « Personne ne va nulle part. »

« Shérif ou pas, tu ne peux pas me retenir contre ma volonté. » Tante Pearl se renfrogna « Tu peux peut-être restreindre Dominic, mais tu ne peux stopper une sorcière. Quoi qu'il advienne, je vais faire tout ce qui est en mon pouvoir pour résoudre ce crime et faire tomber le tueur. Il faut bien que quelqu'un le fasse. C'est visiblement au-dessus de tes capacités. »

Tyler leva les yeux au ciel et sa bouche dessina un léger sourire.

Ce qui horripila tante Pearl. « Essaie de me stopper pour voir. »

Tyler ne bougea pas.

Tante Pearl semblait perturbée. Ses yeux faisaient des allers-retours entre Tyler et la porte d'entrée.

« Shérif, tu vas m'arrêter ou quoi ? » Elle croisa les bras et écarta les jambes.

Je courus dans le couloir, suivie de maman et tante Amber.

Je fis face à ma tante. « Sérieusement tante Pearl, où peux-tu aller dans cette tempête ? »

Tante Pearl recula jusqu'à se trouver contre la porte. Elle se recroquevilla comme un animal prisonnier, impuissante.

« Ça n'est pas tes affaires, » rétorqua tante Pearl. Son corps démentait la vigueur de ses mots. Pour la première fois, elle semblait incertaine.

Et effrayée.

CHAPITRE 20

out est allé si vite.

Tante Pearl nous faisait face en position de combat, son dos appuyé sur la porte d'entrée.

« Tante Pearl ! Pose ce revolver ! » Instinctivement, je levai les bras en l'air. Elle ne tirerait pas pour tuer, mais je la pensais capable de tirer sur mon pied voire un bras ou une jambe si je ne coopérais pas. Elle rationaliserait le tout et réparerait les dégâts avec de la magie.

Je ne pouvais pas prendre le risque.

« Hé, c'est le revolver de Tyler ! Comment diable... » tante Amber leva les bras, comprenant ce qui venait de se passer. « Pearl, que diable es-tu en train de faire ? »

Mon pouls s'accélérait. Je scrutai l'entrée cherchant Tyler, mais il n'était visible nulle part. Il était pourtant à côté de tante Pearl il y a moins d'une minute. Oublions son arme, qu'avait-elle fait de lui ?

« Nous avons un meurtrier chez nous et le shérif Gates laisse traîner son revolver, » dit tante Pearl. « Il faut que quelqu'un prenne la situation en main. » Elle pencha la tête vers le sol. L'étui de revolver de Tyler gisait vide, là où lui-même se trouvait il y a peu.

Je m'efforçai de garder une voix calme. « Et ce quelqu'un, c'est toi ? »

Tyler portait son holster avec son revolver rangé, j'en étais sûre. Il faisait toujours très attention avec les armes à feu. S'il ne portait pas son revolver même une minute, il l'enfermait à clé. Et s'il ne le portait pas maintenant, cela ne pouvait signifier qu'une seule chose.

Tante Pearl l'avait obtenu en ayant recours à la magie.

Et Tyler avait des ennuis.

Mon cœur cognait contre ma poitrine. Où exactement *était* Tyler ?

Tante Pearl était en train de délirer, et il fallait que je l'arrête avant qu'il ne soit trop tard. Flipper ne ferait qu'empirer la situation. Il me fallait plutôt trouver une stratégie pour la désarmer.

Mes yeux rencontrèrent ceux de tante Amber. Elle pensait la même chose. Elle recula lentement pour ne pas attirer l'attention de tante Pearl, puis s'échappa dans le salon.

« Pose ce revolver, Pearl. » Maman se tenait derrière moi.

Je ne pourrai pas convaincre tante Pearl de déposer son arme, mais peut-être que maman y arriverait. Maman se confrontait rarement à sa sœur, mais la situation présente exigeait qu'on agisse. Maman assurait mes arrières, littéralement. J'espérai juste que les choses n'allaient pas empirer. La rivalité entre sœurs était une chose. Mais la rivalité surnaturelle entre sœurs, c'était d'un tout autre niveau.

Je fronçai les sourcils. « Tyler n'a pas pour habitude de retirer son holster, sauf quand on... » je m'arrêtai en sentant tous les regards sur moi.

« Sauf quand vous quoi ? » La bouche de tante Pearl dessinait un sourire narquois. Elle tenait le revolver d'une main sûre. « Tu veux peut-être nous éclairer ? »

« Non. » Je gardai la voix calme. « Peu importe. Pose juste cette arme. »

Tante Pearl baissa le revolver au moment où tante Amber revenait, accompagnée de Tyler. Il semblait fatigué et débraillé, mais ne semblait pas blessé. Tante Pearl l'avait visiblement immobilisé en ayant recours à la magie pour lui prendre son revolver.

« Hé, c'est mon revolver. » Tyler se jeta sur tante Pearl et reprit l'arme en quelques secondes. Il remit son revolver dans son holster qu'il replaça à sa taille. Puis, il pointa mes deux tantes du doigt. « Vous deux, allez vous asseoir dans la salle à manger. Amber, assure-toi qu'elle ne s'échappe pas. »

Tante Amber posa une main forte sur les épaules de tante Pearl et l'entraîna vers la porte.

« Prépare-toi à être poursuivi, shérif. C'est du harcèlement policier. » Tante Pearl s'arrêta dans le passage et jura dans sa barbe.

Tyler l'ignora.

« Viens, Pearl. » Tante Amber entraîna tante Pearl dans le salon.

Tante Pearl se jeta vers la porte. « Tu ne peux pas me donner des ordres comme ça, shérif. Je vais où je veux. »

« Non, tu n'iras nulle part. » Tante Amber entraîna tante Pearl vers le canapé, d'une main de fer. Elles s'assirent toutes les deux.

J'étais soulagée de voir que Tyler allait bien, mais cela m'effrayait de penser que tante Pearl avait tenté de s'en prendre à Tyler alors que nous devions déjà affronter un tueur parmi nous. La sorcellerie et les armes ne faisaient pas bon ménage. Tante Pearl savait très bien qu'elle était allée trop loin. Qu'est-ce qui pouvait bien clocher chez elle ?

« Elle n'ira nulle part, » cria tante Amber à Tyler depuis le couloir. Elle se tourna vers tante Pearl. « Le shérif ne t'a pas arrêtée, mais ça ne veut pas dire que je ne le ferai pas. Tu es assignée à résidence selon les termes de la WICCA, Pearl. »

« Tu arrêtes ta propre sœur ? » Grand-mère Vi flottait au-dessus du buffet de la salle à manger. Elle regardait ses filles avec mépris. « Amber, vraiment, c'est de l'abus de pouvoir. Vous ne pouvez pas essayer de vous entendre toutes les deux, juste une fois ? »

Je souris malgré la gravité de la situation. Aux yeux de Grand-mère Vi, mes deux vieilles tantes restaient des jeunes filles.

Nos chamailleries réveillèrent Brayden, mais ni Dominic ni Gail qui continuaient de ronfler paisiblement.

Brayden se frotta le front en fronçant les sourcils. Il avait entendu des bribes de notre conversation. « Tyler t'a donné son revolver ? »

Tante Pearl fit non de la tête. « Il ne m'a pas donné son revolver. Je l'ai volé. »

« Tyler ! Viens ici, » aboya Brayden.

Tyler apparut sur le pas de la porte. « Oui ? »

Brayden se tourna vers lui. « Est-ce que ce que dit Pearl est vrai ? Tu t'es fait avoir par une petite vieille ? »

Tante Pearl jeta un regard noir vers Brayden. « Je ne suis pas vieille. »

Tyler commença à parler, mais fut interrompu par Amber.

« Laisse Tyler en dehors de tout ça, » dit tante Amber. « Tu sais de quoi Pearl est capable, Brayden. En outre, voler un revolver n'est pas ce qui est arrivé de pire ici. De loin. »

« Tu parles de Merlinda ? Le shérif aurait également dû empêcher ça. Merlinda a été tué alors qu'il était de service. Brayden secoua la tête de dégoût.

« Tu étais également là. Nous étions tous là. » Je me gardai de préciser que Brayden avait été inconscient à ce moment-là. Comme il s'agissait d'un sort, il n'en avait absolument pas conscience.

« Peut-être, mais je n'ai rien fait qui ait contribué à la tragédie de cette nuit. » Brayden s'inquiétait d'abord de lui, puis de sa carrière politique. Tout le reste et tout le monde ne venaient qu'après. De son point de vue, la mort tragique de Merlinda ne le concernait pas vraiment. La mort avait vite fait de le guérir de son engouement.

« Je ne suis pas du tout d'accord. Rien de cela ne serait arrivé sans toi, Brayden, » dit tante Pearl. « Tu as provoqué Dominic, puis il a tué Merlinda dans un accès de jalousie. »

« C'est faux. J'ai à peine remarqué Merlinda. » Les yeux de Brayden clignaient, signe qu'il mentait.

Je jetai un œil vers Gail et Dominic toujours endormis contre le mur, nichés maladroitement l'un contre l'autre.

Il n'y avait aucun signe d'Earl, en revanche. Il avait dû disparaître quand tante Pearl avait pris le revolver de Tyler.

« Arrête de changer de sujet, Pearl, » dit Tyler. « Et ne touche plus à mon arme. On a eu assez d'événements dramatiques pour une soirée. »

« Oui et bien la prochaine fois, ne laisse pas traîner ton revolver, shérif. » Tante Pearl prit un ton cassant. « Je ne peux pas être responsable de ton inattention. »

« Mais je n'ai pas.... Oh, peu importe. » Tyler se retourna. « J'ai mieux à faire que de me disputer avec toi, Pearl. Je sais que je n'ai jamais retiré mon holster ni mon arme. »

Maman fronça les sourcils. « Continue à t'attaquer à Tyler et tu auras affaire à moi, Pearl. Compris ? »

« Compris. » Tante Pearl soupira, vaincue. Elle était pour une fois battue par ses deux sœurs.

Grand-mère Vi flottait au-dessus de la tête de Tyler. Elle me fit un clin d'œil et chuchota, « Ooh... magique. »

Je l'ignorai. « Parlons de Merlinda. Nous étions tous à la même table et avons à peu près tous mangé la même chose. Personne n'a quitté la table, à l'exception de Merlinda. Comment a-t-elle pu être empoisonnée ? Par quelque chose à action lente ? Si c'est le cas, elle aurait pu l'avaler des heures avant. »

Maman et moi échangeâmes des regards nerveux. Je savais que malgré l'explication d'Earl, elle s'inquiétait toujours un peu de la farine qui avait servi à son gâteau de Noël. Maman n'avait rien à gagner de la mort de Merlinda, pourtant. Et tout à perdre, avec la mort d'un client dans notre auberge. Elle sera vite éliminée de la liste des suspects.

D'un autre côté, maman était experte en potions à base de plantes, dont certaines étaient de fait des poisons. C'était également la cuisinière de l'auberge, et elle avait préparé tous les repas de Merlinda. Elle avait les moyens et l'opportunité pour empoisonner Merlinda, mais pas de motif réel. Néanmoins, la police devra enquêter sur elle en l'absence d'autres pistes. Il nous fallait explorer toutes ces pistes pour l'éliminer de la liste.

Je repensais à la poudre verte que Dominic avait donnée à Merlinda. Il aurait pu ajouter quelque chose au complément alimentaire. Peut-être qu'il comportait un ingrédient caché, comme le gâteau de maman.

Mais peut-être que la poudre de Dominic ne contenait pas quelque chose d'innocent comme le beurre de cacahuète. Et en tant que mari de Merlinda, il avait sûrement un mobile.

Je me tournai vers Tyler. « Et la chambre de Merlinda ? Il y a peut-être quelque chose qui aurait pu lui faire du mal là-bas ? »

« Allons-y. » Il se dirigea à l'étage, maman et moi derrière lui.

CHAPITRE 21

Dix minutes plus tard, Tyler maman et moi nous tenions dans l'embrasure de la porte de la chambre de Merlinda. Nous avions inspecté sa chambre, en prenant soin de ne toucher à rien. L'endroit était impeccable et sans aucun objet personnel. Le seul signe de la présence de Merlinda était son sac, qui se trouvait sur le lit parfaitement fait. Mis à part quelques articles de toilette et des vêtements dans les tiroirs du bureau, la chambre comportait peu de signes d'occupation, sans parler des traces du séjour de trois mois de Merlinda.

Tyler et moi devions a minima explorer les pistes surnaturelles pour éviter que la police de Shady Creek ne commence son enquête dans une mauvaise direction. Ça n'était pas exactement réglementaire, mais essentiel quand il y avait dans l'équation quatre sorcières et un fantôme.

« C'est bizarre quand même que Merlinda n'ait aucune photo ni souvenir de Dominic. » Tyler fouillait dans le sac de Merlinda. Il en sortit son téléphone et examina l'écran. Il nous le montra. Sa photo d'écran est celle d'un autre homme. Pas celle de Dominic, son mari. La plupart des gens gardent quelque chose qui leur rappelle leur moitié quand ils sont loin de chez eux. »

« Peut-être qu'elle gardait les photos cachées sur son ordinateur pour éviter les questions. » Je pouvais comprendre que Merlinda cache les photos de son mariage secret, mais il n'y avait absolument aucune photo de Dominic dans sa chambre. Après, elle nous l'avait également caché.

Tyler déposa le contenu du sac de Merlinda sur le lit. Il examina le portefeuille d'une main gantée. Il n'en tira rien qu'un rouge à lèvres, un peu de monnaie et un passeport de Vanuatu. « Même pas une petite photo de son mariage. S'il a réellement eu lieu. »

« Peut-être n'étaient-ils pas aussi sérieux que le prétend Dominic. Merlinda aurait pu juste le suivre dans cette histoire de mariage. » Je me rappelai l'étrange comportement de Merlinda. « Le mariage pourrait-il être un faux ? »

Merlinda n'avait pas semblé particulièrement amoureuse de Dominic. De fait, elle avait même été choquée par son arrivée. Si c'était un mariage arrangé, seul Dominic pouvait nous parler de l'arrangement en question. Sauf qu'il ne disait rien.

Nous avons fouillé le reste de la chambre, ou plutôt Tyler s'en est chargé pendant que je filmais ses recherches à l'aide de mon téléphone. Il ne trouva rien qu'une tasse de thé vide avec quelques vagues feuilles de thé encore humides. Il devait s'agir de la tisane de tante Pearl datant de plus tôt dans la journée. Tyler déposa la tasse dans un sac en plastique de sa main toujours gantée.

Je ne pouvais juste pas imaginer qui pouvait souhaiter la mort de Merlinda. Sûrement pas tante Pearl. Son élève la plus brillante était une publicité sur pattes pour l'École des Charmes de Pearl. De fait, le peu de temps que Merlinda avait passé à Westwick Corners avait été consacré à l'École des Charmes de Pearl, et elle était restée seule la plupart du temps. Elle n'avait pas d'amis sur place et jusqu'à ce soir, ne parlait pour ainsi dire à personne. Elle n'avait même pas rencontré Brayden avant ce soir. Mes pensées retournaient sans cesse vers Dominic. Il devait être impliqué, d'une manière ou d'une autre.

« Quel est le poison le plus lent qui existe ? » demandais-je.

Tyler haussa les épaules. « Je ne sais pas. Tout ce que je sais c'est que généralement, tout ce qui est létal génère une réaction rapide, en quelques minutes. Quelque chose agissant plus lentement produirait des symptômes sur une période de temps plus longue. Cela ne causerait pas la réaction de Merlinda. »

« C'est vrai, » dit maman « Les teintures à base de plantes fonctionnent de la même manière. »

« Merlinda était bien jusqu'au dîner, » ajoutai-je. « Ni symptômes ni plaintes. »

Quelque chose d'autre me perturbait. Merlinda avait été invitée de dernière minute à notre réveillon de Noël, puisqu'elle avait prévu de rentrer chez elle. Elle n'était là que parce que ses plans de vacances avaient dû être annulés. Si c'était un crime d'opportunité, à qui profitait-il ?

A aucun d'entre nous, à l'exception de Dominic. En tant que jeune marié, il hériterait probablement. La famille de Merlinda était immensément riche.

En y réfléchissant, Westwick Corners était le lieu de crime parfait pour Merlinda. Peu de personnes la savaient ici, et ceux qui le savaient penseraient simplement qu'elle était retournée chez elle pour les vacances. Seules les personnes de cette maison savaient qu'elle n'avait pas pris l'avion.

Nous nous dirigeâmes vers le couloir. Alors que je fermais la porte de Merlinda derrière moi, elle se claqua avec plus de force que mon simple mouvement. Dans le même temps, un souffle de vent parvint à nous. Je courrais vers l'escalier, Tyler et maman juste derrière moi.

Tyler et moi échangeâmes un regard en observant les marches qui menaient vers la porte d'entrée. La porte était grande ouverte et claquait contre le mur à chaque coup de vent. Le vent s'engouffrait et faisait voltiger les papiers de la table d'entrée vers le porche déserté.

Une autre tempête arrivait, que je me sentais impuissante à stopper.

CHAPITRE 22

Je me tenais sur le porche avec maman et Tyler. La neige s'était arrêtée, mais le temps restait horriblement froid, avec un vent pinçant.

« Hé, regardez ça. » Je montrais des traces de pas qui commençaient sur le porche et descendaient les marches. C'étaient des traces de femme. Maman se trouvant derrière moi, elles appartenaient soit à Gail, soit à une de mes tantes.

L'Escalade de Dominic avait également disparu.

Tante Pearl.

Je me précipitai dans le salon et trouvait tante Amber qui essayait de se libérer. Elle était attachée à une chaise avec une guirlande de Noël.

Earl arriva de la salle à manger au même moment. « Qu'est-ce que… ? »

Mon cœur battait fort dans ma poitrine tandis que mon regard faisait le tour de la pièce. Gail était à présent réveillée et assise sur le fauteuil. Mais Dominic n'était pas là.

Gail, contrairement à tante Amber, n'était pas attachée. Elle jouait à un jeu sur son téléphone, tellement prise qu'elle ne leva même pas les yeux. Ou peut-être nous ignorait-elle sciemment.

« Que s'est-il passé ? » Je déliai rapidement les mains et les pieds de tante Amber pendant que Tyler, Earl et maman parcouraient la maison à la recherche de traces de tante Pearl et de Dominic.

« Pearl m'a attachée, elle est en fuite maintenant. » Tante Amber jeta un regard noir à Gail en se levant. « Merci pour rien, Gail. »

Gail haussa les épaules. « Pourquoi aurais-je dû t'aider ? Tu m'as assommée. » Elle retourna vers l'écran de son téléphone.

« Où Dominic est-il allé ? » demandais-je.

Tante Amber eut un haussement d'épaules. « Je ne sais pas. Il doit être avec Pearl. Elle m'a assommée avant de m'attacher, alors je n'ai rien vu. A mon réveil, il avait également disparu. »

Je le regardai, éberluée. « Elle l'a kidnappé ? »

« Ça, ou il l'a kidnappée. Ou peut-être qu'ils sont complices. » Tante Amber soupira. « Je ne sais plus. Les actions de Pearl sont vraiment bizarres. »

Je trouvai également étrange que tante Pearl ait utilisé une guirlande de Noël plutôt que de la magie pour attacher tante Amber. D'un côté, c'était probablement plus efficace d'attacher tante Amber que de compter sur un sort qu'elle pourrait potentiellement contrer. D'un autre côté, tante Pearl disait tout le temps qu'elle pouvait jeter un sort à n'importe qui, y compris à tante Amber, qu'elle était la plus forte. L'utilisation de liens physiques ne lui ressemblait pas.

Tante Amber me suivit alors que je retournais vers le porche.

« Pearl sait que c'est sa tisane, » dit-elle. « Tu as vu toi aussi comme elle est tombée malade après l'avoir bu. Elle est coupable, ça ne fait pas de doute. »

« C'était une erreur de bonne foi. » Je ne pouvais me résoudre à croire que tante Pearl avait planifié le meurtre de Merlinda, qu'elle soit à l'origine d'un accident, ou autre. Je repensais à sa tisane guérisseuse au chardon-Marie, ou plutôt au gui. Elle avait caché la plupart de ses symptômes, car la tisane l'avait également rendu malade. « Si c'était une erreur, pourquoi ne pas le reconnaître ? »

« Elle ne l'admettra jamais, Cen. » Tante Amber soupira. « Elle préférera encore fuir la justice. »

Maman confirma nos pires craintes en revenant du porche, le

souffle court. « Elle est partie. On a regardé au rez-de-chaussée, à l'étage, partout. On ne l'a trouvée nulle part. »

Tante Pearl avait disparu. Elle avait entravé l'enquête, nous avait menacés d'une arme, et maintenant elle était en fuite.

C'était une action idiote. Sa négligence n'attirerait pas de nouveaux étudiants une fois l'affaire ébruitée. Ce qui était sûr d'arriver maintenant qu'elle était fugitive.

Au lieu de ça, son comportement douteux semblait indiquer qu'elle avait intentionnellement empoisonné sa propre étudiante.

Brayden nous rejoint. « J'ai fouillé la cave, mais pas de trace de Pearl. Elle peut être n'importe où. Fuir comme ça lui donne l'air coupable. »

Brayden avait raison, mais je m'inquiétais plus de la survie de tante Pearl. Elle restait faible après avoir bu la tisane empoisonnée, et avec le peu de graisse qu'elle avait sur le corps, elle ne survivrait pas longtemps dans les températures glaciales.

J'étais réellement troublée que tante Pearl ait attaché tante Amber. Était-ce le signe que la tisane avait diminué ses capacités surnaturelles ? Si elle avait dû recourir à des chaînes de simple mortel pour attacher tante Amber, alors soit ses talents de sorcière étaient compromis, soit ils ne fonctionnaient plus du tout. Ou pire, peut-être que le poison rendait complètement instables ses sorts, avec des résultats inattendus sérieux, voire mortels.

Je me tournai vers maman. « Je ne crois pas que tante Pearl soit au top de ses capacités, si tu vois ce que je veux dire. »

Maman était dans tous ses états. « J'en ai peur. Pearl n'agit pas de manière rationnelle. Qui boit son propre poison juste pour montrer qu'elle a raison ? »

Tante Amber soupira. « C'est tout Pearl, j'imagine. Elle doit avoir raison, quelles qu'en soient les conséquences. Même si ces conséquences mènent à sa perte. » Elle frissonna et resserra son châle sur ses épaules.

Tyler et Earl étaient sur le porche. Tyler parlait dans son téléphone, donnant les détails de l'évasion de tante Pearl à la police de Shady Creek. Il remit son téléphone dans sa poche. « J'ai prévenu la police de Shady Creek, mais je doute qu'ils puissent faire grand-chose. Les routes sont toujours fermées, elle ne peut donc aller nulle part. »

Earl fit non de la tête. « Je ne pense pas qu'elle ait pris l'Escalade. Tu sais que Pearl déteste conduire. »

J'étais obligée de reconnaître qu'il avait raison. Outre les routes infranchissables, la conduite n'était vraiment pas le moyen de transport préféré de tante Pearl. C'est bien ce qui m'inquiétait. Se téléporter tout en étant diminuée par la tisane pouvait avoir des conséquences inattendues. La savoir en train de se déporter et bien décidée à se venger était pour le moins perturbant. Tante Pearl pouvait être n'importe où.

Tyler croisa mon regard, son visage un masque d'inquiétude. Ses capacités de shérif, quel que soit leur niveau, ne pouvaient faire le poids face à une sorcière désespérée en fuite.

« Nous finirons par la trouver d'une manière ou d'une autre, » dis-je pour le rassurer. En tant que sorcière, tante Pearl avait plusieurs options de déplacement. Elle ne risquait donc pas vraiment de mourir de froid, mais elle pouvait se retrouver dans un sacré pétrin.

« Avoir fui complique vraiment les choses, » remarqua maman. « Je n'aurais jamais imaginé Pearl fuir la justice. »

« Moi non plus, » renchérit tante Amber. « Que pouvons-nous faire ? »

Tyler tapota l'épaule de maman pour la rassurer, mais on pouvait toujours lire le doute sur son visage. « Je ne pense pas que Pearl ait beaucoup anticipé ses actions, elle n'est probablement pas loin. Nous allons la trouver. La police de Shady Creek a publié une description précise. »

« Elle pourrait avoir un complice qui l'attend quelque part. » Les tentatives d'aide de Brayden ne prirent pas. Il essayait d'aider à sa façon bizarre, mais ses suggestions ne faisaient que nous perturber davantage. Il était déjà convaincu de sa culpabilité.

Earl prit un air effondré en réalisant ce qu'il se passait. Pearl l'avait laissé lui aussi. « J'étais censé être son complice, mais rien ne s'est passé comme prévu. »

« Hein ? » Tyler fronça les sourcils. « Qu'entends-tu par complice ? »

« Tu crois que je voulais porter ce costume de père Noël ? » Il fit non de la tête. « Non -non. Pearl m'a forcé à le mettre. Elle m'a dit que tout le monde se costumait, que c'était une soirée costumée. Sauf qu'il n'y avait que moi. Elle m'a joué un tour. »

Maman approuva de la tête. « Elle est douée pour faire faire aux gens ce qu'ils ne feraient jamais dans d'autres conditions. Mais je dois dire que cela t'allait très bien, Earl. »

Earl soupira. « C'est quelque chose que j'ai dit ? A un moment elle était là. Et la seconde d'après... disparue. »

Maman lui serra amicalement le bras. « Ça n'est pas toi, Earl. Elle fait tout le temps ce genre de trucs. Tu t'habitueras. »

Même si Earl avait travaillé dans la campagne à la sortie de West-wick Corners toute sa vie, il ne s'était liée d'amitié avec tante Pearl que récemment. Leur amitié avait vite tourné à la romance. Ils formaient un couple étrange. Tante Pearl était entêtée et théâtrale, tandis qu'Earl était calme, romantique et facile à vivre. Les opposés s'attirent peut-être.

« Elle est bien partie, c'est sûr. » Brayden montrait les petites traces de pas sur la neige, qui s'arrêtaient dans l'allée.

Les traces ne s'arrêtaient pas là où la voiture de Dominic avait été garée. Elles se poursuivaient de l'autre côté de l'allée. Peut-être que les traces de pas et la voiture disparue n'étaient qu'une mise en scène, une tentative de diversion. S'il était très probable que la tisane empoisonnée ait créé le bazar dans ses pouvoirs, nous ne pouvions en être sûrs pour autant.

Tant que tante Pearl fonctionnait normalement, elle pouvait aller n'importe où. Elle pouvait se transporter via des portails avec un peu de magie et sans trop d'efforts. Je ne pensais pas qu'elle était allée très loin néanmoins. De fait, cela ne m'étonnerait pas qu'elle soit en train de nous regarder maintenant.

Je parcourus des yeux le jardin et le parking, sans rien voir.

Gail, son jeu de téléphone terminé, nous rejoint sur le porche. Elle passa le bras autour de la taille de Brayden et l'entraîna à quelques pas, pour qu'il y ait une bonne distance entre lui et tante Amber.

« Pearl sait qu'on fait tous des erreurs, » dit maman. « Elle agit en coupable en fuyant comme ça. J'aimerais pouvoir lui faire entendre raison. » Elle parlait plus fort que d'habitude. Comme moi, elle pensait sans doute que tante Pearl se cachait dans les parages.

Brayden ricana. Il pointa le pouce en direction de Tyler. « Trop tard pour ça. Comment a-t-il pu la laisser s'enfuir comme ça ? »

« Tu aurais pu la stopper également, » remarquai-je. « Tu l'as vue partir. »

Brayden haussa les épaules. « Ça n'est pas mon travail. Je ne suis pas le shérif. »

« Oh, pour l'amour du Ciel, Brayden. Assume pour une fois. » dit Tante Amber. « Nous sommes tous dans le même panier. »

« Non, pas du tout, et ne me critique pas, Amber. Si seulement Gail et moi n'étions pas venus. Toi et ta famille de dingos... » Brayden leva les mains au ciel avant d'enlacer Gail. Il l'entraîna vers la porte. « Viens, Gail. Rentrons. »

L'indifférence de Brayden fut la goutte de trop. Son égocentrisme était toujours omniprésent, même après la mort de Merlinda. Il ne semblait pas se soucier de Pearl qui avait disparu et était peut-être en train de mourir de froid. Il n'avait de compassion que pour sa personne. Il avait réprimandé Tyler, critiqué tante Pearl et n'avait pas levé le moindre petit doigt pour aider qui que ce soit. Et dire que j'avais failli l'épouser. Si j'étais contente d'y avoir échappé, le manque de considération de Brayden me rendait furieuse.

Brayden s'arrêta à la porte. Il libéra Gail et lui fit signe d'entrer devant lui.

Je luttai contre ma colère, mais j'étais tellement hors de moi que sans même m'en rendre compte, je chuchotai un sort de déplacement. Je voulais juste que Bradyen et son égocentrisme disparaissent.

Disparaissent vraiment, genre au Vanuatu. Ça lui servirait de leçon. Je l'imaginais courant comme un fou sur la plage, complètement désorienté, hurlant pour demander de l'aide.

Je connaissais le sort par cœur —Je m'étais entraînée des centaines de fois sans succès. Le réciter était sans danger puisque j'étais de fait incapable de le réaliser. Il m'arrivait souvent de le prononcer, un peu comme un juron de sorcières. Je canalisai ma colère dans une incantation quasi insouciante :

Disparais de ma vue et va-t'en
Ne lanterne pas, ne perds pas de temps
Hop hop te voilà parti
Dans un endroit que j'ai souvent décrit

Tante Amber étouffa un cri. « Cendrine, que diable es-tu en train de faire ? »

« Hé, qu'est-ce qui…, » la voix de Gail chancela avant de s'éteindre entièrement. Ses lèvres bougeaient, mais aucun son n'en sortait.

Mon timing était assez moyen, parce que Brayden touchait encore le bras de Gail au moment où je jetai le sort. Le couple se transforma devant nous en silhouettes transparentes.

Et puis... Pouf !

Ils disparurent.

Juste comme ça.

« Oh non ! Ça n'avait encore jamais fonctionné... » Je me tenais là comme en transe, fixant du regard le pas de porte désert, où se trouvaient encore il y a à peine quelques secondes Brayden et Gail.

Je m'étais entraînée des centaines de fois sur ce sort, sans succès. Et là, alors que je n'essayais même pas vraiment, il avait fonctionné impeccablement. Non seulement il avait marché, mais il avait emporté deux personnes d'un coup. J'étais stupéfaite.

Earl fit un saut en arrière, étonnamment rapidement pour un septuagénaire. « Vous avez vu ça ? Brayden et Gail viennent de s'évaporer ! Où diable sont-ils allés ? »

« Cendrine, fais-les revenir ! » Maman me supplia, mais c'était trop tard.

« Je... Je ne peux pas ! Je ne sais même pas ce que j'ai fait. Ça n'avait encore jamais fonctionné, j'ai dû faire un truc de différent cette fois. Je ne sais juste pas quoi. »

J'étais toujours entièrement focalisée sur mon sort, sidérée qu'il ait fonctionné, que je le répétais en essayant de comprendre où ça avait dérapé.

Pouf! Pouf!

Le même bruit qu'il y a quelques instants, mais aucun signe du couple.

Si je ne pouvais comprendre ce que j'avais fait, comment allais-je pouvoir les faire revenir ?

$\mathcal{E}$arl se frotta les yeux et hocha la tête. « Mais qu'est-ce qu'il y avait donc dans ton lait de poule, Amber ? Je ne me sens pas très bien tout d'un coup. Vous avez vu aussi, non ? » Il cherchait des réponses sur nos visages.

Nous restâmes toutes silencieuses. On ne pouvait juste pas lui répondre.

Earl soupira. « Super. Maintenant mes yeux me jouent des tours. »

J'étais perturbée par le fait que nous avions trois poisons possibles, et que tous montraient du doigt un membre de ma famille. De fait, j'étais la seule sorcière sans lien avec un aliment ou une boisson douteuse.

La tisane empoisonnée de tante Pearl, le lait de poule arrosé d'alcool de tante Amber et le gâteau de Noël de maman fourré au poison créaient plus de questions qu'ils n'apportaient de réponses. Et les réponses commençaient avec tante Pearl, qui manquait maintenant à l'appel. Je craignais de voir où nous mèneraient ces réponses, mais il fallait découvrir la vérité.

Nous nous étions déplacés dans le salon pour ne pas mourir de froid, en cherchant comment localiser Brayden et Gail.

Earl se frottait le front. « Vous n'avez pas vu ce que j'ai vu ? J'ai eu la plus bizarre des hallucinations. Brayden et Gail ont disparu complètement, juste comme ça. » Il claqua des doigts pour donner de l'effet à ses paroles. C'est amusant la façon dont les personnes ordinaires interprètent la sorcellerie en l'absence d'explications logiques.

« Vraiment étrange. » La voix de maman n'avait aucun relief, mais les coins de sa bouche dessinaient un sourire involontaire.

Maman était secrètement fière de moi, même si elle essayait de ne pas le montrer. J'étais également contente. J'avais réussi un sort de niveau avancé toute seule, sans aide. Ça n'était pas le moment de faire la fière cependant. Je devais me concentrer pour faire revenir Brayden et Gail.

« Où sont-ils allés ? » Earl parcourut le salon du regard. « Je ne l'ai pas juste imaginé, non ? »

« Euh, non. » Je ne savais pas vraiment quoi dire, et il en allait de même pour les autres apparemment.

« Merlinda meurt, Pearl disparaît et maintenant Brayden et Gail manquent à l'appel. » La voix d'Earl se cassa. « Mon Dieu, suis-je le suivant ? »

Maman fit non de la tête. « Bien sûr que non, Earl. Tout va bien. Mais reste dans la maison au cas où, d'accord ? »

Je mis ma main dans celle d'Earl et le conduisit jusqu'au canapé. « Maman a raison, Earl. Pourquoi n'essaies-tu pas de te détendre un peu ? »

Earl fronça les sourcils et s'assit. « Je me fais du souci pour Pearl, Cen. Tu sais comment elle est quand elle a ces idées folles. Et si elle était partie pour faire quelque chose de dangereux ? » Son affection pour mon entêtée de tante avait quelque chose de touchant. Cela tenait presque de la sainteté.

« Je suis sûre qu'elle va réapparaître, Earl. Ne t'en fais pas, » dit maman d'une voix apaisante. « Elle sera de retour très vite. »

Earl essuya son sourcil du revers de la main. « Plus d'alcool cette année. Cela fait des trucs horribles à mon cerveau. »

C'était tout aussi bien qu'Earl pense qu'il avait des visions plutôt qu'il avait été témoin d'actes de magie. Il se poserait néanmoins des questions si je ne faisais pas revenir rapidement Brayden et Gail. On pourrait croire qu'entre maman, tante Amber et moi, nous pourrions trouver comment inverser le sort. Mais apparemment, trois sorcières ne sont pas plus fortes qu'une.

Ce dont nous avions réellement besoin, c'est de l'antidote, ou d'un sort d'inversion. Le problème est que ce sort ne pouvait pas être défait par une autre sorcière. Le mécanisme d'autoprotection était conçu pour qu'une sorcière ne puisse pas intervenir sur le sort d'une autre, sciemment ou inconsciemment.

Cette sorcière, c'était moi.

Le seul problème est que je n'avais pas la moindre idée de la façon de résoudre le problème. Si je m'étais entraînée à jeter ce sort de nombreuses fois, je n'avais jamais réussi à le maîtriser. De loin. Des variations mineures au sort original impliquaient des modifications au sort d'inversion également. Tante Pearl ne m'avait même pas encore montré le sort d'inversion.

Tante Pearl.

Il nous fallait la trouver, et vite. Et si elle s'était retrouvée par hasard prise dans mon sort ? Si elle s'était trouvée à côté sans que je m'en rende compte... Non, c'était impossible. Les autres se tenaient bien plus près de Brayden et Gail, et ils étaient toujours là. Je ne savais même pas comment m'y prendre pour partir à leur recherche.

Tante Amber faisait des allers-retours dans le salon. « Dis-moi exactement ce que tu as fait, Cen. Chaque petit détail. Peut-être, peut-être que je peux t'aider à tout inverser. Je n'y crois pas, mais cela se tente. »

Son manque de confiance m'inquiétait. Une autre sourcière ne pouvant défaire ce sort spécifique, il faudrait qu'elle me l'apprenne. Comme c'est moi qui avais jeté le sort, j'étais la seule à pouvoir les faire revenir. Et pour cela il fallait que je maîtrise le sort d'inversion, mais comment pourrai-je y arriver à temps ? Il me faudrait apprendre en quelques minutes ce qui demande des mois d'entraînement.

« Je n'ai aucune idée de ce qu'il s'est passé, » dis-je. « Tout ce que j'ai fait, c'est récité les mots que tante Pearl m'a appris. Je n'essayais même pas vraiment, je n'aurais jamais cru que cela marcherait. » La raison pour laquelle le sort avait fonctionné cette fois était un mystère. Cela pouvait être dû à un clignement d'œil, un léger mouvement de ma main, ou même la façon dont j'avais prononcé les mots. Tout ce dont je me souvenais, c'est que je me tenais plus sur mon pied droit que sur le gauche. Mais cela ne pouvait pas être la raison. Je ne savais pas ce que j'avais fait de différent par rapport à mes tentatives malheureuses précédentes.

J'approchai de l'arbre de Noël et fixai le globe à neige tropical de Merlinda. Je plissai les yeux et regardai à l'intérieur à tout hasard, n'y croyant pas. Brayden et Gail n'étaient nulle part. Tante Pearl non plus. Le paradis tropical semblait être le même qu'avant : une plage de sable blanc bordée de palmiers. C'était étrange, car je pensais avoir envoyé Brayden sur cette plage, et Gail par accident. Mais ils n'étaient pas là. Où étaient-ils donc allés ?

« Tu as fait de ton mieux, c'est le plus important, ma chérie. » Maman savait m'encourager même dans les pires moments. « Visualise-les juste au moment où ils ont disparu, et concentre-toi sur leurs visages. Tu peux le faire. »

« Tu les as vraiment fait disparaître. » Earl était assis dans le coin éloigné du canapé, les bras croisés. Pour la première fois, je remarquai ses cheveux en bataille, et il semblait avoir tout juste survécu à une explosion de bombe. Il était terrorisé. « Toute cette folie, ça doit être de famille. Pearl a déjà fait des trucs dingues, mais ça, ça bat tous les records. »

« Ne t'en fais pas, Earl, » dit tante Amber. « Cen sait ce qu'elle fait. »

Tante Amber se pencha vers moi pour me dire « Tu as intérêt à savoir ce que tu fais. »

En vrai, je n'en savais rien, et je m'en voulais horriblement d'avoir effrayé Earl. Je n'avais pas de mots pour le rassurer, mais le simple fait d'être proche de tante Pearl devait l'avoir préparé à tout. Je me reconcentrai sur notre urgence. « J'ai vraiment merdé, hein ? Comment allons-nous les trouver ? »

« Il nous faut juste trouver ce qui n'a pas fonctionné dans ton sort, Cen, » dit maman. « Où voulais-tu les envoyer ? »

« Dans le globe de Merlinda. C'était censé être temporaire. » Alors que j'observai le globe, je sentis une force bizarre me repousser. J'avais l'impression de vivre l'inverse de l'attraction d'un aimant. Cela ressemblait plus à la force repoussante de deux aimants que l'on tente de coller ensemble. Le globe avait une force contraire. A chaque fois que je m'approchai du globe, une force étrange me repoussait.

Je compris soudain ce qui n'avait pas marché avec mon sort. Il avait fonctionné normalement, mais avait été neutralisé par une force bien plus puissante. Celle de Merlinda. Je pense que je n'étais pas la seule à avoir échoué.

Tante Pearl n'avait pas voulu m'envoyer dehors dans le blizzard pour que j'y trouve la mort. Elle avait prévu quelque chose de bien différent, seulement son sort s'était heurté à une force contraire, tout comme le mien.

Tante Pearl voulait m'envoyer dans le globe de neige du Vanuatu de Merlinda quand quelque chose ou quelqu'un s'était interposé. Évidemment. Comme toute sorcière experte, Merlinda avait placé un bouclier protecteur autour de son globe à neige tropical pour empêcher toute entrée non autorisée.

Le bouclier protecteur de Merlinda n'avait pas seulement empêché d'entrer dans le globe du Vanuatu. Il était tellement fort qu'il avait également repoussé ceux qui s'étaient approchés, et les avaient envoyés dans la direction opposée. Je ne m'étais pas assez approchée du globe auparavant pour m'en rendre compte.

Ce qui manquait à Merlinda en termes d'années d'expérience de la sorcellerie était largement compensé par la simple force de sa magie. De fait, sa magie était suffisamment forte pour contrecarrer un sort de tante Pearl, mais également pour m'envoyer dans une tout autre direction.

Je m'étais retrouvée au mauvais endroit quand j'avais atterri dehors dans le froid glacial. Il avait dû arriver la même chose à Brayden et à Gail. Tante Pearl n'avait pas reconnu l'erreur d'aiguillage, car elle avait été trop gênée pour admettre que son sort était parti de travers.

Seulement son sort n'avait pas du tout raté. Il avait été contré par la magie de Merlinda.

Je courus vers la fenêtre du salon et observai attentivement la cour et l'allée espérant y voir le couple. Ils devaient être dehors, quelque part.

Je concentrai mon regard dans le coin où m'avait envoyé le sort de tante Pearl plus tôt.

J'aperçus un mouvement, mais qui disparut avant que je puisse vraiment voir. Puis, rien. Mon pouls s'accélérait. « Quelqu'un se cache à côté des bibelots sur la pelouse. »

« Espérons que cela soit Pearl. Je vais aller voir. » Earl se leva d'un bond et courut dehors.

Il revint au bout de quelques minutes, tenant par le bras une Pearl frissonnante. « Regardez qui j'ai trouvé. Elle n'était pas loin finalement. »

« Je t'avais dit de ne rien dire. » Tante Pearl remua pour se dégager d'Earl, mais semblait secrètement ravie qu'il soit venu à son secours. Une flaque d'eau se formait à ses pieds, son pantalon en velours vert dégoulinant sur le sol. « Encore une fois, il a fallu que tu t'en mêles et crées du bazar. »

Maman hurla. « Pearl ! Ne parle pas comme ça à Earl. Il vient de te sauver, sans lui tu serais morte de froid. »

Earl leva la main en signe de rebuffade. « Accuse-moi autant que tu veux, Pearl. C'est toi qui m'as demandé d'installer le traîneau du père Noël. Ça n'est pas ma faute. »

« Attendez… Que s'est-il passé avant ? » Je me tournai vers tante Pearl. « Tu veux dire que ton sort a été stoppé par Merlinda ? »

« Pas du tout ! » Tante Pearl s'assit sur le bord du canapé et se pencha pour remonter les jambes de son pantalon. « Rien n'a cloché avec mon sort. Earl n'était pas censé se trouver à côté du traîneau. C'est pour ça que tout a raté. »

Je compris soudain et me tournai vers Earl. « C'était toi le père Noël dans le traîneau dehors ! »

Earl haussa les épaules. « Je faisais juste ce que m'avait demandé Pearl. Je voulais ajouter quelques dernières touches. »

« Hier, Earl. Tu étais censé installer ces décors sur la pelouse hier. » Tante Pearl avait toujours le dernier mot.

Des spectateurs innocents qui se trouvaient trop près de l'action ont modifié nos deux sorts. Dans mon cas, le sort de déplacement de tante Pearl devait m'envoyer dans le globe tropical de Merlinda. Au lieu de ça, j'avais atterri sur la pelouse où Earl était encore en train de travailler sur le traîneau. J'imagine que tante Pearl pensait à Earl quand elle avait jeté son sort.

Mais dans mon cas ? Je ne me souvenais pas avoir pensé à autre chose que me débarrasser de Brayden et l'envoyer au Vanuatu, et Gail avait simplement été un effet collatéral parce qu'elle se trouvait trop près de lui.

Le globe de Merlinda disposait d'une garantie de détournement. Elle était conçue pour s'assurer que personne d'autre ne pénètre dans son globe tropical. Mais elle ne se contentait pas de repousser les intrus. Son sort était tellement puissant qu'il envoyait les intrus potentiels dans une tout autre direction.

Mais si c'était le cas, où Gail et Brayden avaient-ils bien pu aller ? Ils n'étaient pas dehors comme l'avait été tante Pearl, ou moi.

Quelqu'un mentait, et je savais pertinemment qui. Mais l'heure n'était pas aux petites chamailleries. Il nous fallait trouver Brayden et Gail avant qu'il ne soit trop tard.

« $\mathcal{T}$u vas m'enfermer, shérif ? » Tante Pearl se tenait dans une attitude de défi face à Tyler, les bras croisés.

« Non, » gloussa Tyler. « Tu n'as rien à craindre. Tu es une lamentable artiste de l'évasion. »

« Aide-moi à trouver Brayden et Gail, tante Pearl, » suppliai-je. « Dis-moi ce que je dois faire. »

« Je ne sais pas, Cen. Qu'est-ce que j'y gagne ? » Tante Pearl tapait du pied en attendant la réponse.

Je ne mordis pas à l'hameçon.

J'en avais marre de n'arriver à rien avec tante Pearl. Avec ou sans aide, je ferai revenir Brayden et Gail. Je courus vers la table de l'entrée et fit signe à maman et tante Amber de me suivre. Il n'y avait pas une minute à perdre.

« Prête, Cen ? » Tante Amber me tendit un bout de papier. « Je l'ai écrit pour toi. Tout ce que tu as à faire, c'est les visualiser pendant que tu récites les mots. »

Je fermai les yeux et récitai le sort d'inversion, imaginant Brayden et Gail sur le seuil, comme ils l'avaient été auparavant. La concentration que cela nécessitait, associée aux effets de la gueule de bois après avoir trop trinqué au réveillon, m'avait déclenché une violente migraine. Si jamais j'y arrivais, je me fis la promesse de ne plus jamais jeter de sort. Ils étaient vraiment durs à défaire, et n'apportaient que des ennuis. Je n'étais tout simplement pas faite pour être sorcière.

Tante Pearl jura dans sa barbe. « Tu peux relâcher les chiens, shérif. Estime-toi heureux que j'accepte de coopérer pour que tu ne sois pas renvoyé. »

Tyler haussa les épaules. Il parla à voix basse dans son téléphone avant de le remettre dans la poche de sa chemise. Ses yeux parcouraient la pelouse, et il montrait du doigt avec enthousiasme un point non loin du traîneau décoratif. « Hey, qu'est-ce que c'est ? Quelque chose vient de bouger. »

« Ce sont Brayden et Gail ! » Maman applaudit. « Cen, tu as réussi ! Tu les as fait revenir. »

Je suivis le regard de Tyler en direction des décorations de Noël sur la pelouse. Brayden et Gail s'y trouvaient bien. Ils étaient entourés d'un gigantesque globe à neige qui englobait également le traîneau. La taille du globe était sidérante. Mais ce n'était pas le moment de la ramener.

Gail était recroquevillée à côté du traîneau tandis que Brayden tapait sur le verre un peu plus loin.

« Bon, au moins sont-ils revenus sur la pelouse. Il faut encore que je les sorte du globe. » Je soupirai.

Ils agitaient les bras et s'agrippaient à une barrière de verre invisible tandis qu'ils prononçaient des mots que nous n'entendions pas. Tout comme moi plus tôt, ils étaient prisonniers dans le globe magique qui encerclait les décorations du jardin. Si près et pourtant si loin.

Pour voir les choses du bon côté, au moins le retour du globe à neige signifiait qu'on pouvait les voir. Et donc qu'on avait bien plus de chance d'arriver à les libérer de leur prison de verre.

Je réalisai alors que tante Pearl n'avait pas été emprisonnée dans le globe à neige plus tôt. Si ça avait été le cas, Earl n'aurait pas pu la secourir. Le globe de verre qui enfermait Brayden et Gail était intact, et un sort signifiait un globe en verre.

Pourquoi tante Pearl prétendait-elle avoir été prise dans mon sort ? Je n'en avais aucune idée. Ce que je savais c'est que mon sort n'avait finalement pas sauvé tante Pearl. De plus, mes pouvoirs n'étaient assez forts que pour faire réapparaître le globe à neige. Ils ne suffisaient pas à en sortir Brayden et Gail.

L'espoir semblait m'avoir quitté. Si je n'avais pas vraiment sauvé tante Pearl, comment allais-je bien pouvoir sauver Brayden et Gail ?

CHAPITRE 25

Nous nous tenions dans le salon, à côté du sapin de Noël. Le globe à neige de Merlinda semblait nous railler depuis son perchoir sur le sapin. Il émettait encore une lueur éthérée, mais n'avait plus de magie. Maintenant, il semblait juste sinistre et triste.

Maman me regarda avec sympathie. Tante Pearl et tante Amber ignorèrent le globe, apparemment inconscientes de sa gloire fanée.

Je résistai à l'envie de m'approcher plus du globe. Je n'avais aucune envie de voir ce qu'il se passait au Vanuatu. Sans Merlinda, cela n'avait plus d'importance.

Je demandai aussi gentiment que possible. « Tante Pearl, s'il te plaît, aide-moi à inverser le sort. »

« Tu n'apprendras jamais si tu ne t'appliques pas, Cen, » répondit-elle. « Ne t'attends pas à ce que je fasse tout pour toi. »

J'en avais marre de l'attitude amour vache de tante Pearl. « Mais et Brayden et Gail ? On ne peut pas les laisser enfermés dans le globe. Ils vont mourir de froid. »

Tante Amber fit non de la tête. « Non, ils iront bien dans le globe. Ils peuvent attendre encore un peu. Pearl a quelque chose à dire, n'est-ce pas Pearl ? » Elle regardait sa sœur en ayant l'air d'attendre quelque chose.

« Non. » Tante Pearl croisa les bras et regarda le plafond en tapant du pied. « Je ne vois pas de quoi tu parles. »

« Si tu vois, et tu vas le dire à Tyler... Je veux dire au shérif Gates, tout ce que tu as manigancé avec Merlinda. » Un hoquet vint défaire l'expression sévère de tante Amber. C'était un effet secondaire de son lait de poule alcoolisé. Elle s'était remise à boire une fois que Brayden et Gail avaient refait surface.

Tante Pearl passa le doigt sur ses lèvres fermées. « Motus et bouche cousue. Je vais prendre un avocat avant de m'incriminer. »

« Ah ah ! Tu reconnais qu'il y avait un problème dans ta tisane, finalement. » Tante Amber était comme un chien avec un os, elle ne lâchait jamais le morceau.

« Ne dis pas n'importe quoi ». Tante Pearl se tut un moment. « OK, je l'ai peut-être corsée un peu, mais pas avec quelque chose de létal. »

Je poussai un cri. « Tu as sciemment empoisonné Merlinda ! »

« Franchement, Cen. Tu rends ça bien plus sinistre que cela ne l'est. Tout ce que j'ai fait, si j'ai fait quelque chose, c'est aider Merlinda à se sortir d'un mauvais pas. »

« Alors, dis-nous ce que tu as fait, » exigea Tyler. « Si tu n'as rien fait de mal, tu n'as pas à t'en faire. »

Tante Pearl fit non de la tête. « Même pas en rêve. Je ne te fais absolument pas confiance, shérif. De plus, ce qu'il s'est passé entre Merlinda et moi n'est pas tes affaires. »

« Mais Merlinda est morte, » protestai-je. « Tu nous dois une explication, tante Pearl. J'ai également besoin de ton aide pour sortir Brayden et Gail du globe avant que nous ne les perdions aussi. Avant qu'il ne soit trop tard. »

« Commençons par le commencement, » tante Amber se tourna vers Tyler. « Si Pearl ne parle pas, je le ferai. Elle m'a tout raconté. »

Tante Pearl jeta un regard noir à sa sœur, atterrée. « Je ne vais sûrement pas rester là à écouter des salades, Amber. Surtout quand tu es complètement pompette. »

« Ne pense même pas à partir, Pearl, » dit Tyler « Il faut qu'on parle. »

« Je fais ce que je veux. Tu ne peux pas me forcer à rester ici. » Tante Pearl commença à partir.

« Peut-être pas, mais moi je peux. » Maman claqua des doigts en murmurant quelque chose à voix basse.

Tante Pearl bâilla, se dirigea vers le canapé où elle s'assit. En quelques secondes, elle dormait profondément, en ronflant.

Grand-mère Vi rôdait dans les parages. « Bien joué, Ruby. Je ne l'ai jamais vue aussi calme. »

Je fis non de la tête. « Mais et Brayden et Gail ? J'ai encore besoin de l'aide de tante Pearl pour les libérer du globe. »

Tyler fronça les sourcils. Il ne pouvait ni voir ni entendre ma grand-mère fantomatique.

« Oh, détends-toi, Cen, » dit Grand-mère Vi. « Tu n'as pas besoin de Pearl. Je ne suis peut-être un fantôme, mais je suis encore la meilleure sorcière ici. De qui Pearl tient-elle tout son savoir à ton avis ? »

« Alors tu vas m'aider ? » Ça m'était égal maintenant que Tyler ou Earl m'entendent. Laissons-les penser que j'étais folle et que je me parlais à moi-même. Cela valait le coup si ça faisait revenir Brayden et Gail avant qu'il ne soit trop tard.

Je n'avais jamais vu Grand-mère Vi user de magie, vivante ou morte. Elle avait pris sa retraite avant ma naissance. Elle demandait toujours à ses filles de faire les choses pour elle, surtout à Pearl. Grand-mère Vi faisait souvent des promesses qu'elle ne pouvait tenir. J'espérai juste que ça n'était pas le cas là.

« Je vais y réfléchir, Cen, » dit Grand-mère Vi. « Qu'est-ce que j'y gagne ? »

Cette fois je décidai de ne pas répondre pour ne pas inquiéter encore plus Tyler. Au lieu de ça, je me tournai vers tante Amber. « OK, crache le morceau, et dis-nous ce que tante Pearl trafiquait avec Merlinda. »

Tante Amber parla sans s'interrompre pendant quinze minutes. Quand elle eut terminé, nous étions tous trop sidérés pour parler. C'était la dernière personne dont j'attendais une confession.

Je me sentis trahie. Tante Pearl avait eu des plans grandioses pour une franchise mondiale de l'École des Charmes de Pearl, avec Merlinda comme partenaire. Ça n'est pas quelque chose que j'avais envie de faire, mais j'étais peinée qu'elle ne me l'ait même pas proposé.

« Tu connaissais les plans professionnels de Pearl et Merlinda et tu n'as rien dit pendant tout ce temps ? » Tyler fronça les sourcils et nota quelque chose sur son carnet. Il se pencha en avant et attendit que tante Amber donne plus de détails.

« C'est là que tu me lis mes droits ? » Le regard de tante Amber allait de Tyler à moi, inquiète de ce qui l'attendait. « Tu m'arrêtes ? »

Tyler soupira. « Non, sauf si tu as commis un crime. C'est le cas ? »

« Bien sûr que non ! Comment peux-tu suggérer une telle chose ? » Tante Amber croisa les bras et tenta de contenir sa colère. « J'ai supplié Pearl de te le dire. Quand elle n'en a rien fait, j'étais bien embarrassée. Pouvais-je trahir ma propre sœur ? Ou cafter juste pour me retrouver moi-même accusée de meurtre ? »

« Personne ne t'accuse de meurtre. Tu pourrais être complice, par contre. » Je sentais que tante Amber n'avait pas encore tout dit. Je jetai un œil à tante Pearl qui ronflait calmement sur le canapé.

« Tu veux dire, comme aider et soutenir Pearl ? » Tante Amber fit non de la tête. « Je n'avais rien à voir avec son plan, du moins pas directement. Je ne vois pas pourquoi je devrais me compromettre juste parce que Pearl ne veut pas coopérer. »

Je rougis. « Rien ne va t'arriver si tu dis la vérité, tante Amber. Il faut que l'on comprenne ce qu'il se passe, par contre. Dis à Tyler ce que tu sais, et tu n'auras pas d'ennui. »

« Cen a raison, » dit Tyler. « Il faut que l'on comprenne ce qu'il se passe. »

« Après, peut-être que tu pourras m'aider à libérer Brayden et Gail, » dis-je, une note d'espoir dans la voix.

Tante Amber eut un haussement d'épaules. « Je peux essayer, mais je ne suis pas très douée pour ces trucs. »

Il paraissait évident que tante Amber n'allait pas essayer du tout. Je ne pouvais pas vraiment lui en vouloir. Une fois tante Pearl réveillée, elle se vengerait probablement de la trahison de sa sœur. Mais il y avait deux personnes prisonnières dehors. Je devais les sauver, et je ne pouvais pas compter sur mes tantes. Comme d'habitude, elles se comportaient comme des fillettes de dix ans. Ce qui aurait pu être drôle si la situation n'était pas si grave.

« J'aurais apprécié que tu mentionnes plus tôt l'arrangement entre Pearl et Merlinda, » dit Tyler.

Tante Amber jeta un regard nerveux à sa sœur assoupie. « Je voulais te le dire... Mais elle m'avait fait jurer de garder le secret. Elle m'a d'ailleurs fait signer une clause de non-divulgation. C'est pour ça que je ne pouvais pas parler de leurs affaires. Je ne connais pas les détails. Pearl devait en parler au dîner. Juste avant que Merlinda... » sa voix se perdit alors qu'elle regardait dans le couloir.

« Vu les circonstances, tu aurais quand même dû dire quelque chose, » dis-je.

Tante Amber secoua la tête en essuyant une larme sur sa joue. « Oh, Pearl aurait été furieuse si j'avais gâché sa surprise. C'est aussi pour ça qu'elle avait invité Brayden à dîner. Il avait promis des réductions d'impôts si le siège de l'École des Charmes de Pearl restait à Westwick Corners. »

« Attends, quoi ? Même Brayden a eu connaissance des plans de tante Pearl avant nous ? » J'étais tellement en colère que j'envisageai un moment de le laisser dans le globe à neige.

Tante Amber acquiesça. « Brayden et Pearl avaient prévu un communiqué de presse commun début janvier. »

J'étais la seule « presse » digne de ce nom à Westwick Corners, et l'ouverture d'une école de magie dans une île lointaine n'était pas vraiment une nouvelle locale. Ce qui me rendait le plus furieuse, c'était que tout le monde était au courant sauf moi. Si tante Amber était au courant, alors maman l'était aussi. Brayden le savait, et Merlinda en avait vraisemblablement parlé à Dominic. C'était une véritable conspiration. Tout le monde était au courant, sauf Tyler et moi. Et peut-être Earl.

« Pas tout le monde. » Grand-mère Vi se plaça devant moi, interrompant le fil de mes pensées. Je détestais qu'elle lise comme ça dans ma tête.

Je commençai à parler, mais me retint juste à temps. Je ne voulais pas passer pour encore plus lunatique devant Tyler, qui ne pouvait ni voir ni entendre Grand-mère Vi.

Je me recentrai sur tante Amber. « Comment une réduction d'impôt qui fera de tante Pearl un paria en ville pourrait être une « nouvelle » ? » Je marquai les guillemets de mes doigts. « C'est juste une très mauvaise nouvelle pour nous autres contribuables parce que nous allons devoir payer plus d'impôts pour compenser. »

Je ne voyais de quelle façon cela pouvait bénéficier à la ville. Comme je le soupçonnais, tante Pearl n'avait pas invité Brayden à notre réveillon de Noël par bonté d'âme. Elle l'avait fait pour des raisons financières.

Tante Amber eut un haussement d'épaules. « Ne me demande pas. Tu sais que je déteste tout ce qui a trait à la finance. Ça me donne le vertige. Je faisais juste ce que m'avait demandé Pearl. »

Les yeux de Tyler trouvèrent les miens. « Ça me fait penser. L'arrangement de Merlinda avec Pearl n'était pas son seul grand partenariat récent. Merlinda en avait également un avec Dominic. »

« Bien sûr. Le mariage secret, » dis-je. « Tu ne trouves pas bizarre pour des jeunes mariés qu'ils n'aient pas discuté du vol de retour de Merlinda ? Si Dominic en avait connaissance, pourquoi la visite surprise à Westwick Corners ? »

« Ouais, » répondit Tyler. « Étant donné que sans l'annulation de son vol à cause de la tempête, elle aurait déjà quitté la ville à son arrivée. Il n'avait aucun moyen de le savoir en avance. Il a également fallu qu'il réserve en avance pour Noël. »

J'opinai de la tête. « Tous les vols pour ou en provenance de Shady Creeks ont été annulés ce matin à cause de la tempête, comme le vol de Merlinda. Il n'y a qu'un vol quotidien pour Shady Creek. Ce vol n'est jamais arrivé, donc Dominic devait déjà être en ville avant aujourd'hui. »

Tante Amber fit non de la tête. « Weswick Corners est bien trop petite. Un étranger comme Dominic ne serait pas passé inaperçu. Tout le monde connaît tout le monde ici. Et ils adorent tous les ragots. »

« Peut-être qu'il est resté sur Shady Creeks, » dis-je. La Cadillac de location criarde de Dominic détonnait parmi les pick-up et monospaces de la ville. Ses tatouages auraient également attiré l'attention.

Je me tournai vers Tyler, mais il était déjà au téléphone. Il prononça quelques mots que je ne compris pas, puis raccrocha. Il mit son téléphone dans sa poche et se tourna vers nous. « Il semblerait qu'en fait, Dominic séjourne au Motel 6 de Shady Creeks depuis environ une semaine. »

« Il était déjà tout près, mais n'avait pas prévenu Merlinda ? » Les yeux de tante Amber s'écarquillèrent. « Ça n'est pas le comportement normal d'un jeune marié. Pourquoi attendre pour la voir ? »

« Il m'a dit que tante Pearl l'avait invité pour faire une surprise à Merlinda. Ce qui est vraiment bizarre, ça voudrait dire qu'il aurait parlé à tante Pearl et pas à Merlinda. » Je repensai à l'arrivée de Dominic. Comment tante Pearl avait-elle pu savoir que Merlinda ne prendrait pas son vol de retour ?

À moins qu'elle ait prévu quelque chose. Je trouvais étrange qu'elle annonce la nouvelle entreprise au Vanuatu, et encore plus qu'elle invite d'autres personnes à passer Noël avec nous. Elle était entêtée, imprévisible et cachottière. Mais quelque chose n'avait pas marché comme prévu, parce que je savais qu'elle n'aurait jamais fait de mal à Merlinda.

Enfin, je ne le pensais pas. Mais quelqu'un avait bien fait du mal à Merlinda. J'étais sûre que tante Pearl n'irait jamais tué personne, mais je pouvais l'imaginer tenter de cacher un horrible accident. Elle n'aimait pas non plus reconnaître ses torts. Jusqu'où pourrait-elle aller pour cacher la vérité ?

Tout d'abord la tisane trafiquée, puis l'arrangement secret avec Brayden, et maintenant, ce secret avec Dominic. Cela expliquait la présence des deux hommes à notre fête familiale. Mais cela ne ressemblait pas du tout à tante Pearl. J'en revenais toujours à la même chose. Tante Pearl ne faisait jamais d'erreur avec ses sorts ou ses potions. Mais le plus flagrant est qu'elle n'avait encore jamais invité personne pour quelque raison que ce soit, membre de la famille ou non. Et quand je dis jamais, c'est vraiment jamais.

Tante Pearl était coupable de quelque chose. Mais j'étais sûre qu'il ne s'agissait pas d'un meurtre... Ou bien ?

CHAPITRE 26

Tandis que mon esprit se débattait pour comprendre ce dont tante Pearl était vraiment capable, Grand-mère Vi flottait en allers-retours dans le salon. Elle était visiblement perturbée.

« Cendrine, comment peux-tu ne serait-ce qu'envisager une telle chose ? Pearl ne ferait jamais de mal à quiconque. »

Je ne sais pas quoi penser, Grand-mère. Personne n'a vu ce qui était arrivé à Merlinda, alors j'explore toutes les éventualités. As-tu vu quelque chose ?

Grand-mère Vi fit lentement non de la tête. « J'étais trop occupée à m'apitoyer sur mon sort pendant que vous dévoriez votre dîner. »

Attends, tu peux lire les pensées de tout le monde ici, non ? Celui ou celle qui a tué Merlinda doit forcément y penser.

« Ça ne marche pas comme ça, Cen. Quand je lis dans les pensées, je n'entends que ce sur quoi je suis concentrée. En d'autres termes, je dois faire un effort pour lire dans les pensées de quelqu'un. Si vous êtes tous dans la même pièce à parler et penser, c'est quasi impossible de se focaliser sur les pensées d'une personne de manière suffisamment approfondie pour leur donner un sens. Si seulement j'avais sur ce qui allait se passer... Désolée, je n'ai aucun indice pour toi. »

« Mais dans les bonnes circonstances... » ça n'était pas trop tard.

Peut-être que le tueur pensait à son crime juste maintenant. Tout ce que nous avions à faire, c'était rassembler dans une même pièce le tueur et Grand-mère Vi.

Tyler fronça les sourcils. « Cen, que viens-tu de dire ? »

« Rien... Euh, peut-être qu'il serait bon d'interroger tout le monde en privé. » J'hésitais à parler de suspects, mais techniquement, nous l'étions tous. Même Tyler d'ailleurs. Et moi aussi.

Il fallait que quelqu'un démêle cette affaire. A tort ou à raison, j'étais convaincue que l'on pouvait éliminer les membres de ma famille de la liste. Mais je ne pouvais garantir que l'une d'entre elles n'avait pas causé un accident tragique.

Quelle qu'ait été l'implication de tante Pearl, plus vite on mettrait ça au clair, mieux cela vaudrait. Si elle avait mal fait sa tisane, il valait mieux qu'elle le reconnaisse. Si elle avait fait pire, et bien je ne voulais même pas y penser. Mon estomac se retournait rien qu'à l'idée.

Tante Amber semblait inquiète. « Cen, tu ne penses pas sérieusement que Pearl ait tué Merlinda, dis ? Je veux dire d'accord, elle s'est trompée dans sa tisane, mais c'était un accident. »

Les yeux de tante Pearl s'ouvrirent à la mention de sa tisane. « Je te l'ai dit Amber, ma tisane était parfaitement normale. Nous ne démasquerons jamais le meurtrier en continuant à raconter n'importe quoi. » Elle bâilla et se repositionna dans le canapé.

J'arrêtai de penser au tueur et me tournai vers tante Pearl. « Dis m'en plus sur cette opportunité commerciale secrète. »

Mis à part la magie, tante Pearl se sentait investie de la mission de faire fuir autant d'entrepreneurs que possible de la ville. Et pourtant maintenant, elle en recrutait. C'était en soi un énorme cri d'alarme.

Tante Pearl fit des yeux ronds et se mit à battre innocemment de ses faux cils. « Quelle opportunité commerciale ? Je ne sais pas du tout de quoi tu parles. »

« La franchise pour ton École des Charmes de Pearl, » répondis-je.

Tante Pearl me jeta un regard dénué de toute expression. « Quelle franchise ? »

« Ton partenariat au Vanuatu avec Merlinda. » Même tante Pearl exploitait Merlinda. « Qu'est-ce que tu y gagnes ? »

« Oh, ça. » Les bras maigres de tante Pearl se mouvèrent sous son tailleur en velours vert tandis qu'elle pointait tante Amber du doigt. « Je savais que ta grande bouche était incapable de garder un secret. Écoute, tout ce que j'ai fait c'est offrir le gîte et le couvert à Merlinda, par bonté d'âme. En retour, elle m'a donné une part de son entreprise au Vanuatu. J'ai refusé, mais elle a insisté. »

« Tu m'as mise dehors de ma propre maison pour donner ma chambre à une étrangère, totalement gratuitement ? » Le visage fantomatique de Grand-mère Vi prit une teinte rouge sombre. Elle était furieuse. « Tu m'avais dit qu'on gagnerait de l'argent en la louant. Comment as-tu pu me trahir de la sorte ? »

Grand-mère Vi habitait à présent avec moi, dans une habitation séparée sur la propriété. Notre spacieuse cabane dans les arbres était moderne, confortable et privée, la solution parfaite pour un fantôme. Elle avait emménagé avec moi au moment où nous avions transformé le manoir familial en auberge boutique, bien avant que Merlinda n'occupe l'ancienne chambre de Grand-mère Vi. Le déménagement de Grand-mère Vi avait été nécessaire parce qu'on ne pouvait prendre le risque qu'elle aille hanter nos clients. Elle ne l'avait toujours pas digéré.

« Personne ne t'a mise dehors, » dit tante Pearl. « Ça n'était pas du tout ce qui était prévu. »

« Eh bien, qu'est-ce qui était prévu exactement ? » Demanda Grand-mère Vi. « Peu importe, ça n'est pas ce qu'il s'est produit. Je veux la récupérer. Je veux reprendre mon ancienne chambre. »

Nous l'avons toutes ignorée.

« Pourquoi Merlinda lancerait-elle une entreprise au Vanuatu ? Je croyais qu'elle voulait fuir tout ça. » J'étais frustré des tournures incessantes que prenait cette histoire. J'étais également peinée que Grand-Mère Vi n'apprécie pas la cohabitation avec moi.

Tante Amber nous coupa la parole. « C'est vrai que Merlinda voulait quitter le Vanuatu pour de bon, mais Pearl l'en a dissuadée. Pearl voulait que Merlinda capitalise sur ses talents et en tire des profits. »

Pearl leva les mains au ciel. « Et voilà, encore un secret envolé. Tu chantes à tout vent, Amber. Quelle grande gueule. »

« C'est vrai, alors ? » Je connaissais déjà la réponse.

Tante Amber acquiesça. « Elles avaient toutes les deux prévu d'ouvrir une succursale de l'École des Charmes de Pearl au Vanuatu. »

Cela n'avait aucun sens. La seule et unique succursale ouverte de l'École des Charmes de Pearl s'en sortait à peine avec une étudiante. Répéter ce modèle commercial sur une île lointaine semblait voué à l'échec financièrement. D'un autre côté, Merlinda était une formidable bête de somme surnaturelle, au moins à en croire les histoires magiques du culte du cargo. Peut-être que tante Pearl prévoyait d'en tirer profit également.

« Arrête de t'immiscer partout, Amber, » dit tante Pearl. « Je peux parler toute seule. »

« Et alors, pourquoi ne le fais-tu pas ? » demanda Tante Amber d'un ton doucereux. Elle était visiblement contente d'avoir énervé sa sœur.

Tante Pearl était à présent parfaitement réveillée. « Bien tenté, mais on ne me piégera pour que je dévoile mes secrets commerciaux. Je perdrai mon avantage concurrentiel. »

Tante Amber eut un haussement d'épaules. « J'imagine que ça dépend de moi alors. Pearl prévoyait de rejoindre Merlinda au Vanuatu après Noël pour procéder à l'installation. Elle lancerait tout en échange d'un pourcentage sur les frais. Merlinda était sa protégée. »

« Ne parle pas de moi comme si je n'étais pas là, » protesta tante Pearl. « La moitié de ce que tu dis n'est même pas vrai. »

« Quelle moitié exactement ? » Demanda Tyler.

Tante Pearl haussa les épaules. « Quelle importance ? »

Tante Amber secoua la tête de dépit. « C'est vraiment sérieux, Pearl. J'attendais que tu dises quelque chose, que tu prennes tes responsabilités. Mais tu ne l'as pas fait. »

« Et je ne le ferai pas non plus. Je veux un avocat. » Tante Pearl se tortillait sur le canapé, agitée. Le sort avait complètement cessé d'agir à présent.

Je fronçai les sourcils. « Si Merlinda s'inquiétait que son père tente de profiter de ses talents surnaturels, est-ce que la nouvelle affaire ne risquait pas de le heurter ? »

« C'est là que Pearl intervient », dit Amber. « Deux sorcières valent mieux qu'une, et son père n'aurait rien pu faire pour les stopper. Elles feraient tout d'abord fonctionner ensemble l'École des Charmes de Pearl, puis Merlinda prendrait progressivement la main. Les îliens verraient alors que Merlinda détenait la magie du culte du cargo, pas son père ou quiconque d'autre. C'est la seule chose qui lui permettrait de lui échapper. Pearl servirait de renfort en cas de réaction brutale de son père. »

Tante Pearl savait être très convaincante. Peut-être que Merlinda s'était sentie obligée de suivre son plan. « Je ne comprends pas. Merlinda voulait arrêter la mascarade John Frum du culte du cargo. Ce que tu dis l'aurait au contraire prolongée. »

Tante Amber eut un haussement d'épaules. « Pearl a convaincu Merlinda qu'elle pouvait faire état de ses talents, et peut-être même encourager certains locaux à développer leurs propres talents surnaturels. Pearl peut faire une sorcière d'à peu près n'importe qui. Tant qu'elles s'appliquent. »

Tante Pearl fut ravie du compliment. « Je te l'ai dit, Cen. »

Je levai les yeux au ciel d'exaspération. J'en avais plus qu'assez d'être traitée de sorcière nulle.

Tante Amber me tapota l'épaule. « Ne le prends pas personnellement, Cen. Pearl a vu à la fois le potentiel de Merlinda et une grosse occasion commerciale. Elle s'est dit que si tous les fidèles du culte du cargo s'en donnaient la peine, on ne tirerait plus avantage d'eux. Avec quelques sorts très simples, elle pensait pouvoir les inciter à tous s'inscrire dans son école. »

« Tu veux dire, les ensorceler pour qu'ils s'inscrivent. C'est de la triche. » Cela me semblait créer plus de problèmes que de solution, sans parler des règles de la WICCA. Mais tante Pearl était avant tout opportuniste.

« Mais si les autres îliens ne sont pas des sorciers, comment peuvent-ils pratiquer la magie ? » demanda Grand-mère Vi. « Comment est-ce possible ? »

Tante Pearl eut un sourire sadique. « Tout est dans la sauce secrète. Tout est possible si tu crois en toi. »

C'était complètement faux, et il fallait que je le dise. « Ah, j'ai compris. Tu vas t'attaquer à ces pauvres âmes et leur promettre l'impossible. Tu penses que puisqu'ils croient au culte du cargo et en John Frum, tu peux juste prendre leurs frais de scolarité et les convaincre qu'ils peuvent vraiment devenir des sorciers. »

« Oh, Cen. Tu rends ça bien plus sinistre que cela ne l'est. »

« Mais ça l'est. Tu ferais n'importe quoi pour quelques sous. »

« A peu près n'importe quoi, oui, » sourit tante Pearl. « Ou pour un vatu. C'est la monnaie au Vanuatu. »

CHAPITRE 27

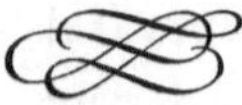

*J*e comprenais malheureusement maintenant que personne n'allait m'aider à faire revenir Brayden et Gail. Savoir que tante Amber et Grand-mère Vi n'étaient pas vraiment meilleures sorcières que moi n'était qu'une piètre consolation. Maintenant, je n'avais plus de modèles. Enfin, presque plus de modèles.

Maman était bien plus accomplie que moi, mais elle limitait son action à une douzaine de sorts. J'avais probablement hérité d'elle mon manque d'implication. La seule vraie possibilité était tante Pearl, mais elle avait clairement dit qu'il fallait que je le fasse moi-même. Le futur de Brayden et Gail, ou sa non-réalisation, était entièrement entre mes mains.

Mon livre de sorts était resté à la maison, mais aller le chercher dans la tempête de neige prendrait trop de temps. Dieu sait ce qui pourrait arriver tant que Brayden et Gail se trouvaient dans ces limbes, et je ne pouvais pas prendre de risque.

Je me rappelai soudain que le livre de sorts de maman était dans la maison. Je me précipitai dans la cuisine pour chercher dans le bazar du tiroir du bas du bureau dans lequel maman gardait son livre de sort de la WICCA. Je l'extirpai du tiroir. Il était poussiéreux, sans doute parce que maman ne le consultait plus que rarement. Elle se concentrait principalement sur les remèdes à base de plantes qu'elle connaissait par cœur.

La couverture en cuir élimé avait une texture rassurante sous ma main. J'ouvris le livre. Le sort de déplacement et celui d'inversion furent vite trouvés. Les mots familiers me revinrent tout naturellement à l'esprit au moment où je lisai ceux de la première ligne.

En poursuivant la lecture, ma voix hésita. Les mots de l'ancienne édition de maman différaient légèrement de ceux de mon propre livre des sorts. Pas beaucoup, mais suffisamment pour m'interpeller. Les changements de texte avaient-ils été faits dans un but de modernisation, ou est-ce qu'il y avait un souci avec l'ancienne version ?

J'avais toujours suivi les sorts à la lettre et malgré ça, j'avais du mal à les faire fonctionner. Et si les mots différents de l'ancienne version ne marchaient plus ? Ou pire, s'ils étaient dangereux ? Une simple erreur pouvait avoir de lourdes conséquences pour Brayden et Gail.

Au bout du compte, c'était un risque à prendre. Je n'avais pas d'autre choix. Le livre ouvert, je me précipitai sur le porche à l'avant de la maison. Il me fallait me concentrer pleinement sur la tâche à accomplir sans être distraite par mes tantes ou quiconque d'autre. Je ne pouvais pas non plus risquer qu'elles interviennent. Cela ne me laissait qu'une minute environ avant que quelqu'un ne sorte pour voir ce que je faisais, et j'avais besoin de solitude pour me concentrer.

Je relus la page, me concentrant sur la vue que j'avais de Brayden et Gail dans le globe à neige sur la pelouse. Ils ne tapaient plus sur le verre. Au contraire, ils bougeaient à peine, serrés l'un contre l'autre pour se tenir chaud.

Il fallait que ça fonctionne.

Je lu les mots plusieurs fois jusqu'à les connaître par cœur. Puis je concentrai toute mon énergie sur le globe sur la pelouse et récitai les mots :

Revenez, revenez
Revenez à moi

Où que vous vous trouviez,
Et vous serez libérés

Tap-tap-tap-tap
Sur le verre, tap
Suivez les pas
Et revenez-moi.

LE SORT ÉTAIT court et charmant, bien plus simple que ce que j'avais imaginé. Il était complètement différent du sort de déplacement. Tout ce que j'avais à faire était de parler distinctement et de visualiser Brayden et Gail.

Mais rien ne se produisit.

Je répétai l'incantation six fois.

Rien.

Est-ce que c'était différent parce qu'ils étaient dans le globe de verre ? Existait-il d'autres types de globes ? Je n'en avais pas la moindre idée. Je repensai à mon fiasco dans le globe à neige. Je ne pouvais pas me rappeler exactement comment je m'étais échappée, mais il fallait que ça me revienne d'une manière ou d'une autre. Et que je fasse sortir Brayden et Gail. Je pouvais y arriver.

A en croire tante Amber, tante Pearl avait oublié la dernière phrase du sort qu'elle avait utilisé contre moi. Je regardai le livre et relu la dernière ligne. Celle-ci au moins était identique à celle dont je me souvenais dans mon propre livre de sorts. Cela n'avait pas semblé important que tante Amber ait coupé tante Pearl et prononcé la dernière ligne de l'incantation. A priori, tout le monde pouvait dire les mots... Sorcière ou pas. Il devait y avoir une raison qui expliquait l'échec de mon sort, et mon incapacité à les faire revenir.

La dernière chose dont je me souvenais dans ma prison de verre était un grondement faible, le renne qui piaffait, puis le verre qui explosait me libérant enfin.

La force pure et simple pouvait être une autre façon de rompre le sort. Si je ne pouvais la faire venir, je pouvais peut-être arriver à quelque chose de similaire. Il me fallait juste suffisamment de pouvoir pour briser le verre sans faire de mal à Brayden et Gail, et si je continuais à me concentrer sur le globe, je pourrais les faire sortir.

Je m'appuyai contre le mur de la maison en tournant les pages du livre de maman de mes doigts à moitié gelés. Il existait plusieurs sorts qui pourraient faire merveille : un sort de tremblement de terre, et un sort d'apocalypse. Faisable, mais un peu extrême. L'étendue de la destruction nous ferait sans aucun doute disparaître tous. En outre, les choses pouvaient également mal tourner, surtout entre mes mains.

Cela me ramena au sort d'inversion. Je récitai à nouveau l'incantation, en prenant bien soin de parler lentement et distinctement.

Rien.

Comme l'a dit Einstein, répéter la même chose à l'infini en espérant un résultat différent était complètement fou.

Je le faisais en désespoir de cause, ne sachant quoi faire d'autre.

J'étais à peine retournée à l'intérieur que la force d'une explosion me projeta en dehors du sol. Je tombais en arrière et glissais sur le bord du porche recouvert de glace. Puis, tout devint noir.

CHAPITRE 28

J'ouvris les yeux et rencontrai ceux inquiets de Tyler. Il me serrait la main. « Cen, qu'est-ce qu'il s'est passé ? Brayden t'a trouvé sur le porche. Tu étais transie et évanouie. »

Brayden ? S'il était sorti du globe, c'est que mon sort avait fonctionné ! Peut-être que l'attraction magnétique du globe de Merlinda s'était affaiblie. Ou peut-être que j'avais trouvé ma vocation de sorcière après tout. Peu importe, j'étais à la fois soulagée et fière.

« Je ne me souviens pas... » J'étais calée contre des oreillers sur le canapé du salon, sans savoir comment j'étais arrivée là. Mon dernier souvenir me replaçait sur le porche en train de réciter l'incantation. Ensuite, tout était noir. Je m'assis en observant autour de moi.

Maman, tante Pearl et tante Amber se tenaient dans le couloir.

Brayden était assis sur le gros fauteuil à côté de l'âtre. Il souriait, l'air soulagé. « Ça roule, Cen ? Tu m'as foutu une de ces trouilles. »

A le voir, Brayden ne semblait avoir aucun souvenir du globe à neige.

Tante Pearl sourit. « Cendrine West ! Tu es assez impressionnante quand tu t'appliques. Tu vois ce que tu peux faire avec un peu d'effort ? »

J'opinai de la tête. Je me massais le front en me rappelant l'incantation. Tout ce dont je me souvenais, c'était d'avoir récité la dernière ligne du livre de maman. Le livre de maman ! Je regardai autour de moi, mais ne le voyait nulle part. J'avais dû le laisser sur le porche. Il était sans doute mouillé et abîmé maintenant. Je me redressai et tentai de me mettre debout. « Il faut que j'aille chercher le livre. »

« Détends-toi, Cen. » Maman tapotait ses doigts sur son livre de sorts. « Il est juste ici. Tu n'as rien à craindre. »

« Où sont les autres ? » Je pensais en fait à Gail, mais je ne voulais pas l'isoler.

« Si c'est ma bonne vieille pomme que tu cherches, je suis là, » appela Grand-mère Vi au-dessus de ma tête. « Pfiou ! C'était moins une. Tu m'as presque eue moi aussi. Je t'ai manqué ? »

J'inclinai légèrement la tête, juste ce qu'il fallait pour qu'elle s'en aperçoive.

Elle descendit à mes côtés et glissa juste au-dessus de l'accoudoir. « Je t'ai déjà dit que tu étais ma petite-fille préférée ? »

Je suis ta seule petite-fille.

Tyler sourit. « Tu ne te souviens vraiment de rien, Cen ? Tu as trouvé Brayden et Gail presque morts de froid dehors. A quelques minutes près, ils étaient gelés. »

Grand-mère Vi eut un frisson exagéré. « « Oh ! Tu es vraiment la sauveuse du jour, Cendrine. »

Gail apparut soudain en entendant son nom. Elle s'était douchée et changée, et avait une serviette autour de la tête. Elle portait également le peignoir de maman. « Tu as quelque chose que je pourrai mettre ? »

Tout le monde se tourna vers moi.

Je fis non de la tête. « Désolée, mais toutes mes affaires sont dans ma cabane dans les arbres. Tu vas devoir attendre que tes affaires sèchent. » J'étais secrètement soulagée et ravie que sa mini-jupe à sequins et sa veste en cuir ne puissent aller dans le sèche-linge.

Elle ne pouvait pas vraiment s'enfuir avec le peignoir de maman non plus. Ce qui était une bonne chose, car j'avais encore beaucoup de questions sans réponse.

Tante Amber en avait également une.

« Savais-tu que le grenat n'avait rien à voir avec la grenade ? » demanda Tante Amber.

Je ne sais pas si elle faisait allusion au fait que j'avais fait exploser le globe de Merlinda ou à autre chose, mais nous risquions de perdre le fil de nos pensées. « Qu'est-ce que ça a à voir avec nous, tante Amber ? »

Elle haussa les épaules. « Oh, rien. Ou peut-être tout. J'ai juste l'impression que les choses sont sur le point d'exploser. »

Je ne voyais pas du tout à quoi tante Amber faisait allusion, mais je savais autre chose. J'avais sorti Brayden et Gail de leur prison, et je voulais quelque chose en retour. Bon d'accord, c'est moi qui avais commencé par les y enfermer. Mais bon, cela aurait pu être bien pire si je ne les avais pas secourus.

Gail leva sa tête couverte de la serviette. « C'est sûr que les apparences peuvent être trompeuses. Regardez Merlinda par exemple. Pourquoi tout le monde est tellement en admiration devant elle ? Ça n'était pas un ange. »

La porte de la cuisine claqua, puis on entendit des pas lourds. Dominic apparut dans l'entrebâillement de la porte. Il était mouillé et débraillé, comme s'il avait été dehors. « Hé, fais attention à ce que tu dis sur Merlinda. Un peu de respect. C'est une victime. »

« À peine, » se moqua Gail. « Juste une pauvre petite fille riche qui pleure quand elle n'obtient pas ce qu'elle veut. »

Je l'examinai de la tête aux pieds et me demandai si tante Pearl était responsable de son apparence débraillée. « Que t'est-il arrivé ? »

Dominic m'ignora. Il jeta un regard mauvais à Gail. « Tu ne peux pas comprendre. Tu n'as pas laissé une seule chance à Merlinda. »

Tyler et moi échangeâmes un regard. De quoi pouvaient-ils bien parler ? Le courant colérique qui semblait circuler entre Gail et Dominic me paraissait bizarre pour deux personnes qui venaient tout juste de se rencontrer.

Gail ouvrit la bouche pour parler, puis changea d'avis.

« C'est vrai, il y a la bombe. » Tante Amber sourit. « Touché. »

CHAPITRE 29

« $\mathcal{V}$ ous vous connaissez tous les deux, n'est-ce pas ? » Je regardai d'abord Gail, puis Dominic.

Gail détourna le regard et se remit à sécher ses cheveux avec encore plus de vigueur.

Sa réaction nerveuse prouvait que j'avais visé juste. Dominic et Gail se connaissaient effectivement, et nous venions de les démasquer. Un secret de plus au grand jour.

« Oui, nous nous connaissons, » dit doucement Dominic. « Je préférerais maintenant que ça ne soit pas le cas. »

Les yeux de Brayden s'écarquillèrent de surprise. « Comment pouvez-vous vous connaître ? Dominic vient d'arriver de Vanuatu, et tu vis à Shady Creek... »

Gail haussa les épaules, l'air suffisant.

Brayden cherchait des réponses sur le visage de Gail. « Tu m'as menti. »

Gail renifla. « Je ne t'ai pas menti. Je n'ai rien dit parce que je savais que ça t'énerverait. »

« Pourquoi est-ce que je m'énerverais ? » Brayden avait l'air perdu, ses yeux glissant de Gail à Dominic. Il prit soudain conscience que leur relation n'avait sans doute pas été platonique.

Gail attrapa la main de Brayden et l'approcha d'elle. « Je peux t'expliquer, Bray. Dominic et moi, on était ensemble il y a très, très longtemps, avant qu'il ne s'installe au Vanuatu. Mais je suis avec toi maintenant, c'est tout ce qui compte. »

Brayden ouvrit tout grand la bouche de stupeur. « Mais pourquoi me le cacher ? Que se passe-t-il, Gail ? »

« Je ne t'ai rien caché. Tu n'as jamais demandé, » répondit doucement Gail.

Brayden semblait déconcerté. « M,-mais pourquoi est-ce que je t'aurais posé cette question ? Vous avez tous deux agi comme si vous vous rencontriez pour la première fois. »

Gail repoussa Brayden d'un geste de la main. « Tu n'as pas besoin de connaître tous les détails de ma vie, Brayden. Mais puisque je n'ai rien à cacher... Dominic et moi sommes sortis ensemble quelques mois. Je n'ai jamais rien dit parce que je sais que tu es jaloux. La preuve juste à l'instant. »

Brayden avait de nombreux défauts, mais la jalousie n'en faisait pas partie. En tant qu'ex totalement ignorée, je pouvais le confirmer. Il était trop centré sur lui-même pour remarquer ce genre de choses. Vraiment trop. J'avais pourtant de la peine pour lui. Il ne méritait pas d'être traité de la sorte par Gail.

« Euh, oui, c'est vrai. » Dominic semblait visiblement soulagé. Il se tourna vers Brayden. « C'était il y a si longtemps. Ça te pose un problème ? »

Brayden déglutit péniblement, on pouvait lire le doute sur son visage. « Euh... J'imagine que non. Vous êtes amis maintenant, c'est ça ? »

« Ouais, » répondit Dominic. « Ça n'est pas grave. »

Je repensai au dîner et aux regards furieux que Gail avait adressés à Merlinda. Des gens jaloux, ça arrivait tout le temps, mais il y avait quelque chose qui clochait dans son cas. Quelque chose qui dépassait le simple cadre de l'envie. Quelque chose de plus sinistre, en réalité. Même enveloppée du peignoir duveteux de maman, elle faisait peur. Quelque chose me disait qu'il valait mieux ne pas lui tourner le dos.

« Je parle à qui je veux, Brayden, » dit Gail. « Je ne t'appartiens pas, alors arrête de vouloir tout contrôler. » Elle parlait à Brayden, mais ses yeux furieux étaient braqués sur Dominic.

« Je ne suis pas... Je pensais juste que tu aurais dit quelque chose... » l'expression blessée de Brayden en disait plus que de longs mots. Il avait été complètement pris de court par les aveux de Gail. « Je veux dire, on passe Noël ensemble quand même. »

Je me tournai vers Gail. « Vous êtes sortis ensemble ? Quand ? »

« Cela ne te regarde vraiment pas, Cendrine, » dit sèchement Gail.

Brayden croisa les bras. « Eh bien, cela me regarde tout à fait, moi. S'il n'y a rien entre toi et Dominic, alors pourquoi le cacher ? Que se passe-t-il, Gail ? »

Gail jura dans sa barbe, mais n'apporta pas d'autre réponse.

Je me tournai vers Gail. « Je pense que ta relation avec Dominic est bien plus récente que ce que tu insinues. Vous retrouver ainsi, c'est plus qu'une coïncidence. Tu t'es servi Brayden pour te faire inviter à notre dîner de réveillon. »

« J'avais dit à Brayden qu'il pouvait inviter quelqu'un. Je ne pensais juste pas qu'il viendrait avec une harceleuse, »remarqua tante Pearl.

Je lançai un regard furieux à tante Pearl.

« Est-ce que ce que dit Cen est vrai ? » Brayden se tourna vers Gail.

Gail resta silencieuse.

Dominic se racla la gorge en fixant le sol du regard, mal à l'aise.

Aucune réponse ne pourrait me satisfaire.

Les pièces du puzzle s'assemblèrent alors, et le mystère s'éclaircit. « Reconnais-le, Gail. Tu étais jalouse de Merlinda. Tu n'étais pas gênée par les regards que lui lançait Brayden, par contre. C'est la relation de Dominic avec Merlinda qui te rendait folle. »

« Pourquoi aurais-je été jalouse ? Je me fiche des filles avec qui Dominic sort. ». Les mots détachés de Gail ne s'accordaient pas avec son expression furieuse. Elle crachait les mots comme du poison.

« Oh, mais tu ne t'en fiches pas, » dis-je. Tu as manipulé Brayden pour qu'il sorte avec toi. Reconnais-le, Gail. Ta romance tumultueuse n'était qu'un prétexte pour atteindre Dominic et Merlinda. »

« Pourquoi aurais-je fait ça ? J'ai un petit ami. » Gail demanda du regard une confirmation à Brayden.

« Je n'en suis plus si sûr, » dit Brayden. « Tu me caches encore des choses, je le vois bien. Je n'aime pas qu'on se serve de moi. »

L'impétueuse et incontrôlable Gail ne s'accordait pas du tout avec Brayden, terne et arriviste. Même si Brayden avait invité Gail pour me rendre jaloux, il n'était pas du genre à se servir des gens. Il avait été victime des manipulations et des mensonges de Gail.

Brayden et Gail n'étaient pas le seul couple bizarre. Dominic et Merlinda ne semblaient pas mieux assortis, même si je ne connaissais pas Merlinda si bien que ça. Gail et Dominic, en revanche, étaient comme une évidence. De fait, ils se méritaient l'un l'autre. Les morceaux du puzzle s'assemblaient enfin.

« Je peux tout t'expliquer, Bray. » Gail attrapa la main de Brayden. « Allons dans un endroit calme pour discuter. »

Brayden retira brusquement sa main. « Non, j'en ai assez entendu. »

Dominic se tourna vers Gail. « OK, si Brayden rompt avec toi, alors allons discuter. On a plein de trucs à se dire. »

Incroyable. Le corps de Merlinda n'était même pas froid qu'il voulait déjà revoir sa relation avec Gail.

Gail jeta un œil mauvais à Dominic. « Espèce d'idiot. Je n'ai rien à te dire. Je croyais te connaître. Mais en réalité, je ne te connais pas du tout. »

Dominic leva la main droite. « Gail, je peux t'expliquer... »

Il ne prétendait plus du tout ne pas la connaître.

Gail se boucha les oreilles. « Garde ton souffle pour quelqu'un que ça intéresse. »

« Ça m'intéresse. » Dominic avala difficilement sa salive. « Je ne m'étais pas imaginé que... »

« Tu m'as trahie, Dom. Je pensais vraiment qu'on avait un avenir tous les deux. » Sa voix s'enroua, ses lèvres tremblaient. Elle était proche des larmes, elle s'effondrait sous ses airs solides.

Brayden secoua la tête. « J'y crois pas. Je me sens vraiment très bête. »

« Eh bien, tu l'es pour avoir fait venir cette femme. » Grand-mère Vi flottait au-dessus de la tête de Brayden.

« Tout à fait d'accord, » dit tante Pearl.

Dominic soupira. « Autant vous le dire parce que vous allez l'apprendre tôt ou tard. Même si Gail refuse de l'admettre. Elle est également du Vanuatu. »

Gail leva la main en signe de protestation. « C'est n'importe quoi. Je ne sais pas du tout de quoi il parle. »

« Attendez, quoi ? » Brayden fronçait les sourcils, perplexe. Il se tourna vers Gail. « Si tu es du Vanuatu, pourquoi n'as-tu pas d'accent ? »

« C'est une Américaine transplantée, comme moi, » dit Dominic. « Nous travaillions tous les deux pour le magasin de plongée dans l'hôtel de la famille de Merlinda. »

Il était maintenant évident qu'ils formaient un couple. Ils avaient à peu près le même âge. Ils étaient tous les deux un peu insistants et rustres sur les bords. Je n'avais pas pensé à les associer avant parce qu'ils étaient déjà casés — ou plutôt mal casés — avec d'autres personnes.

« Tu t'es fait avoir, Brayden, » dit tante Pearl. « Tu es juste trop bête pour voir que Gail s'est servie de toi. Tu ne l'as jamais intéressée. Tu es trop insipide. »

« Tante Pearl ! » dis-je. Son honnêteté brute était tout aussi terrible que ses mensonges habituels.

« Mais... mais, » le visage de Brayden vira au rouge écarlate.

Je ressentis un soupçon de sympathie pour mon ex-fiancé. Brayden n'était pas stupide. Il était juste trop égocentrique pour voir Gail pour ce qu'elle était vraiment : une manipulatrice froide et calculatrice, qui s'était servie de lui pour arriver à ses fins.

On pouvait lire la douleur sur son visage. Pour la première fois depuis longtemps, il avait besoin de nous, et je n'allais pas le laisser tomber.

Je voulais aller le serrer dans mes bras.

Au lieu de ça, je décidai d'avoir recours à de la bonne vieille magie.

La vengeance est un plat qui se mange froid.

CHAPITRE 30

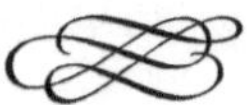

Mon sort de congélation avait fonctionné. Un petit peu trop bien sans doute, car je ne voulais congeler que Gail et Dominic, pas Brayden. Brayden était un dégât collatéral, il s'était tenu trop près de Gail au moment où j'avais prononcé mon incantation.

Oups. J'avais recommencé.

Maman s'appuya sur tante Amber. « Pfiou ! C'était moins une, Cen. Tu nous as presque emprisonnées nous aussi dans ton sort. Préviens-nous la prochaine fois. »

« Je suis désolée, maman. Je crois que j'ai été prise dans le feu de l'action. » Pour dire la vérité, je ne pensais même pas que mon sort fonctionnerait. Ils rataient généralement parce que j'oubliais un ou deux détails importants. Mais aujourd'hui était différent. J'étais sur ma lancée de sorcière.

« Bien joué, Cen ! » Tante Amber se frotta les mains. « Il y a de l'espoir. »

Je savourais le compliment en examinant nos trois invités inconscients. J'avais utilisé un sort de congélation sur Gail, Dominic et Brayden pour détendre la situation. Leur triangle amoureux menaçait de faire dévier notre enquête, au moment où on allait enfin comprendre ce qu'il s'était passé. La dernière chose dont nous avions besoin était une autre mort sur les mains.

Mon sort n'était pas comparable à ceux de tante Pearl, mais il était suffisamment puissant pour nous accorder quelques minutes entre nous. Finalement, lancer des sorts n'était pas si compliqué une fois qu'on avait pris la main. Je décidai d'accorder plus de temps et de concentration à ma magie. C'est en s'entraînant qu'on approchait de la perfection. Ça serait ma résolution pour la nouvelle année.

Tyler fronça les sourcils. « J'espère que tu as un plan, Cen. »

« Bien sûr, » mentis-je. Ma magie avait congelé le triangle amoureux et nous accordait quelques minutes pour parler. Au-delà de ça, je n'avais aucune idée de ce qu'il fallait faire.

Earl entra dans la pièce et stoppa net en voyant nos trois invités temporairement recouverts de glace. Il recula, se prit les pieds dans le tapis et tomba en arrière.

Tyler le rattrapa juste à temps et le remit sur ses pieds.

« La vache ! Mais qu'est-ce qu'il se passe, bon sang ? » La voix d'Earl monta de quelques octaves. « J'espère que je ne suis pas le prochain ! »

Tyler secoua la tête. « Attends-toi à l'inattendu, Earl. Tu devrais savoir ça sur les femmes West, depuis le temps. »

Tante Pearl leva la main en signe de rebuffade. « Ne l'écoute pas, Earl. Tu n'as rien à craindre. Tu sais que je te protégerai... » elle s'arrêta au milieu de sa phrase quand elle vit qu'on la regardait toutes.

Tante Amber pressa ses lèvres pour dessiner un baiser. « Ah, Pearl est tellement douce avec toi Earl. Quel est ton secret ? Je ne l'ai jamais vu comme ça avec qui que ce soit. »

« Amber, arrête tout de suite ! » Tante Pearl rougit.

Earl était également gêné. Son visage rougi s'accordait à sa chemise de flanelle rouge. Il ignora la question de tante Amber et changea de sujet. Il montra du doigt mes trois victimes temporaires amassées sur le sol. « Qu'est-ce qu'ils ont ? »

« Euh, tout va bien. » J'inventai rapidement une histoire pour expliquer nos invités comateux. « Ils font une petite sieste pendant qu'on essaie de comprendre ce qu'il se passe. »

« Tu veux dire, ce qui est arrivé à Merlinda ? » Earl fréquentait sans aucun doute tante Pearl depuis assez longtemps pour avoir plus qu'une intuition concernant ses pouvoirs magiques, et par extension les miens. Il y avait tellement de choses dans notre famille qui ne s'expliquaient pas.

Earl était cool, mais également intelligent. Ce qui n'expliquait pas du tout son attirance pour tante Pearl. C'était peut-être une attirance intellectuelle. Ça n'était sûrement pas sa personnalité radieuse.

J'opinai de la tête. « Oui. On a juste besoin de quelques minutes. »

Tante Pearl sourit largement. « Ce que Cen veut dire, c'est qu'on joue à un jeu pour voir qui peut jouer le mort le plus longtemps. Tu l'as raté quand tu es parti. »

Tante Amber retint sa respiration. « Très mauvais choix de mots, Pearl. »

Tante Pearl leva les yeux au ciel. « Tu sais ce que je veux dire. »

Nous retardions l'inévitable parce que les jeux de tante Pearl étaient terminés, et il nous fallait affronter la vérité maintenant. Et la vérité, c'est qu'il y avait un tueur parmi nous.

Earl ne croyait pas non plus au jeu de tante Pearl. Il haussa les épaules et se dirigea vers la fenêtre. « Ça a l'air un peu trop calme pour toi, Pearl. Je crois que je vais rentrer à la maison. La tempête se calme, et les dernières heures ont été éprouvantes pour mes nerfs. Je ne peux pas me permettre d'avoir un deuxième infarctus. »

« Personne ne va nulle part, » dit Tyler. « Surtout pas toi, Earl. Je pourrai avoir besoin de ton aide. »

« Allons, Earl... » tante Pearl rougit, sa voix généralement grognon douce comme du miel. « Pour une fois, je suis d'accord avec le shérif. Tu t'ennuieras à la maison. Tu sais comme tu aimes être occupé. Reste... Je te promets que je ferai en sorte que ça en vaille la peine. »

« Je ne sais pas... » Earl regardait par la fenêtre avec envie. « Je me sens un peu fatigué. Vous m'épuisez toutes parfois. »

Tante Pearl tapa du pied, ses sourires récents oubliés. « Tu ne peux pas partir maintenant. J'ai prévu tellement de choses, nous avons à peine commencé nos célébrations de Noël. »

« C'est bien ce qui m'inquiète ». Earl montra les trois prisonniers du doigt. « Tu ne peux pas juste assommer les gens à chaque fois que tu en as envie. »

« C'est l'œuvre de Cen, pas de moi. Ça va lui prendre plein de temps pour réparer, par contre. Comme d'habitude, il va falloir que j'arrange les choses. » Tante Pearl bougea les bras et prononça des mots dans sa barbe.

Je commençai à protester, mais trop tard.

Dominic ouvrit les yeux. Puis Brayden se réveilla, suivi quelques secondes plus tard par Gail.

« Tu vois Earl ? Pas de problème. » Tante Pearl serra le bras d'Earl. « Reste encore un peu, et aide-moi à lancer ce spectacle. Tu ne le regretteras pas. »

Tante Pearl n'avait en tout cas aucun regret. C'est exactement ce que je craignais.

CHAPITRE 31

Nos trois invités un peu sonnés se remirent tant bien que mal sur leurs pieds. Ils étaient fatigués, hébétés et perdus. Ils avaient également moins bonne tête qu'avant.

Brayden traîna des pieds jusqu'au canapé et s'y effondra. Il se frotta les tempes. « J'ai une de ces migraines. J'aurais dû rester à la maison. »

Je rendormis Brayden d'un sort pour lui épargner des douleurs supplémentaires, à la tête comme à cause de Gail. Il s'endormit en quelques secondes.

« Ouais, ben, je rentre à la maison. De retour au Vanuatu. » Dominic se tourna vers Gail. « Tu veux que je te dépose à Shady Creek ? La météo s'améliore, les routes doivent être praticables maintenant. Nous attendrons que l'aéroport rouvre et prendrons le premier vol. »

Je jetai un œil dehors et vit que l'Escalade de Dominic était de nouveau garée dans l'allée.

« Il faudra d'abord me passer sur le corps, fiston, » dit tante Pearl.

Gail ricana. « On peut s'arranger, vieille bonne femme. »

Tyler s'interposa entre Gail et tante Pearl et secoua les clés de Dominic. « Personne ne va nulle part sans mon accord. Et je ne le donnerai pas tant qu'on ne saura pas ce qui est arrivé à Merlinda. Alors, vous feriez mieux de parler. »

« Ouais, c'est vrai. » Earl se tenait derrière Tyler. « Tout le monde reste ici. »

Gail fouilla dans son sac à la recherche de son téléphone. « Qu'est-ce qui ne tourne pas rond chez vous ? Vous ne pouvez pas nous forcer à rester ici. J'appelle la police. »

« Pas la peine. Le shérif Gate est justement là, » dit tante Amber d'un ton doucereux.

« Je veux dire la vraie police. C'est du grand n'importe quoi. Le shérif n'a rien fait pour notre sécurité, » dit Gail. « Je ne sais pas ce que vous préparez, bande de tarées, mais je ne vais pas rester ici pour finir comme Merlinda. »

Dominic se frotta la tête. « Moi non plus. »

Gail poussa un cri et porta ses mains à son estomac. « Attendez une minute, j'ai l'impression que quelqu'un m'a également empoisonnée. C'est ce gâteau de Noël. Ou peut-être la tisane... Dans tous les cas, je me sens horriblement mal. »

« Qui accuses-tu..., » tante Pearl s'arrêta en milieu de phrase. « Oh non, pas question. Tu essaies de nous faire porter le chapeau, à Ruby et à moi ! »

Tante Amber attrapa tante Pearl par-derrière et couvrit sa bouche de la main.

Dominic s'appuya contre le mur pour y trouver un soutien. « Je ne me sens pas bien non plus. »

Gail se tourna vers Dominic. « On va mourir tous les deux, et ça sera de ta faute. Si tu avais fait ce que tu étais censé faire, je ne serais pas ici maintenant. »

« Peu importe. J'en ai marre de me disputer avec toi. » Dominic s'effondra en position assise contre le mur.

« Arrêtez de tergiverser, » dit Tyler. « Vous ne faites qu'empirer les choses pour vous deux. Vous cachez toujours quelque chose, et je veux savoir quoi. »

« Oui, crachez le morceau, » exigea tante Pearl. « Dites-nous ce que vous avez fait à Merlinda. »

Dominic leva les mains, paumes en avant en signe de protestation. « Je n'ai rien fait à Merlinda, je le jure. Je ne vais pas tomber pour ça. J'ai dit à Gail que je ne pouvais pas aller au bout, mais elle n'a pas voulu m'écouter. Ne vous fiez pas aux apparences. Je peux tout t'expliquer. »

« Même pas en rêve. » Gail prit le gobe tropical de Merlinda et le jeta violemment sur Dominic. « Tu m'avais dit que c'était juste le boulot. Que te rapprocher de Merlinda faisait partie du plan. Menteur ! »

« Gail, je suis désolé, je ne voulais pas... » Dominic se coucha à terre pour éviter le globe.

Heureusement, Gail avait mal visé. Je me jetai en première ligne et écartai le bras pour attraper le globe de verre. Le globe brillait à peine maintenant que sa créatrice était morte. Mais ça n'est pas pour autant qu'il devait finir en mille morceaux, ça n'était pas correct.

Mes doigts l'attrapèrent de justesse. Je me tenais en équilibre précaire sur un pied, le globe dans une main faisant contrepoids. Il était trop gros pour tenir dans la paume de ma main. Il roula sur mon bras comme une boule de bowling. Le globe se cogna contre ma poitrine, me faisant perdre l'équilibre.

A mon avis, le globe de Merlinda avait encore plus de pouvoirs que ce que j'avais déjà vu, mais je n'avais aucune envie de tester ma théorie. Chaque sorcière s'y prend un peu différemment pour lancer des sorts. Certaines piègent même certains sorts pour éviter que d'autres sorcières n'interfèrent. Je n'avais aucun moyen de savoir si Merlinda avait protégé son globe autrement que par le champ magnétique répulsif. Il n'était pas pour autant question de faire tomber le globe de verre.

Je soupirai de soulagement quand je pus de nouveau attraper celui-ci. Je le serai contre mon estomac de manière à retrouver l'équilibre.

Gail attrapa un verre de vin vide et le jeta sur Dominic. Cette fois, elle visa juste. « Salaud ! Tu avais dit que Merlinda nous rendrait riches. Au lieu de ça, tu as été trop gourmand et tu m'as trahie. Tu devais la tuer, pas l'épouser ! »

Dominic leva les mains, paumes en avant en signe de défait. « Elle est morte, non ? Tu as eu ce que tu voulais. » Sa voix s'enroua tandis qu'il essayait de contenir son émotion.

« Tu es tombé amoureux de Merlinda. » Tante Pearl regardait Dominic d'un air entendu. Sa voix se cassa. « Et tu l'as quand même tuée. Comment as-tu pu ? »

« Je-je ne l'ai pas tué, je le jure. Je devais la kidnapper, pas la tuer. Mais je n'ai même pas réussi à faire ça. J'ai renoncé, car je l'aimais. Je ne pouvais pas le faire. »

« Menteur, » cracha Gail. « Tu es incapable d'aimer. Tu es devenu gourmand et tu as décidé de m'évincer. C'est pour ça que tu ne répondais plus à mes messages. Tu m'as laissée coincée dans le magasin de plongée à tout gérer, à t'attendre. Tu n'as même pas appelé une fois pour savoir comment j'allais. Maintenant je sais pourquoi. Au lieu de kidnapper Merlinda, tu l'as séduite pendant tout ce temps. Tu pensais que tu pourrais faire un beau mariage et hériter de tout. Eh bien, tu as tué la poule aux œufs d'or. J'espère que tu vas moisir en prison, espèce de looser infidèle ! »

CHAPITRE 32

Brayden ronflait bruyamment sur le canapé, ne prêtant aucune attention à la dispute entre Gail et Dominic qui se jouait là, juste devant nous. Nous formions un demi-cercle autour de Gail et Dominic. Ils se faisaient face comme s'ils étaient sur le point d'entrer dans un duel à mort.

Dominic était soit un criminel sans conscience, soit un mari éploré dont les actions avaient tué la femme. Dans les deux cas, il ne m'inspirait aucune pitié. Il avait été pris la main dans le sac et semblait décidé à incriminer Gail pour que l'on ne l'accuse plus.

Dominic soupira. « Nous avions prévu de kidnapper Merlinda et de demander une rançon à son père. Ensuite, nous aurions envoyé une vidéo de Merlinda demandant de l'aide, prouvant qu'elle était en vie. Nous savions que le père de Merlinda paierait la rançon, car il avait besoin de ses pouvoirs surnaturels au Vanuatu. Il avait besoin qu'elle fasse apparaître de nouveaux chargements. Tout son plan autour de John Frum en dépendait. »

« Sauf que tu n'as même pas réussi à faire ça, » dit Gail. « Quand tu n'as pas appelé, j'ai dû venir ici pour finir le travail. Et j'apprends alors que tu t'es mis avec elle. On avait tout planifié ensemble, Dom. Comment as-tu pu me faire une chose pareille ? »

«Je t'ai dit que je ne pouvais pas aller au bout, mais tu n'as pas voulu m'écouter. » Dominic se tourna vers Tyler, la voix rauque alors que des larmes coulaient sur son visage. «J'ai rompu avec Gail il y a quelque temps, ce n'est pas comme si je la trompais maintenant. »

Tante Pearl protesta. « Comme c'est gentil de ta part. Tu vas avoir ce que tu mérites, fiston. »

Je me rapprochai de tante Pearl, prête à l'immobiliser si elle s'approchait de Dominic. J'espérais vraiment ne pas en arriver là. « Tante Pearl... »

«Tu me menaces, Pearl ? » dit Dominic. «Je m'abstiendrais, si j'étais toi. Je sais des choses sur toi moi aussi. »

«Tu bluffes, fiston, » dit tante Pearl. « Tu ne peux rien avoir sur moi. Je n'ai rien fait de mal. »

« Sauf peut-être la tisane, » interrompit tante Amber. « Même toi, tu peux faire des erreurs, Pearl. »

« Oh arrête, Amber, » répliqua tante Pearl. « Tu n'aides pas, là. »

Tante Amber fit non de la tête. « Faire chanter Pearl c'est chercher les ennuis, jeune homme. Tu ne sais absolument pas de quoi elle est capable. »

Je tapotai le bras de tante Pearl. « Tu en as assez dit. Laisse Tyler gérer. » Déplacer le sujet de conversation pouvait réduire à néant les chances de confession.

« Ne me dis pas de me taire, Cen. Dominic mérite ma colère. Et peut-être autre chose aussi. »

« Non, tante Pearl... » protestai-je.

Dominic leva les mains comme pour se rendre. « Tu as raison. Je mérite ce qui va m'arriver. Pour avoir menti et tout le reste. Mais pas pour la mort de Merlinda. Je ne lui aurais jamais fait de mal. Je sais que les apparences sont contre moi, mais je n'ai rien à voir avec sa mort. C'était un horrible accident. »

Gail jeta un œil mauvais à Dominic. « Menteur. Je n'avais pas la moindre idée de ce qu'il se passait avant de vous voir ensemble ce soir. Tu l'as épousée pour m'évincer de nos plans. Le mariage était l'arme optimale pour maîtriser ses pouvoirs et t'enrichir par la même occasion. Eh bien, cela ne risque pas d'arriver maintenant, hein ? »

« Cela n'a aucun sens, » dit Dominic. « Merlinda vaut beaucoup moins morte que vivante. De plus, je l'aimais. Je n'aurais jamais profité d'elle comme ça. »

J'étais convaincue que Gail n'avait pas concocté de plan toute seule, sans impliquer Dominic. Qu'il ait renoncé ou non au dernier moment, il était dans le coup depuis le début.

« Je ne vais pas tomber à ta place, » gronda Gail. « Tu es tout aussi responsable que moi. »

Dominic agita son doigt devant Gail. « Ah ah ! Tu reconnais l'avoir tuée ! »

Gail plissa des yeux. « Bien sûr que non ! Je ne reconnais rien du tout. Je te connais bien, Dominic. Tu as forcément un plan de secours. Je parie que tu as pris une énorme assurance-vie sur cette pauvre fille. »

Tante Pearl protesta. « Ah bon, alors Merlinda est une pauvre fille ? Tu ne te disais pas ça quand tu l'as tuée. »

« Reste en dehors de tout ça, Pearl. » Tyler se plaça devant tante Pearl et la congédia de la main. Il se tourna vers Dominic. « Vas-y, continue. »

« Je reconnais que nous, je veux dire j'avais prévu de me rapprocher de Merlinda, » dit Dominic. « Mon plan était de gagner sa confiance puis de la kidnapper. C'était impossible au Vanuatu. Je ne fréquentais pas son cercle d'amis, et je n'avais aucun moyen d'y entrer, d'apprendre à la connaître.

Donc, quand Merlinda a quitté le Vanuatu pour son premier semestre à l'École des Charmes de Pearl, j'ai pris le même vol qu'elle. J'ai payé la compagnie aérienne pour qu'ils me donnent le siège à côté du sien, et je l'ai draguée pour qu'elle accepte de sortir avec moi. Je lui ai dit que j'étais un entrepreneur qui se rendait aux USA pour affaires. Mais il a quand même fallu que je rentre au Vanuatu et retrouve mon travail dans le magasin de plongée pendant qu'elle restait à l'école ici à Westwick Corners. C'est comme ça qu'on a commencé à sortir ensemble. À partir de là, on a eu une relation longue distance. »

Gail se renfrogna. « Tu as tellement fait traîner les choses que j'en ai eu marre de toutes tes excuses. Tu voulais juste continuer à voir Merlinda quand elle rentrait à la maison à la fin de ses semestres. »

« Notre relation longue distance ne me suffisait plus, et à Merlinda non plus. Nous nous sommes mariés en secret au Vanuatu pendant un de ses congés de fin de semestre. »

Gail poussa un cri. « Tu t'es marié au Vanuatu ? Juste devant mon nez ? Comment as-tu pu me faire une chose pareille, Dominic ? »

« Il ne pouvait pas vraiment t'inviter au mariage. » ricana tante Amber.

Dominic l'ignora, apparemment décidé à terminer sa confession maintenant. « Nous avons gardé notre mariage secret, et j'ai évité Gail. Je n'allais quand même pas kidnapper ma propre femme. »

Gail ricana. « Tu n'en avais pas besoin après m'avoir évincée du plan. Tu es devenu riche en une nuit. »

Dominic lança un regard furieux vers Gail « Tout s'est compliqué quand le père de Merlinda a appris notre mariage. Elle devait choisir : moi ou le Vanuatu. Et je devais choisir entre Merlinda et le plan de Gail. »

« Ah tiens, alors c'est mon plan maintenant ? » Le visage de Gail rougit. « Nous étions tous les deux dans le coup, Dom. N'essaie pas de t'exonérer. Je ne vais pas tomber à ta place. »

Dominic soupira, l'épuisement se lisait sur son visage. « J'ai dit non à Gail, mais elle ne voulait rien entendre. Alors, j'ai esquivé autant que j'ai pu, me disant qu'au moins Merlinda était en sécurité ici à l'école. Puis Gail a dit qu'elle ne pouvait plus attendre. C'est pour ça que je suis venu ici. Mais je ne pouvais plus mettre le plan à exécution. »

« Menteur, » cracha Gail. « Tu l'as tuée. »

Dominic protesta de la tête. « Non. Je n'ai jamais envisagé que l'enlèvement. »

Tante Amber eut un petit sifflement. « Comment enlèves-tu ta propre femme ? Je n'ai jamais rien entendu de tel auparavant. Tu n'as pas l'air si innocent que ça. »

« C'était devenu nécessaire pour sa propre protection. Pour empêcher quelque chose de pire. » Dominic laissa échapper un long soupir. « Je ne sais vraiment pas ce que j'avais en tête. Je pensais qu'on pourrait peut-être disparaître tous les deux et recommencer ailleurs. Je ne m'étais pas du tout attendu à ça. »

Tyler agita son bras dans notre direction à tous. « Venir à un dîner et une drôle de façon d'enlever quelqu'un. Nous sommes tous témoins. À moins que la visite improvisée n'ait fait partie du plan. Jouer le mari amoureux et organiser une visite surprise, et se débarrasser de Gail. »

Dominic acquiesça lentement. « J'imagine que cette partie est vraie. Tu peux m'arrêter pour ça. Mais je ne l'ai pas tuée. »

CHAPITRE 33

« À entendre Dominic, je l'ai forcé à enlever Merlinda, mais ça n'est pas vrai, » dit Gail. « Il avait déjà demandé 50 000 $ au père de Merlinda dans une lettre de rançon. Son père aurait payé d'ailleurs. 50 000 balles c'est une petite somme par rapport à ce que le père de Merlinda pouvait gagner avec ses sorts. Il avait besoin de sa magie. »

Je me tournai vers Dominic. « C'est vrai ? »

Gail montra son téléphone. « J'ai une photo de la lettre de rançon ici. »

Dominic agita la main en signe de protestation. « J'admets avoir écrit la lettre de rançon, mais je ne l'ai jamais envoyée. Et je n'ai certainement pas tué Merlinda. Je l'aimais. »

« Ouais, bien sûr, » ricana Gail. « Comme tu as dit que tu m'aimais. On peut peut-être trouver une solution, néanmoins. Merlinda n'est plus de ce monde, mais on peut sûrement se servir de ces petites abeilles magiques ici. »

« Même pas en rêve. » Tante Pearl lança un regard noir à Gail. « Dis-toi qu'il vaudrait mieux que l'on ne s'affaire pas autour de toi. »

Tante Amber resta bouche bée en regardant tout d'abord tante

Pearl, puis maman et moi. « Attends une minute, Gail... Tu sais que nous sommes des sorcières ? Qui lui a dit ? »

Comme si c'était la question la plus importante.

Comme si on ne tournait pas autour de la question de la sorcellerie depuis le début de la soirée, en parlant du culte du cargo de Merlinda et tout le reste.

« Bien sûr que je le savais ! » dit Gail. « Vous ne vous en cachez tellement pas. Vous vous croyez tellement intelligentes, vous pensez que personne ne connaît votre « sauce spéciale » ? » Elle marqua les guillemets de ses doigts. « Bien sûr que je savais que Merlinda pouvait faire apparaître des trucs. Comme vous le pouvez aussi. C'était tout le but du projet John Frum. Sauf que maintenant, il me faut une remplaçante pour Merlinda. Si cela vous tente, vous ne le regretterez pas. »

« Nous ne faisons pas... » je m'arrêtai en milieu de phrase.

Gail sortir un revolver de son sac et le pointa sur moi. « Je crois que je viens de nous trouver une nouvelle opportunité commerciale, Dom. Attrape les vieilles pendant que je m'occupe de celle-là. Nous allons commencer notre propre culte du cargo ici à Westwick Corners. »

« Tu ne fais pas le poids face aux sorcières de Westwick, miss ! » Tante Pearl surgit d'un bond entre nous et avec une force étonnante poussa Gail dans un fauteuil qui était apparu mystérieusement derrière elle. En quelques secondes, des mains invisibles attrapèrent les mains et les pieds de Gail, les attachant au fauteuil à l'aide d'une corde apparue par magie.

Tante Pearl se frotta les mains comme si elle venait d'accomplir une tâche importante. « J'imagine que tu n'es pas aussi intelligente que tu l'imagines. »

Gail se renfrogna. « Non... Je suis plus intelligente que vous toutes ensemble. Vous êtes tellement occupées à penser à quel point vous êtes merveilleuses. En réalité, vous êtes tellement tournées sur vous-mêmes que vous ne remarquez même pas les autres. »

« Ou leurs vilains tours. » soupira tante Amber. « Je ne m'attendais sûrement pas à voir un meurtre se produire juste sous mon nez. Je ne vois pas pourquoi cela ferait de moi une égocentrique. »

Gail leva les yeux au ciel. « Tu t'attaches tellement à des choses sans importance que tu manques de vue d'ensemble. »

« Arrête de changer de sujet, Gail, » grogna tante Pearl. « Ça n'est pas aussi facile que ça en a l'air, tu sais. Cette pauvre Merlinda a dû faire apparaître tout un tas de trucs en avance pour répondre à la demande du culte du cargo. Elle devait rentrer à chaque fin de semestre et travailler jour et nuit pour refaire l'inventaire, suffisamment pour qu'il dure pendant son temps à l'école. Elle a fait tout ça contraint et forcé. C'est quelque chose que tu ne pourrais jamais faire. »

Maman approuva de la tête. « Cette fille devait faire apparaître tous ces chargements comme sur une ligne d'usine. Je ne comprends pas, pourtant. Ses talents lui donnaient plus de valeur vivante que morte. »

« Exactement. Pour tout le monde, à une exception près. » Je montrai Gail du doigt. « C'est toi qui profites le plus de sa mort. Même sans rançon, tu devais te venger de la façon dont Merlinda t'avait volé Dominic. Tu l'as tuée. Pas pour l'argent, mais par amour. »

« Ne dis pas n'importe quoi, » dit Gail. « C'est Dominic. Il avait pris une grosse assurance-vie sur la vie de Merlinda. Il l'a tuée. »

« A combien se montait l'assurance, Dominic ? » Demanda Tyler.

« Ce n'est pas ce que vous croyez. Merlinda et moi avons tous les deux une assurance-vie, c'est ce que font les couples mariés. A vous entendre, j'avais mis sa tête à prix. J'ai perdu bien plus que ce que je gagne. J'ai perdu l'amour de ma vie. » Dominic s'effondra en sanglots.

« Oh, pour l'amour du Ciel, » dit tante Pearl. « Merlinda m'avait parlé de toi et de tes manipulations. Elle s'apprêtait à te quitter pour de bon. Toi et Gail êtes vraiment faits l'un pour l'autre. »

Gail ricana. « Tu vois ? Dominic l'a tuée pour l'empêcher de le quitter. »

Brayden remua sur le canapé. Il ouvrit lentement un œil, puis l'autre.

« Déplacer la responsabilité ne marchera pas, Gail. » Je tenais la bouteille de vin vide que Gail avait achetée à la station essence. Tu as mis quelque chose dans le vin. »

Gail fit non de la tête. « Tout le monde a bu le même vin, seule Merlinda a été malade. »

« C'est faux, » dis-je. « Seuls toi, Brayden et Merlinda aviez pris du vin blanc, celui que tu avais apporté. »

« Ne dis pas n'importe quoi, » dit Gail. « J'ai bu le vin, et je suis toujours là. Pareil pour Brayden. »

Je fis non de la tête. « Non. Tu as renversé le verre de Brayden avant qu'il ait pu prendre une gorgée. Tu n'as pas touché ton verre non plus. »

« Si, » dit Gail. « Tu étais juste trop saoule pour t'en rendre compte. »

Brayden bondit en position semi-assise. « Oh mon Dieu! Tu as essayé de m'empoisonner! »

Tante Pearl balaya ses propos d'un revers de la main. « Ne sois pas si théâtral, Brayden. Tu ne l'as jamais bu, alors quelle importance? Tout ne tourne pas toujours autour de toi, tu sais. »

« Si ça a de l'importance, » cria Brayden. « Et si je l'avais bu? J'ai tellement bu que je ne me souviens franchement de rien. Et ma tête me fait un mal atroce. »

« C'est juste la gueule de bois, » grogna tante Pearl. « Maintenant, arrête de nous interrompre et rendors-toi. »

Brayden allait protester, mais se retint. Il entoura ses genoux de ses bras et les colla à sa poitrine.

« Eh bien, je n'avais pas bu au point de ne pas remarquer ce que tu as fait, Gail, » dit Earl. « Je n'ai bu qu'un peu du lait de poule d'Amber. Je t'ai observée toute la nuit. Je t'ai observée surveiller tout le monde, en fait. Et j'ai vu que tu n'avais pas bu une seule gorgée de ton verre de vin. Je savais que tu fomentais quelque chose. Je ne savais juste pas quoi. »

« Menteur. « J'ai bu tout plein. » Gail se jeta en avant du fauteuil, mais les cordes la retinrent.

« Tu voulais tuer Merlinda, et tu étais prête à nous empoisonner tous si nécessaire. » La voix de tante Pearl tremblait de rage. « Tu mérites de mourir, comme Merlinda. J'ai bien envie d'en finir avec toi à l'instant. »

Earl grogna. « J'ai un conseil à te donner, Gail. La prochaine fois, referme le bouchon. Les invités polis n'apportent pas de bouteilles déjà ouvertes à un dîner. »

« Bon, j'ai pris ma décision, » dit tante Pearl. « S'en est fini de toi, miss ! »

« Oh, oh, attends un peu, Pearl. » Earl fit venir tante Pearl à lui et passa ses bras autour d'elle. Il faisait deux fois sa taille, mais sa force ne résidait pas dans son physique. Elle était dans les mots qu'il prononça. « Ne fais rien que tu regretteras plus tard. »

« Tu as raison, » reconnut tante Pearl à contrecœur, alors qu'elle se tournait vers Tyler. « Pour une fois, quelqu'un peut faire le sale boulot à ma place. Shérif ? Qu'est-ce que tu attends ? »

CHAPITRE 34

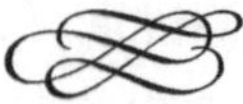

*B*rayden, maman et moi étions sous le porche à regarder disparaître au loin le camion de la police de Shady Creeks. Dominic et Gail s'y trouvaient en sécurité, on les conduisait jusqu'à la prison de Shady Creeks, tous les deux inculpés du meurtre de Merlinda.

Les routes avaient rouvert une heure auparavant. Notre parking était empli de véhicules de police. Le coroner de Shady Creek et les techniciens de la police scientifique étaient sur place ; ils allaient étudier la scène de crime pendant encore quelques heures au moins. Tyler leur faisait un topo.

Ce qui avait commencé comme crime d'opportunité s'était transformé en crime passionnel. Je n'avais jamais été douée en géométrie, mais les triangles amoureux croisés semblaient maintenant évidents avec le recul. Je regrettais juste de ne pas avoir compris plus tôt, pour éviter à Merlinda une fin aussi tragique.

Une chose me perturbait toujours. Merlinda était tout sauf ordinaire. C'était une sorcière puissante et pourtant, elle n'avait rien deviné des intentions de Dominic. Sans doute l'amour était-il aveugle, même pour les sorcières les plus douées. Même Merlinda avait été bernée quand son cœur avait pris le devant sur le reste.

Tante Pearl avait le regard perdu au loin. « Merlinda était une sorcière tellement puissante. Un magnifique talent à l'état brut. On ne verra jamais plus ce genre de potentiel. À moins que... » Elle se tourna vers moi, le regard plein d'espoir.

« N'y songe même pas, tante Pearl. » Je reculai et secouai la tête. « Tu sais que je ne travaille pas bien sous pression. Ça n'est pas non plus en jetant des sorts que je pourrai gagner ma vie. Je ne veux pas avoir sur les épaules le poids du monde magique comme Merlinda. »

Tante Amber soupira. « Même Merlinda n'a pas pu tenir le coup au final, n'est-ce pas ? Je suis d'accord avec Cen. Tellement triste. C'était une sorcière de grand talent, mais une mauvaise juge des caractères. Il faut avoir les deux pour réussir. »

Maman approuva de la tête. « Cette pauvre fille. Je pensais vraiment que Merlinda avait tout pour elle. En réalité, elle n'avait pas grand-chose. »

Ces dernières heures, où nous avions tant appris sur la triste existence de Merlinda, nous avaient ouvert les yeux. Tout le monde semblait l'avoir exploitée, chacun à ses propres fins.

Tante Amber secoua la tête. « Je n'arrive pas à croire que le père de Merlinda se soit servi de sa magie pour prétendre avoir ressuscité John Frum et le culte du cargo. »

Merlinda n'avait été qu'un pion dans les mains de son père. Pas étonnant qu'elle ait fui pour le sanctuaire relativement paisible de l'École des Charmes de Pearl et de Westwick Corners. Peut-être avait-elle même retardé sciemment son vol de retour, espérant être bloquée par la neige.

Dominic l'avait épousée pour en tirer avantage également. Ce qui lui donnait son pouvoir a également été à l'origine de sa perte. Et elle l'a payé de sa vie.

« Elle a vraiment enrichi son père, » ajouta tante Pearl. « Sa magie en a fait un gros bonnet au Vanuatu. Je vais partir à sa recherche et l'enfermer dans un container. Il est grand temps que je prenne quelques jours de congés dans le Pacifique. »

À ce moment précis, Tyler entra alors dans le salon. Il leva sa main en signe de protestation. « Ne t'en mêle pas, Pearl. J'ai déjà contacté la police du Vanuatu. Ils sont en train d'arrêter le père de Merlinda au moment même où je te parle. Justice sera rendue. »

« Mais il est le chef de la police, » protesta tante Pearl.

« Plus maintenant, » répondit Tyler. « Il a été renvoyé et remplacé par un de ses subordonnés qui menait déjà une enquête secrète de son côté. Nos résultats corroborent les siens. Le père de Merlinda n'est pas près de sortir de prison. »

« Pour meurtre ? » demanda Tante Amber.

« Non, » répondit Tyler. « Pour extorsion, fraude, et quelques autres bricoles. »

« Il s'en sort trop bien, » protesta tante Pearl.

« Ne crois pas ça, » dit Tyler. « On m'a dit qu'il avait de nombreux ennemis qui avaient jusqu'à présent trop peur pour parler. Maintenant qu'il a été arrêté et renvoyé de la police, plusieurs personnes sont venues porter plainte. Il va sans doute également être inculpé pour d'autres infractions. »

Il se trouve que les locaux avaient vraiment cru à l'arnaque du culte du cargo. Certains ont prétendu y croire pour récupérer des produits gratuits. D'autres prétendaient ne rien voir des magouilles et appréciaient les fêtes annuelles, même si beaucoup d'entre eux trouvaient que le père de Merlinda ridiculisait leur histoire et leurs traditions.

Les yeux de tante Pearl se mirent à pétiller. « J'aimerais quand même prendre des vacances tropicales. Je sens une opportunité commerciale. »

Je soupirai. « Tu ne vas pas reprendre le culte du cargo de Merlinda, tante Pearl. Il vaut mieux oublier cette histoire. Cela ne serait sûrement pas bien vu des locaux après tout ce qu'il s'est passé. »

« Tu peux venir avec moi, Cen. » Tante Pearl m'adressa un clin d'œil. « Vois ça comme un voyage scolaire. Une fois que tu auras vu le potentiel, tu changeras d'avis. Tu sais, tu reviendras à l'École des Charmes de Pearl. »

« Aucune chance. » La première raison qui faisait de Merlinda une sorcière aussi talentueuse était qu'elle passait plus de temps sur ses sorts que n'importe qui d'autre. Je n'avais aucune envie de suivre son exemple.

Tante Pearl devint tout d'un coup nostalgique. « Cette pauvre Merlinda voulait avant tout utiliser ses pouvoirs pour faire le bien, pas pour enrichir son père. Quand je pense qu'il voulait à travers elle que les gens le perçoivent comme leur bienfaiteur et non le criminel qu'il était en réalité. Il a complètement profité d'elle. Les produits qu'ils n'utilisaient pas pour lui-même ou comme pots-de-vin, ils les revendaient avec une marge. C'est comme ça qu'il est devenu riche. »

« J'imagine qu'il avait besoin de contrôler Merlinda, sinon tout son plan et son pouvoir auraient disparu en fumée, », dit tante Amber. « Merlinda était essentielle à sa réussite. Même John Frum ne pouvait faire apparaître des produits d'un claquement de doigts. Elle a probablement été soulagée quand son vol a été annulé. Elle pouvait retarder son retour. »

« Le Vanuatu lui manquait pourtant, » dit tante Pearl. « Je lui avais dit de ne pas y retourner, mais elle ne m'écoutait pas. Dominic lui manquait et elle disait qu'elle ne rentrait que pour les vacances. Il fallait que j'agisse rapidement. »

« Oh mon Dieu, Pearl, » s'exclama tante Amber. « Tu l'as réellement empoisonné avec ta tisane. Je le savais ! »

« Ne dis pas n'importe quoi Amber ! Combien de fois faudra-t-il que je te le dise ? Ma tisane était parfaitement normale. Je n'ai pas fait d'erreurs, alors laisse tomber, d'accord ? Ça n'est pas comme ça que je l'ai empêché de rentrer chez elle. J'ai juste fait annuler son vol. »

Je fronçai les sourcils. « Tu ne peux pas appeler comme ça la compagnie aérienne et... attends une seconde. Tu veux dire que tu as modifié la météo ? Tu as déclenché la tempête ? » J'ai toujours pensé qu'aucune sorcière ne pouvait déclencher un blizzard, que c'était trop difficile. « Tu as annulé les projets de Noël de tout un tas de personnes juste pour garder Merlinda ici ? »

« Tu devrais essayer un de ces jours, Cen. Tout ce pouvoir sur les gens, c'est grisant. Tu pourrais même faire encore mieux que Merlinda avec un peu d'effort. D'abord, apprends à maîtriser le sort du globe à neige, puis... » tante Pearl regardait dans le vide avec mélancolie.

« Je ne veux pas... oh, peu importe. » Inutile de discuter. « Je continue à penser que tu aurais dû laisser Merlinda rentrer chez elle. L'enfermer ici était limite obsessionnel, tu ne crois pas ? »

« Je ne l'ai pas fait pour des raisons égoïstes, Cen. Il fallait que je sauve Merlinda de son père. » Les yeux de tante Pearl s'embuèrent soudain. « Je n'aurais jamais imaginé que les problèmes débarqueraient ici. Son père l'appelait nuit et jour, exigeant qu'elle rentre à la maison. La pauvre Merlinda pensait ne pas avoir le choix. Alors j'ai choisi pour elle. »

Était-ce vraiment tante Pearl ? Elle parlait de ses sentiments pour quelqu'un qui lui était cher. Je ne l'avais jamais vu discourir ainsi. Jamais. « Elle ne t'a jamais parlé de son mariage secret ? »

Tante Pearl fit non de la tête. « Non, si j'avais su, je l'aurais empêché. Elle m'a tout raconté à part ça ; donc, soit le mariage dont parle Dominic est un mensonge, soit Merlinda avait peur d'en parler de crainte que son père l'apprenne. »

« J'imagine que la vérité a fini par se montrer, » dis-je. « Pauvre Merlinda. Dommage que le destin en ait décidé autrement. »

CHAPITRE 35

Le jour de Noël se levait, calme et serein. Il ne restait aucune trace de la méchante tempête qui s'était abattue sur Westwick Corners pendant une grande partie du réveillon. En réalité, il faisait même bien meilleur, chaud pour ainsi dire.

Les nuages apportés par la tempête avaient cédé leur place à un ciel d'un bleu éclatant. On pourrait croire que les tristes événements de la veille n'avaient jamais eu lieu.

Ou qu'ils étaient terminés.

Je jetai un œil par la fenêtre du salon en savourant mon café du matin. Le soleil du petit jour réchauffait les congères, créant des mini ruisseaux qui s'écoulaient dans l'allée.

Je frissonnai malgré la chaleur intense du feu dans la cheminée. Nous étions consignés dans un petit coin du salon, le temps que les derniers techniciens de la police finissent de collecter les preuves dont ils avaient besoin. Ils étaient présents aux quatre coins de l'auberge, de la salle à manger à la cuisine en passant par la chambre de Merlinda.

Pauvre Merlinda. Les atouts qu'elle possédait s'étaient finalement retournés contre elle. Elle était riche et puissante, mais avait néanmoins été trahie quand elle avait choisi l'amour et la confiance.

« La police n'en a plus pour longtemps. » Tyler avait tout expliqué à la police de Shady Creeks, et nous avions tous fait une déposition. Il ne restait plus grand-chose à faire puisque Dominic comme Gail avaient tout avoué.

Je m'assis sur le canapé pour me blottir contre Tyler. Je me sentais en sécurité avec ses bras autour de moi, qui me serraient fort. J'étais reconnaissante de tout ce que j'avais. Je pris la résolution de ne plus rien prendre pour acquis. Le destin de Merlinda m'apportait un nouveau regard sur la vie.

J'avais un petit ami extraordinaire, une famille aimante, d'incroyables talents de sorcière que je pouvais utiliser si je le souhaitais. Même mon quotidien un peu morne à Westwick Corners était doté d'un certain charme, finalement. J'avais tout ce qu'une fille peut désirer, et plus encore. L'important était sans doute ce que j'avais fait avec ce qui m'appartenait. Ne rien faire n'avait pas été une option. Il fallait que j'agisse.

Mes pouvoirs surnaturels n'appartenaient qu'à moi, je pouvais les contrôler pour en faire ce que je voulais. Mes talents ne serviraient pas à faire le mal, ou pour des gains matériels. Non, j'allais affiner mes talents et les utiliser dans des actions philanthropiques pour aider les autres.

Tante Pearl aurait certainement un avis sur la question. Mais en fin de compte c'était juste l'avis d'une personne, rien de plus.

Mes pouvoirs étaient miens pour faire ce que bon me semblait. Moi seule les contrôlais, et c'était à moi de décider à quoi ils serviraient. Mais aussi longtemps que je ne prendrai pas mon destin en main, il y aura toujours plus malin et plus magique que moi sur mon chemin, comme tante Pearl par exemple. Pire encore, je risquai de devenir une victime comme Merlinda. Si je voulais être forte, il fallait que j'apprenne et devienne une sorcière plus forte.

Tante Pearl.

Je parcourus la pièce des yeux et fut soulagée de la voir blottie avec Earl sur la causeuse. Ils ronflaient en parfaite harmonie. La main d'Earl reposait sur la cuisse couverte de velours vert de Pearl. La scène était émouvante. Tante Pearl cachait généralement ses sentiments, mais là ils étaient bien visibles.

J'envisageais un instant de prendre une photo pour la gêner, mais renonçais finalement. Je ne voulais rien faire qui nuise à sa nouvelle idylle avec Earl. Il lui faisait tellement de bien ! Sa nature facile adoucissait son caractère un peu rude. Et surtout, il la rendait heureuse, même si elle ne le reconnaissait pas facilement.

Je fus brusquement interrompue dans mes pensées par tante Amber. Elle agitait un verre vide dans les airs. « Qui a bu tout le lait de poule ? »

« Tu plaisantes, Amber, » dit maman. « Il n'est même pas 8 h du matin. »

« Je suis on ne peut plus sérieuse, » répondit tante Amber. « Après tout ce qui s'est passé, j'ai besoin d'un verre. Je ne me suis pas encore couchée, alors ça n'est pas vraiment le matin. En tout cas, en ce qui me concerne. »

« Il n'y a plus de lait de poule, » dit maman. « J'ai donné ce qu'il restait à Dominic et Gail. Je me suis dit qu'ils auraient besoin d'un peu d'esprit de Noël. C'est le dernier qu'ils auront avant un bon moment. »

Grand-mère Vi rit en flottant à côté de maman. « J'espère qu'on ne les reverra plus non plus. »

« Oh, flûte. » Tante Amber se retourna et partit vers la cuisine. « Ça sera du vin alors. »

« Hé, regardez. » Brayden montrait la cheminée du doigt, et le globe de Merlinda qui se trouvait sur le manteau. La lumière vacillante du globe s'était renforcée et était maintenant d'un jaune soleil bien fixe.

Les guirlandes chatoyantes du sapin et le feu rougissant réchauffaient la pièce. Mais ça n'était pas uniquement le feu confortable ou la compagnie des gens que j'aimais. Je sentais quelque chose d'autre, une présence inconnue, mais néanmoins réconfortante. Je ne pouvais dire ce que c'était, mais c'était bien là.

Il manquait autre chose. Mon vœu de Noël ne s'était pas encore réalisé.

Je pris la main de Tyler et me levai. « Viens. Je veux te montrer quelque chose. »

« Tu es sûre ? Tu as la tête de quelqu'un qui a besoin de repos. » Les yeux bruns et chaleureux de Tyler pétillèrent quand il prit ma main dans la sienne. « Je ne crois pas avoir jamais vécu de réveillon aussi excitant. Ta famille attire vraiment les gens les plus bizarres. »

Je me penchai pour l'embrasser. « C'est surtout tante Pearl. »

« C'est entièrement tante Pearl, » murmura-t-il.

« Tu es sûr que tu veux t'impliquer dans ma famille de dingues ? Tu peux encore renoncer si tu veux. Tu ne sais pas du tout où tu mets les pieds. »

« Je sais exactement dans quoi je me lance, Cendrine West. » Tyler hocha de la tête en direction de tante Pearl, qui ronflait toujours à l'unisson avec Earl.

C'était notre premier moment de calme depuis que Tyler était arrivé pour dîner hier soir, et je voulais profiter au maximum du peu de temps dont je disposais. Je voulais mon vœu de Noël. C'était trop tard pour notre réveillon intime, mais il n'était jamais trop tard pour l'amour.

Je guidai Tyler autour du sapin de Noël pour que l'on soit le moins visible possible. Je me hissai sur la pointe des pieds et me blottis dans ses bras pour un long et langoureux baiser.

C'est à ce moment-là que je l'ai vu.

J'ai d'abord cru qu'il s'agissait d'une décoration de Noël que je n'avais pas remarquée plus tôt.

Sauf que ça n'était pas ça.

C'était un globe, plus petit et plus sombre que celui de Merlinda. Il se trouvait sur les branches du haut, quelques centimètres au-dessus de l'endroit où était posé le globe de Merlinda quand je l'avais vu pour la première fois.

Et ce n'était pas n'importe quel globe. C'était mon globe. Pas celui dans lequel j'avais enfermé Brayden et Gail plus tôt, mais un autre. Un que j'avais dû créer sans le savoir pendant me premiers essais.

C'était mon vœu de Noël, dans ses moindres détails. Alors que le globe de Merlinda était un Vanuatu tropical, le mien enfermait une Westwick Corners sous la neige.

Je tirai Tyler vers moi et regardai à l'intérieur du globe minuscule. Des vitres couvertes de givre encadraient un intérieur confortable, une table était dressée pour deux personnes. C'était exactement ce que j'avais toujours imaginé. En version miniature bien sûr, mais c'était quand même mon vœu de Noël. J'en avais fait une réalité. J'entourai Tyler de mes bras et l'embrassai.

Mon globe était là depuis le début, visible de tous, si j'avais seulement fait l'effort de le chercher.

Je me dégageai des bras de Tyler, impatiente de lui en parler. Mon globe à neige était magnifique et solide. Et je l'avais créé toute seule, sans aucune aide. Je voulais en particulier montrer à tante Pearl que mon habilité à jeter des sorts était bien meilleure que ce qu'elle imaginait. Mais je changeai d'avis en me rapprochant à nouveau de Tyler.

Tyler sourit. « Certains secrets valent d'être gardés, Cen. Ils pourraient se révéler utiles un jour. »

« Tu as raison. » Il me comprenait. Il m'acceptait également pour qui, ou pour ce que j'étais. Même avec ma famille de dingues. Je savourai le moment encore un instant avant de rejoindre les autres.

Tante Pearl s'étira sur le canapé. Elle se dégagea lentement d'Earl, attentive à ne pas le réveiller. « Ruby a dit que j'avais besoin d'une vraie pause. Mais je ne sais vraiment pas quoi faire. Cette pauvre fille. J'aurais aimé la sauver. »

« Je suis vraiment désolée, tante Pearl, » dis-je. « Je sais que tu tenais beaucoup à Merlinda. » Je n'avais jamais vu ma tante s'attacher à quelqu'un, encore moins à le faire ouvertement. C'était une partie d'elle que je ne connaissais pas.

« Ça va aller. » Tante Pearl secoua la tête, mais pas avant qu'une larme ne roule sur sa joue. « Mais c'était mon étudiante star, et j'avais beaucoup d'espoir pour elle. Et maintenant elle est partie, juste comme ça. » Elle claqua des doigts.

Je me tournai vers elle. « Tu auras d'autres étudiantes. »

« Ça n'est pas pareil, Cen. Merlinda n'était pas comme les autres étudiantes. La seule étudiante... »

Ma béatitude temporaire se transforma en irritation. « Je suis sûre qu'il y a d'autres étudiantes qui veulent apprendre. Tu devrais peut-être faire de la publicité. Tu sais, promouvoir l'École des Charmes de Pearl. »

Elle renifla. « Je ne veux pas n'importe qui comme étudiante. Nous avons un processus de sélection très rigoureux, et je ne vais sûrement pas en changer. »

« Tu pourrais peut-être preuve d'un peu de souplesse. » « Abaisser légèrement tes standards. »

C'était comme si elle ne m'entendait pas. « Je vais te dire. Je te laisse revenir, si tu promets de venir à tes leçons cette fois. »

« Mais je ne suis pas prête... »

Tante Pearl tapota sa montre. « Il vaut mieux que j'y aille. Les cours commencent dans une heure. » Elle se leva d'un bond du canapé, se dirigea vers la porte d'entrée qu'elle ouvrit. Elle fit un pas dehors et se retourna. « Je vais préparer ma leçon. Je ne devrais pas te le dire, mais la seule étudiante meilleure que Merlinda était toi, Cendrine. Je le fais pour ton bien. Tu me remercieras un jour. »

« Mais je ne veux pas être une sor... » je compris qu'elle avait fait exprès de parler devant Tyler, pour que je ne puisse pas protester. Même si Tyler connaissait mon secret, tante Pearl ignorait qu'il savait. Je ne voulais pas qu'elle le sache, d'ailleurs. Elle avait déjà beaucoup trop de pouvoir sur moi.

Tyler sourit et fit un clin d'œil. « Peut-être que tu devrais laisser Pearl faire. Toute la ville est heureuse quand Pearl est heureuse. »

Je levai les mains au ciel. Je ne voyais pas pourquoi je devais endosser le rôle de l'agneau qu'on sacrifie. « J'aimerais juste qu'elle arrête de plomber ma vie. »

« Pearl se soucie simplement de toi, Cen, » dit Grand-mère Vi. « Elle veut que tu sois la meilleure version de toi-même. Sois-en heureuse. »

J'allais répondre quand mon regard distingua quelque chose.

C'était le globe à neige tropical de Merlinda. Il reposait sur les branches du sapin, à mi-chemin du sommet. Il vibrait d'énergie, éclairant la pièce comme une ampoule de mille watts. Il vibrait d'ailleurs tellement fort que je m'attendais presque à ce qu'il s'envole.

« Je crois que Merlinda essaie de nous dire quelque chose, » dit Grand-mère Vi. « Elle veut que tu prennes sa place. »

Je fis fermement non de la tête.

Tante Pearl suivit mon regard. « Tu vois, Cen ? Je ne suis pas la seule à penser ainsi. En fait, c'est mon vœu de Noël. »

« C'est un bon vœu, Pearl, » renchérit maman. « Je suis sûre que Cen va finir par comprendre ta pensée. Laisse-lui du temps. »

« Quel est ton vœu, Cen ? » Tante Pearl leva la main en signe de rebuffade. « Oh, laisse tomber. Si cela concerne le shérif Gates, je ne veux pas le savoir. »

Tyler ricana.

« C'est un secret ». Je souris en pensant à mon globe à neige caché dans les branches du sapin de Noël.

Tante Pearl m'adressa un clin d'œil. « Attention à ce que tu demandes, ton vœu pourrait bien se réaliser. »

Elle avait parfaitement raison.

*****

Vous avez aimé De la Sorcière à la Richesse ?
Lisez le livre suivant de la série.

Vous pouvez obtenir les autres livres de Colleen: www. colleencross.com.

MOT DE L'AUTRICE

Les sorcières de Westwick sont le fruit de mon imagination, mais John Frum et le culte du cargo sont eux bien réels. Ou tout du moins dans une certaine mesure. J'ai pris quelques libertés par rapport à l'histoire, mais elle n'est pas très éloignée de la réalité. Si vous voulez en apprendre plus, vous trouverez plein de récits anciens et modernes le concernant.

John Frum est un des nombreux cultes du cargo qui ont existé dans certaines îles reculées du Pacifique Sud et d'ailleurs. Frum est le nom collectif qui fait référence à plusieurs marins qui sont arrivés sur l'île de Tanna, une des îles de la minuscule nation Vanuatu du Pacifique Sud.

A l'époque, Vanuatu était connu sous le nom de « Nouvelles-Hébrides ». Les îles étaient reculées, mais elles reçurent néanmoins quelques visiteurs au début du XXe siècle, qui fascinèrent les îliens par leur matériel moderne et leur apparente richesse.

C'est néanmoins pendant la Deuxième Guerre mondiale que le culte du cargo a pris son essor. 300 000 militaires furent à cette époque postés sur l'île, arrivant par mer et par les airs. Ils apportaient avec eux toutes sortes de produits, ou « cargo » comme les militaires appelaient leurs réserves. Les troupes construisirent des cabanes

Quonset et du jour au lendemain, les île jusqu'alors calmes prirent vie, portées par un élan industriel.

Les caisses de cargo contenaient des tentes, de la nourriture, du matériel médical et des armes. Les militaires apportèrent également sur les îles les premiers camions, des glacières, de la viande en conserve, des bonbons et du coca-cola. La qualité de vie des îliens s'améliora énormément grâce à ces nouveaux produits de consommation. C'était, en un mot, magique.

Avant cette période, les îliens croyaient en d'anciennes histoires et croyances qui se transmettaient oralement de génération en génération. Il n'est donc pas surprenant que certaines de ces fables aient été combinées avec les histoires de ces hommes, arrivés récemment de nulle part avec leurs cargaisons. Le culte du cargo de John Frum se développa à partir de ce moment-là. Bon nombre des légendes sur John Frum découlent d'anciennes croyances combinées aux espoirs de modernité apportés par les visiteurs du Vanuatu, si bien équipés.

John Frum est peut-être un détournement de « John from America », de « John from (wherever) » « John de nulle part » en français), ou d'autre chose. Indépendamment de son nom, on retrouve des traces de ce culte ou pseudo-religion bien avant la Deuxième Guerre mondiale. Mais l'arrivée des troupes semble avoir été perçue comme la preuve irréfutable de ces légendes ancestrales. Les croyances différaient : certains voyaient John Frum comme une entité divine, d'autres comme un personnage mystique, d'autres encore comme un personnage fictif, somme d'anciens visiteurs de l'île et des temps meilleurs.

Mais la guerre s'est terminée et avec elle, le temps des troupes au Vanuatu. La fin a d'ailleurs été plutôt brutale, comme le sont souvent les démantèlements militaires à la fin d'une opération. Le départ soudain marqua la fin des biens de consommation modernes, puisque personne d'autre ne transportait plus vers les îles des aliments exotiques ou ces équipements qui facilitent tant la vie moderne.

Les îliens étant à nouveau confronté à une réalité difficile, certains croyants sont allés jusqu'à créer des pistes d'atterrissage cérémonielles pour inciter les visiteurs à venir par les airs à défaut de par la mer. Si vous habitiez dans une île reculée dépourvue du confort moderne, vous célébreriez sans doute également un personnage fictif créé de toute pièce. Puisque des étrangers étaient déjà arrivés une fois de nulle part avec une manne, alors sûrement cela pouvait se reproduire. Alors, autant être prêt au cas où, non ?

Que les habitants du Vanuatu y voient une forme d'espoir, une vraie croyance ou juste d'une excuse pour s'amuser, bon nombre d'entre eux célèbrent toujours les produits étranges et merveilleux apportés par les avions et les flottes navales, et font des prévisions quant à leur éventuel retour. Les vrais croyants attendent chaque année avec impatience le 15 février comme date promise du retour, et même les sceptiques apprécient les parades et célébrations annuelles. Le 15 février est officiellement le « jour de John Frum » au Vanuatu.

Cela n'est pas sans rappeler le 24 décembre et le père Noël...

J'espère que vous aurez pris autant de plaisir à lire *Pas de Réveillon pour les sorcières* que j'en ai eu à l'écrire. Vous pouvez m'aider à poursuivre la série en postant des commentaires et critiques sincères. Je lis toutes les critiques, car elles m'aident à déterminer la direction que doit prendre la série, les personnages qui doivent y figurer ; elles me permettent également de décider si je dois poursuivre la série ou en contraire en développer une nouvelle.

Merci beaucoup de m'avoir lu !

Colleen

DU MÊME AUTEUR

Fraudes : Thrillers judiciaires de Katerina Carter

Stratégie de sortie: Crimes et enquêtes

Theorie des jeux

Formule mortelle

Mise au vert

Rouge vif - Nouvelle

Lune Bleue - Roman court

La Couleur de l'argent : Enquêtes criminelles de Katerina Carter (Coffret 3 volumes)

Thrillers judiciaires de Katerina : Tomes 1 et 2

Thrillers judiciaires de Katerina Carter : Tomes 3 et 4

Les Petites Enquêtes Surnaturelles des Sorcières de Westwick

Charmée de Vous Rencontrer

De la Sorcière à la Richesse

Le sort vers la gloire

Pas de réveillon pour les sorcières

Enquêtes Surnaturelles des Sorcières de Westwick

Site Web :

http://www.colleencross.com

Inscrivez-vous à son bulletin d'information pour être immédiatement
informé de nouvelles parutions !

http://eepurl.com/c1hzCv